가는 구름

히구치 이치요
강정원 옮김

가는 구름

ゆく雲

23세 무렵의 히구치 이치요(1894)

차례

일러두기

1 본문의 각주는 모두 옮긴이 주이다.

2 각 작품에 대한 저본은 다음과 같다.

「마지막 서리」: 『一葉全集』(博文館, 1897. 1. 9.)

「다마다스키」「여름 장마」「경상(經床)」「파묻힌 나무」「새벽달」: 『樋口一葉集』(和田芳恵 編, 筑摩書房, 1972)

이외 16개 작품: 『樋口一葉集』(菅聡子·関礼子 校注, 岩波書店, 2001)(참고 서적 병용)

3 각 작품에 대한 참고 서적은 다음과 같다.

「파묻힌 나무」: 『樋口一葉集』(和田芳恵 校注, 角川書店, 1970)

「키 재기」: 『評釈伝記樋口一葉』(石山徹郎·榊原美文 共著, 日本評論社, 1941)

전 작품: 『全集樋口一葉(復刻版)1·2 小説編)』(前田愛·岡保生·木村真佐幸·山田有策 校注, 小学館, 1996)

4 원문의 근거가 되었거나 되었다고 추정되는 고전은 작품 감상에 유의미하다고 판단되는 경우 우리말로 옮겨 각주로 실었다. 특히 와카의 경우 5/7/5/7/7의 음수율에 맞춰 옮겼고 출전을 표시했다.

5 원어에 대한 한자는 일부 저본에 정자로 표기되어 있을지라도 통일성을 위해 모두 약자로 표기했다.

6 대체로 외래어 표기법을 따랐으나 일부 예외를 두었다.

어둠 진 벚꽃

상

담장은 대울타리를 하나만 세운 데다 함께 쓰는 정원 우물의 바닥은 맑고 깊으며, 처마 끝에 꽃 피운 매화나무 한 그루가 양가의 봄을 보여 줘 향기도 나눠 갖는 나카무라, 소노다라는 집이 있다. 소노다 집안의 가장은 재작년 세상을 떠나 상속은 료노스케라는 스물두 살의 젊은이가 받았는데, 어떤 학교를 다니는 학생이라고 한다. 나카무라 집안에는 딸만 하나 있다. 아들도 있었지만 요절한 뒤로 외둥이로 여겨지며 점점 총애가 더해져 손안의 구슬처럼 자랐다. 머리에 꽂은 꽃이 지지 않도록 아직 불지 않은 바람도 싫어했으니 바라는 바는 학과 같은 장수였을까. 지요(千代)라고 이름을 지은 부모 마음에 그것이 보이는 듯하다. 백단향은 떡잎 때부터 향기롭다더니 서너 살 때부터 앞날이 대단할 것이라며 세상 사람들이 칭찬한 꽃다운 자태는 비를 부르는 봄 동산과 같았다. 막 터지기 시작한 꽃봉오리에 풍경이 더해졌기에 환할 때가 언제일지 기대되는 솔잎 뒤로 보이는 십육야의 달처럼 머뭇거림마저 사랑스러운, 열여섯 살에 올린 다카시마다[1]에 꾸며진 우미한 염색 천 장식. 정원에 심어도 숨길 수 없는 잇꽃처럼 어디에 있어도 눈에 띄는 자태였다. 나카무라 집안의 딸이라고 다른 데도 소문이 났으니 미인으로 있기도 오히려 성가신 일이었다. 그나저나 습관이 참 우습다. 찬바람 부는 하늘에 연을 날리며 전신주를 성가셔한 그 옛날은, 자신도 옛날이라고 생각하지만, 료노스케는 지금도 나카무라 집에 가서 지요를 대할 때는 서로 히나 인형을 꾸미며 놀던 옛 마음만은 고치지 않았다. 몸차림에서도 격식을 갖추는 데는 개의치 않을 정도여서 그침도 없이 "료 오라버니." "지요야." 하고 부르며 실없는 담소를 나누었는데, 그러다 끝내 다툼의 실마리가 당겨졌다. "오라버니는 이제 우리 집에 오지 마세요." "너야말로." 하는 다툼에 서먹해졌지만 서로 얼굴을 보지 않는 것도 불과 하루. "어제는 제가 미안했어요. 이제는 그런 모진 말은 하지 않을 테니 용서해 주세요." 하며 천진하게 사과하니 과연 우습게도 녹지 않을 수 없는 봄의 얼음. "아니야, 내가 미안하지." 하는 것이 결말이었다. 료노스케는 여동생이 있다는 것이 어떤 느낌인지는 알지 못했지만, 있다면 이렇게 사랑스러울까 싶었다. 지요가 활짝 웃으며 소매를 붙잡고 "오라버니! 어젯밤에는 좋은 꿈을 꿨어요. 오라버니가 학교를 졸업하고서, 무슨 일을 하는지는 모르겠지만 멋진 중산모 차림으로 검은 마차를

1 高島田. 시마다는 대표적인 일본발의 하나로 주로 미혼 여성이 했다. 빗어 넘기는 머리 모양이나 머리 위쪽에서 묶는 높이 등에 따라 다양한 파생형이 있다. 다카시마다는 머리 위쪽에서 머리를 일반 시마다보다 높게 묶은 것.

타고 서양식 건물에 들어가시던걸요?" 하고 말했다. "꿈은 반대라고 하잖아. 혹시 마차에 치이지나 않을까?" 하며 크게 웃자 어여쁜 눈썹을 찌푸리며 "왜 그런 불안한 말씀을 하세요. 오늘은 일요일이죠? 지금부터는 아무 데도 나가지 마세요." 라고 했다. 요즘 세상에 교육을 받은 처지에 어울리지 않는 말도 진실하고 소중하게 생각했기 때문이다. 이쪽에 격의가 없으니 저쪽에도 사양함이 없었다. 세상의 덧없음이라는 것을, 두 사람은 잎 끝에 맺힌 이슬만큼도 몰랐다. 그렇게 웃으며 보내는 봄날도 아직 바람이 찬 2월 중순, 매화를 구경하고 오자고 하며 저물녘 마리지천[2]의 잿날에 맞이은 소매도 따뜻해 보였다. "오라버니, 약속 잊으면 안 돼요?" "응. 괜찮아. 안 잊을게. 그런데 아, 아니지……. 뭐라고 했더라?" "저래서 나설 때도 그렇게 부탁했는데." "그래그래. 기억이 나네. 채소 가게 오시치[3]의 요지경(瑤池鏡)을 보고 싶다고 했지?" "아니, 틀렸어요." "그럼 사로잡힌 곰을 흉내 내며 기어 다니는 연기 같은 거였나?" "흥, 아무래도 좋아요. 난 이제 집에 갈래요." "지요야, 미안해. 방금 한 말은 다 거짓말이야. 하기야 나카무라 집안의 규수라고도 불리는 우리 지요코(千代子) 님께서 그런 말씀을 하셨을 리가 없죠. 이 료노스케가 정말로 받잡은 말씀은 뭐였을깝쇼?" "됐어요. 아무것도 필요 없어요." "그렇게 화내면 어

2 摩利支天. 도쿄 도쿠다이지(徳大寺) 경내에 있는 입상.

3 八百屋お七. 에도 혼고에 살던 채소 가게의 딸. 1682년 대화재 당시 피난한 절에서 주지의 심부름을 하는 소년과 정을 통한 뒤로 그와 재회하고 싶다는 일념으로 방화를 저질러 화형에 처해졌다. 이 이야기는 근세 소설가 이하라 사이카쿠의 『호색오인녀(好色五人女)』에 등장한 이래 가부키, 조루리로 두루 각색되었다.

떡하니? 다투면서 다니면 거리의 사람들이 웃잖아." "오라버니가 먼저 그런 말만 했잖아요!" "그래서 미안하다고 했잖아. 아, 말하던 중에 장신구점 앞은 지나고 말았네." "어머나, 이제 어떡하죠? 이대로 쭉 가면 또 있을까요?" "글쎄요, 이놈은 모르겠구먼요. 방금 아무것도 필요 없다고 한 분은 어디 가셨나요?" "이제 대강 좀 하세요." 이렇게 말리거나 장난을 치면서도 두 사람은 함께 한길을 걸었다. 골목 쪽에는 분재를 파는 데가 많았다. 이리 오라고 손짓하자 총총히 다가오는 옻칠한 게다의 소리가 대그락 시르렁둥당. 이렇게 현을 타는 눈먼 여자 장타령꾼은 오늘날 『나팔꽃』[4]의 주인공인 것일까. 이슬이 마르지 않은 동안의 모습, 참으로 가엾기도 하다. "좁쌀엿을 한번 드셔 보세요." 하고 나긋하고 달달하게 말하는 한편, 옆에 있는 두껍게 구운 딱딱한 소금 전병이 제일이라고 말하는 것도 우습다. "지요야. 잠시 저기 오른쪽에서 두 번째 나무 좀 봐." "세상에, 홍매화가 예쁘게 폈네." 하며 여념 없이 구경하고 있던 뒤에서 "나카무라 아니니?" 하고 부르며 느닷없이 누가 등을 두드린지라 깜짝 놀라 뒤돌아보니 속발[5]을 묶은 일행이 어떻게 보았는지 "다정해 보이네." 하고 무람없이 한마디를 던졌다. 어느 미인의 입술에서 새어 나온 말일까. 그 뒤로는 일제히 웃는 소리만이 밤바람에 남아 멀어지는 것을 료노

4 朝顔. 1832년 초연된 세태 조루리의 하나로 시바 시소(司馬芝叟, 1760?~1808?)의 가부키 각본인 『아사가오(蕣)』가 원작. 집안 문제를 배경으로 미유키라는 딸이 좋아하는 남자 때문에 가출을 했다가 결국에는 눈먼 장타령꾼이 되어 유랑하게 된다는 내용의 비극.

5 束髮. 1880년대 양장과 함께 유행하기 시작한 여자의 서양식 머리 모양. 여기서는 여학교 학생의 상징으로 쓰였다.

스케가 "지요야, 쟤들은 누구야? 학교 친구들이니? 예의가 없는 애들이네." 하고 질려하며 뒷모습을 좇았다. 그러는 료노스케를 보다가 고개를 숙이는 오치요(お千代)[6]는 얼굴을 붉히는 듯하다.

중

어제는 마음이 어디에 깃들었는지 부질없이 두근대더니 좀처럼 멎을 수도 없었다. 왜 이럴까. 어둠 속을 헤매는 듯하다. 색이 없는 목소리마저 몸에 물들어 모습을 떠올리니 몸도 떨렸다. 그 사람이 그려지면서 부끄럽고 조심하게 되고 두려워, '이렇게 말하면 웃음거리가 되겠지. 이렇게 행동하면 싫어하겠지.' 하는 생각에 별것 아닌 대답도 제대로 하지 못했다. 부끄러움에 고개를 숙여 다다미의 티끌을 뜯다가 고민만 태산처럼 쌓인 것 같았다. 만나고 싶다, 보고 싶다는 말을 대놓고 한 어제의 마음은 천박했던 것이다. 제 마음을 스스로 책망하니 소노다 어른이라고도 부르지 못하겠고 료 오라버니라고도 부르지 못해 괴롭기만 했다. 눈물이 나지 않으니 가슴 언저리가 불타는 듯 느껴져[7] 밤새 잠을 이루지 못했다. 고민하다 지쳐 깜빡 눈이 감기니 꿈에서도 보인 그 사람의 모습. 부드러운 손길로 등을 어루만지며 "뭘 그렇게 고민하니?" 하며 얼굴

6 '오'는 흔히 여자 이름 앞에 붙어 친애감을 더하는 접두어.

7 아래 와카에 근거.
그댈 사랑해/흘리는 눈물이 혹/없다고 하면/내 가슴 주변에선/마음만 불타겠지 —『고킨슈(古今集)』 사랑①

을 살폈지만, 차마 당신 때문이라는 말은 깨어 있을 때처럼 나올 수도 없어 다만 고개를 숙이고 있자, "숨기다니 서운하네. 내 눈에는 다 보여. 너 누구를 좋아하는구나? 부럽네." 하며 얄밉게도 시치미 떼는 얼굴로 푸념을 늘어놓았다. "다른 누구를 좋아하는 정도라면 고민 때문에 몸이 야위지도 않았을 거예요. 이것 좀 보세요." 하고 내미는 손을 가볍게 잡고 싱긋 웃으며 "그럼 누구 때문이야?" 하고 물어서 대답하려고 하자, 새벽종 소리가 베갯머리에 울려 그리운 사람이 나온 꿈에서 눈을 뜰 수밖에 없었다. 새소리가 괴로운 것은 과연 이별의 아침 하늘뿐일까.[8] 잊히지 않는 아쉬운 꿈에 기분이 심상치 않았다. "오늘 아침은 왜 그러니. 얼굴이 좋지 않구나."라고 묻는 모친은 이 일을 전혀 모르겠지만 얼굴이 붉어지는 건 민망했다. 낮에는 소일거리인 바느질로 이 심란함을 기우며, '이제는 아무 고민도 하지 않아야지. 고민해서 이뤄질 수 있는 사랑인지 아닌지 하는 말을 꺼내 비난받지 않아야지. 부끄러움을 사면 다시 마주할 얼굴도 없을 거야. 여동생으로 생각하시니 격의도 없이 사랑해 주시는 거겠지. 평생의 반려자로 정하시는 데는 어떤 사람을 바라실까. 그건 또 당연하겠지. 그분의 아내로 불릴 사람으로는 하늘 아래의 미를 모두 다한 자태인 데다 음악과 문학의 교양을 갖춘 사람이 어울리겠다고 나도 생각하는데, 그 자신은 더 그런 생각일 거야. 이뤄질 수 없는 말을 꺼내 앞으로 사이가 멀어지기라도 하면 어떡하지? 그건 정

8 아래 와카에 근거.
그리 그리다/어렵게 만난 밤이/새는 즈음엔/새소리 들리는 게/어찌나 괴롭던지 — 『고킨로쿠조(古今六帖)』 잡사(雜思)

말 슬픈 일인데……. 더는 생각하지 말자. 그러지 말자. 딴 마음 없이 그저 오라버니와 가까워지고 싶을 뿐인데 설마 나를 미워하시지는 않을 거야. 은연중에 다정한 말씀을 듣는 것만이 고작일지라도.' 하고 깨끗이 단념했으면서도 눈물은 이를 모른 체하고 뺨을 타고 흘러 고민은 또 제자리로 오고 말았다. '하여간 그 다정한 모습이 원망스러워. 아주 무정하다면 그대로라도 나는 괜찮을 텐데, 이렇게 잊지 못하는 건 내 죄일까? 아니면 그 사람 죄일까. 그런데 생각해 보면 미운 건 그 사람이야. 목소리도 듣기 싫어. 얼굴도 보기 싫어. 보고 들으니 고민이 늘어나고 헛되이 애태우게 되는 거겠지. 미안하지만 무슨 일에서도 내가 화를 내 버리고 만일 오라버니가 우리 집에 오시지 않는다면 나도 이제 그 집에는 발길을 끊겠어. 바라기도 괴롭지만 물불처럼 사이가 나빠진다면 오히려 마음이 편해질 거야. 그래, 오늘부터는 얼굴도 보지 말아야지. 말도 하지 말아야지. 오라버니가 속상하게 느낀다면 그게 바로 내가 바라던 바야.' 했던 굳은 다짐이 느슨해지는 참에 담장을 넘어오는 료노스케의 목소리를 듣자 결심이 흔들리고 말았다. 여태 한 고민이 무색하게, 보고 싶다는 마음이 외곬이 되었다. 그런데 그 마음에는 뜻밖에도 벗이 없었던지라 료노스케의 눈에는 지요에게 아무런 기색도 없는 듯 비쳐졌다. 사랑스럽다는 생각 말고는 한 점의 흐림도 없었기에 자신을 사랑하는 사람이 세상에 있는 줄도 몰랐다. 몰랐기 때문에 근심을 나누지도 못했다. 즐거운 일을 즐거워만 하는 담백한 사내의 마음을 마주하고 무슨 말을 할 수 있었으랴. 그 뒤로도 여전했고 지요는 제 처지가 원망스러웠다. 봄은 어디에 꽃이 피었다는 말도 없어, 담장 밑에서 싹튼 어린잎은 다만 고민으로 불탔다.

하

"지요야, 오늘은 조금 나은 편이야?" 하며 두 폭 병풍을 밀어 젖히고 베갯머리에 앉는 료노스케에게 흐트러진 모습을 보이기 부끄러워 지요는 일어나려고 손을 짚었지만 그 손도 심히 야위었다. "누워 있어야 해. 아플 때는 실례니 뭐니 하는 건 없으니까. 혹시 잠깐 일어나 볼 마음이라면 내게 기대." 하며 안아서 일으키자 지요는 단정히 고쳐 앉고 말했다. "료 오라버니, 학교에서 시험을 치고 있다고 하셨잖아요." "어, 그랬지." "그런데 저한테만 와 있어도 괜찮으세요?" "그런 일까지 신경 쓸 것 없어. 병에 좋지 않으니까." "너무 미안해서요." "미안하고 자시고 그런 데 신경 쓰기보다는 하루라도 빨리 나아 줬으면 좋겠다." "친절한 말씀은 고마워요. 하지만 이번에는 도저히 낫지 않을 거 같아요." "또 바보 같은 소리를 하는구나. 그렇게 마음이 약하니 병이 계속 낫지 않지. 네가 불안한 말을 해서, 너희 부모님께서 얼마나 걱정하시는지 몰라. 평소 효도를 하던 너 같지 않네." "하지만 나을 리가 없는걸요." 부질없는 듯이 말하며 응시하는 지요의 눈에 눈물이 넘쳐흘렀다. "바보 같은 소리를." 하고 료노스케는 입으로는 말했지만 낫기 어려울 터라는 것은 열 손이 가리키는 바였다. 가엾게도 하루가 다르게 점점 야위어 갔다. 보조개가 귀여웠던 볼은 몹시 핼쑥해졌고 흰 얼굴은 속까지 비쳐 보일 듯했기에 흐트러진 몇 가닥의 검은 머리는 전처럼 아름다웠지만 윤기가 없으니 몹시 딱해 보였다. '내가 아닌 남이 봐도 누구나 애끊는 마음이겠지. 가슴속이 한없이 어지럽구나. 늘 입던 자잘한 넉줄고사리 무늬의 옷을 입고 연한 다홍색 시고키오비[9]를 앞에서 맨 모습을 이제 며칠이나 더 볼 수 있을까. 오랫동안 한시도 떨어질 새 없이 사이좋게 지내는 동안에도 속마음은 알지 못했지. 작은 가슴으로 여태까지 얼마나 많이 고민했을까. 어제 저녁 오후쿠가 울면서 하는 얘기를 들으니 열이 심할 때는 끊임없이 내 이름을 불렀다던데. 나 때문에 병이 났다고 말하는 것도 당연해. 알지 못한 내가 원망스럽지만 말하지 않은 지요도 원망스럽구나. 오늘 아침에 보러 왔을 때, 손이 야위어 헐거워진 반지를 빼며, 이걸 유품으로 받아 줬으면 좋겠다고 말하며 불안하게 미소 지은 그 마음을 조금만 더 빨리 알았다면 이토록 쇠하게 하지는 않았을 텐데.' 이렇게 자신의 죄를 무섭게 응시하자, "료 오라버니, 오늘 아침에 드린 반지는 껴 주셨어요?" 하는 지요의 목소리가 몹시 가늘게 들렸다. 가슴이 메어 대답이 나오지 않았다. 지요는 료노스케가 그저 말없이 내민 왼손을 끌어당겨 반지를 지그시 보았지만, 그것을 자신으로 생각해 달라는 말은 끝내 하지 못하고 눈물을 뚝뚝 흘리다 베개에 그대로 얼굴을 묻었다. "지요야, 몸이 더 안 좋아진 거야? 후쿠야, 약을 먹여 주지 않을래? 왜 그래? 안색이 엄청 나빠졌어. 아주머니, 여기요!" 하는 료노스케의 목소리에 깜짝 놀라 곁방에서 기도에 골몰하던 모친도, 정화수를 길으려고 우물가에 서 있던 오후쿠도 허둥지둥 베갯머리에 모이자 오치요는 감았던 눈을 떴다. "료 오라버니는?" "료노스케 님은 아가씨 베갯머리에, 여기 오른쪽에 계세요." "어머니, 료 오라버니께 돌아가 달라고 말해 주세요." "왜 그래. 내가 있으면 불

9 しごき帯. 옷감 한 폭을 적당한 길이로 잘라 공그르지 않고 그대로 매는 여성의 허리띠.

편해? 있어도 딱히 나쁠 건 없을 거야." "후쿠야, 네가 료 오라버니께 가시라고 말해 주렴." "무슨 말씀이세요, 아가씨. 여태까지 이렇게 있어 주셨는데 또 그런 말씀을. 몸이 좋지 않으면 약을 드세요. 사모님요? 사모님은 뒤에 계세요." "여기에 있다. 오치요야, 엄마란다. 엄마 목소리 알아듣겠니? 아버지도 불렀단다. 자, 정신을 차리고 약을 좀 먹자꾸나. 응, 가슴이 답답해? 아아, 그렇겠지. 이토록 땀을 흘리니. 후쿠야 서둘러 의원한테 데려가자꾸나. 여보, 거기에 서 계시지 말고 어떻게 좀 해 주세요. 료노스케 군, 거기 수건을 좀 주세요. 뭐라고? 료노스케에게 실례이니 돌아가라고 해 달라고? 그래, 그렇게 말하마. 료노스케 군, 들으셨죠?" 하며 모친은 이래저래 제정신이 아니었다. 딸은 말을 한마디 할 때마다 숨이 막히다 별안간 안색이 창백해졌다. 그런 이슬 같은 목숨을 보자 '오늘 밤에는 혹시.' 하는 생각이 들어 료노스케는 자리에서 일어날 마음이 전혀 없었지만, 임종에 와서도 심려를 끼치는 것이 너무 가여워 병풍 뒤로 두어 걸음을 나갔는데, 그때 실보다 가는 목소리로 "료 오라버니." 하며 불러 세우기에 "왜 그래." 하고 뒤돌아보자…… "사과는 내일." 바람도 없는 처마 끝에 벚꽃이 폴폴 흩날렸고 땅거미 진 하늘의 종소리가 구슬프다.

마지막 서리

1

장자의 나비 꿈이라고 하는 세상에서 의리나 진심은 거추장스러운 것이다. 단잠을 자는 동안만이라도 좋다며 이욕을 채우는 마음의 저울에는 돈이라는 글자에 추가 달려, 더없는 보배인 자식마저 잊는 소리대손(小利大損)이 곧 시작되리니. 앞의 수레가 뒤집혀도 제 수레에는 신경도 쓰지 않고 한번 낚아챘다 하면 놓지 않는 뿔매와 같은 신조 탓에 늘 서로 다툼이 많은, 우치칸다 렌자쿠초(連雀町)라는 데서 복작거리고 있는 많은 가게 가운데 손님의 발길이 끊이지 않는 한 포목점이 있다. 장사가 잘되니 들여 놓은 물건도 새로워 닛타(新田)라는 성을 그대로 포렴에 물들였다. 격자 계산대에 나오는 점주 운페이는 세상일에 미혹됨이 없다는 마흔 살의 남자인데, 얼굴이 불그레하고 기골이 다부진 것은 어릴 적에는 연한 간장에 어우러진 보리멸과 가자미를 먹고 잘 컸다가 그 뒤로 세상의 쓰디쓴 맛을 보았기 때문이다. 남에게 붙어 살아갈 재목으로는 보이지 않았다. 아내는 언제 세상을 떠났는지 자식은 딸을 하나만 두고 있었다. 부모를 닮지 않은 자식을 귀자(鬼子)라고 하지만 솔개가 매를 낳은 것 같기는 하다고 해서 이름이 오타카였다.[10] 올해 이팔청춘의 봉오리에서 꽃을 피워 색이 화려하고 향기가 짙은지라, "과연 눈부신 이 시대의 고마치, 소토오리히메[11]로 여겨 세상에 내지 않는 것도 당연한 일일까. 세찬 바람이라도 맞으면 저 버들허리는 어쩌나?" 하는 실없는 말도 따라다녔으니, 고토이나리 신사의 잿날에 그 뒷모습이라도 볼 수 있었던 젊은이에게 이보다 더한 영예와 요행이 있었으랴. 졸업 시험에서 우등증을 받는 게 무슨 대수일까. 국회의원 지위와 견주어 평생의 소원 가운데 하나로 헤아리는 학생도 있었다. "한 번 본 사람은 우선 깜짝 놀라고 두 번 본 사람은 머리가 이상해진다. 그 무렵 스루가다이 교운도 의원에 많았던 뇌병 환자의 둘 중에 하나는 이 아가씨 때문이다."라는 말은 장사치가 떠는 허풍이겠지만, 하여간 그 아름다움은 진정한 아름다움이었다. 용모가 고울 뿐 아니라 마음이 부드러워 인정이 많았으며, 음악과 문학에 뛰어난 데다 서도는 다키모토 유파[12]를 이어받아 흘려 쓰는 글씨가 아름다웠다. 사서오경과 같은 딱딱한 것은 일부러 피하고 이세, 겐지[13]와 같은 마음이 끌리는 일본 글을 종일 독서대에 두고 그 주변을 떠

10 일본에서 "솔개가 매(타카)를 낳다."는 평범한 부모가 뛰어난 자식을 낳는다는 것의 비유.

11 小町衣通ひめ. 모두 헤이안 시대 이전의 역사적 인물로, 여기서는 미인의 대명사.

12 滝本流. 일본 서도의 한 유파. 유려한 가나(仮名)가 특징.

13 伊勢源氏. 각각 『이세 모노가타리(伊勢物語)』, 『겐지 모노가타리(源氏物語)』를 가리킨다.

나지 않았다. 그렇다고 "향로봉의 눈"이라는 말에 발을 걷어 보이는 재녀와 같은 몸가짐은 전혀 없고,[14] 심창(深窓)의 봄에 깊숙이 들어앉아 바느질로 여성의 본분을 다하는 마음가짐이 참으로 기특했다. 집에 있으며 효순한 여자는 밖에서 반드시 정절하다고 했던가. 이 아가씨의 남편으로 추앙받을 사내는 천하의 과보(果報)를 독차지하는 셈인데, '전생에 공덕을 얼마나 쌓았기에.' 하며 세상도, 사람들도 부러워하는 이는 바로 옆 동네에서 같은 장사를 하는 노포의 주인 마쓰자와 기에몬의 외아들로, 요시노스케라는 미남이었다. 혼약은 선조로부터 내려온 깊은 인연에 이끌려 외동자식끼리 하게 되었는데, 이 약속을 한 것은 오타카가 새잎과 같던 어린 단발머리를 오타바코본[15]으로 막 묶은 무렵이었다고 한다. 그러다 오랜 세월이 흘러 요시노스케는 올해 스무 살이 되었다. 오타카는 이제 한두 해가 지나면 떳떳이 남편으로 부르고 아내로 불릴 몸이라고 생각하니 기뻐 가슴이 뛰었다. 친구들의 놀림이 창피해 겉으로는 시치미 떼면서도 넘치는 홍조를 가라앉히지 못해 자기도 모르게 소매로 얼굴을 가리다 더욱 속마음이 드러나서는 새삼 울고 싶어지는 일도 있었다. 남들이 보지 않을 때 습자로 '마쓰자와 다카(松沢たか)'라고 쓰고 바라보고, 또 칠해

14 『마쿠라노소시(枕草子)』에 나오는 중궁 데이시(定子)와 세이쇼나곤(清少納言) 사이에 있던 일화. 데이시가 백거이의 한시 "香爐峰雪撥簾看(향로봉의 눈은 발을 걷어서 본다)."를 아는지 시험하기 위해 "향로봉(중국 여산의 한 봉우리)의 눈은 어떨까."라고 하자, 세이쇼나곤은 발을 걷어 창밖 풍경을 보여 주며 궁중 여인들 앞에서 재지를 과시한다. 즉 여기서 오타카는 세이쇼나곤과 달리 점잖다는 것.

15 お煙草盆. 뒷머리에서 한일자로 머리를 만들어 묶는 메이지 초기 8세 전후 소녀의 머리 모양.

서 가리는 순진함. 똑똑하게 보여도 아직 세상 물정은 알지 못했던 것이다. 같은 마음인 요시노스케도 세월이 쏜살같다고 말은 하지만, 기다리는 세월이 제게는 늘어진 활줄처럼 느껴졌으니 나날이 얼마나 답답했으랴. '고루(高樓)에서 보는 달이 석양을 헤치고 떠오를 때는 언제일까.' 하며 참았지만, 꽃에 이슬이 맺히는 이튿날 아침이 되면 날개를 맞이은 나비가 부러워, 볼일이 있다는 것을 핑계 삼아 간혹 찾아가서는 멀리서나마 꽃 같은 얼굴을 보았다. 자기 것이지만 허락되지 않는 담장 너머에 있어 차근차근 말을 나눌 새도 없었으니 하여간 세월이 원수였다. 문틈으로 보이는 망아지[16]에게 형체라도 있다면 고삐를 쥐고 채찍을 들어 더 몰아치고 싶다고까지 늘 생각했다. 하지만 천공(天公)은 미인을 낳고 미인에게 인정을 베풀지 않아, 대개는 좋은 배필을 얻지 못하게 한다고 했던가. 음력 3월의 벚꽃은 늘 바람을 불렀기에 십오야의 달이 구름에 가리지 않는 일은 실로 드물었다. 아득한 노릇이다. 재자가인이 손꼽아 기다리는 합환(合歡)의 날은 언제 올까. 배가 갈대를 헤치고 나아가듯 걸림돌이 많은 세상이라고 해도 부모가 허락하고 세상이 허락해, 남자는 바라고 여자는 빌었으니, 설사 마신이 이들을 노리고 있다고 할지라도 머리 한 가닥만큼도 끼어들 틈이 보이지 않는데, 만일 이 인연이 맺어지지 않는다고 하면 이는 천재일까, 아니면 지변일까.

16 『장자』 지북유 편에 나오는 백구과극(白駒過隙) 성어에서.

2

농나라를 얻고 촉나라를 넘보는 것은 흔한 사람 마음일까. '백에 이르니 천을 바라고, 천에 이르니 또 만을.' 하는 바람들에 쉬는 틈이 없으니 마음이 늘 편치 않은 것이다. 가만히 생각해 보면 빈털터리만큼 속 편한 사람은 없을 터다. 대략 50년으로 정해진 목숨 값을 돈 때문에 망쳐서야 되겠는가. 하지만 꽃이 내리고 풍악이 들리며 자운(紫雲)이 내영하는 날에[17] 돈을 내고 대신할 사람을 세울 수는 없는 노릇이라는 것은 누구나 아는 이야기다. 학이 천 년을 살고 거북이 만 년을 살듯이 장수하며 늘 변함없이 달밤에 쌀밥을 먹기 바라며, 절대 무상함을 깨닫지 말라는 것은 대복장자(大福長者)가 될 사람에게 가장 중요한 요석과 같은, 흔들 수 없는 법칙이라고 했던가.[18] 하여간 여담은 이만 줄이고 계속 하자면, 마쓰자와, 닛타 집안의 선조는 이세[19] 사람이었는데, 일찍이 에도에서 뜻을 세워 조촐하게 포목 행상을 했다가 졸지에 내림 여섯 간의 검은 칠을 한 흙벽 광을 지을 정도로 재산이 늘어났다. 이에 두 아들 가운데 형에게는 물론 집안을 잇게 했고, 아우에게는 외가 쪽의 끊긴 성을 일으켜 '닛타'라고 부르게 했으나, 모든

17 불교에서, 임종 시에 불타나 보살이 정토의 세계에서 마중을 나오는 것을 가리킨다.

18 『도연초(徒然草)』 217단에 근거.
어느 대복장자가 이르기를, "사람은 만사를 제쳐 놓고 언제나 유복해야 한다. 가난해서는 사는 보람이 없다. ……우선 그 마음가짐을 닦아야 한다. 그 마음이라는 것은 다름이 아니다. 인간이 영원하다는 생각으로 살며 절대 무상함을 깨닫지 말아야 한다. 이것이 첫 번째 자세다."

19 伊勢. 현재의 미에현 대부분에 해당하는 옛 지명.

일을 분가의 격에 따르고 자자손손 장래까지 한마음으로 도와 일을 헤쳐 나가며 서로 떨어지지 말라는 유지를 높이 받들어 대대로 친목을 거듭해 왔는데, 지금 세대의 닛타 집안 가장은 집안 핏줄이 아닌 외동딸에게 데릴사위로 들어온 사람이었기에 집안끼리 돕고 살 생각도 깊지 않았고, 더구나 이익에만 눈이 돌아가는 괴짜였기에 예전에는 마쓰자와 집안의 융성함에 기대어 과분한 혼약을 맺고는 부모나 아이나 할 것 없이 사돈끼리 모자란 물건이 있으면 가져가라고 하며 그 집안에 극진한 친절을 베풀며 적잖은 이득을 보기도 했다. 인간만사 새옹지마라고 하는데, 그렇게 재미를 보며 몇 해가 지났을까. 아침 햇빛이 솟아오르는 듯한 지금의 번영은 모두 마쓰자와 집안이 뒷배로 있었기 때문이지만, 뜨거운 것은 목구멍만 넘어가면 잊어버린다더니, 그 집안과 대등한 지위에 이르자 눈엣가시처럼 여기며 저 혼자 머리를 굴렸다. '열 정 떨어진 데서 같은 장사를 하고 있는데 저쪽은 본가이니 세상의 배려도 많겠지. 나도 신용이 얕지는 않지만 저쪽에 열의 일곱의 이익이 있다면 우리는 불과 셋의 이익뿐이니 우리 집안이 번영하고 오래가려면 무엇보다 저 마쓰자와 집안이 없어져야 한다. 더구나 딸은 용색도 세상에서 내로라하니 이것 역시 한 밑천이다. 요시노스케와 연을 끊는다고 해도 큰길 네거리에 금싸라기 땅을 가진 사위는 또 없지도 않을 터다. 일거양득이란 바로 이런 것이겠지.' 이 생각을 딸에게도 숨기고 손발이 잘 맞는 점원 우두머리 간조에게만 밝히자 그는 손뼉을 치며 찬성을 표했으며, 이에 주종은 밤낮으로 머리를 맞대며 그 방법을 궁리했다. 드디어 기회가 온 것일까. 마침 마쓰자와는 지난해 경영상의 사정으로 닛타로부터 2000엔이나 되는 돈을 한

번에 빌렸고, 올해 들어서 이미 그 기한은 지났지만 과연 한두 해 이어진 불경기에는 노포도 맥을 추지 못했다. 게다가 직물 제조소 말고 다른 곳에도 지불해야 할 돈이 꽤 많아, 마쓰자와는 '닛타는 친족 간인 데다 여태 우리가 대신 내 준 대금도 적지 않으니 우리 사정을 밝히고 연기를 부탁하면 마다할 수는 없겠지. 남한테 약점을 내보여, 기계 장치의 꼭두각시 신세가 됐구나, 마쓰자와 집안도 이제는 내리막길이라는 말이 나와선 분하다. 등에 짊어진 닛타는 뒤로 미루고 배에 매달고 있는 직물 제조소와 다른 곳에 시쳇돈을 깡그리 모아 지불했다고 소문나는 게 나으렷다.' 하고 평소 가늠하고 있었다. 그런데 연기 이야기를 꺼내지 않은 동안에 닛타 쪽에서 다짜고짜 재촉을 해서 변명할 새도 없이 이 일은 느닷없이 정식 송사로 이어졌다. 마쓰자와 집안은 본래 수대에 걸친 명문이라 세상의 신용도 두터우니 1000엔이나 2000엔쯤은 어디서든 융통할 수 있을 것이라고 사람들은 생각했지만 실상은 정반대였다. 네모난 달걀이 만국박람회에 전시되었다는 소식은 아직 들리지 않았지만, 그믐날에 달이 뜨는 것 같은 일도 벌어지는 세상에서 어찌 십오야에 날이 캄캄한 일이 없겠는가? 어둡고 희미하기만 한 그늘에서 무슨 수단과 방법을 썼을까. 닛타 쪽의 준비가 너무나 교묘해 한 푼도 융통할 수 없었다. 화해를 청하고 싶어 백방으로 뛰어다녔지만 이조차 이뤄지지 않아 닛타는 순조롭게 승리를 거머쥐고 개가를 높이 부른 반면 마쓰자와는 다만 어리둥절히 있다가 날벼락을 맞은 격이었기에 놀랄 틈도 없었다. 치밀한 계략 탓에 다투는 보람도 없이 패소당하고 재산은커녕 수대를 이어 온 포렴까지 전부 닛타 손에 넘어갔으니 나무에서 떨어진 원숭이 신세나 마찬가지였다. 믿는 도끼였던 아메노모리 신시치[20]라는 충실한 점원 우두머리가 작년 낙향한 뒤로는 주판알과 붓끝으로 장부를 조작하는 인쥐만이 남게 되었다. 본가가 일대사에 처한 지금도 사람들은 마치 다 같이 후지산을 내다보는 사이교[21]가 되기로 작정한 듯이 돌아보는 사람이 한 명도 없었기에 마쓰자와 일가는 원통함의 눈물을 짐으로 지고 이름만 번듯한 쓰마코이자카(妻恋坂) 밑의 도보초(同朋町)로 옮겨 가[22] 부모자식 세 명이 비이슬만 간신히 피할 집을 빌려 괴롭게 들어앉게 되었다. 유유한 바다나 산과 같지 않은 세상살이의 어려움을 그제야 깨닫고는 하루하루가 다른 무상한 나날을 대체 어떻게 보냈을까. 본디 부잣집에서 유약하게만 자란 몸에는 이렇다 할 기술도 없었다. 주판은 익히 들었지만 몸소 무언가에 부딪쳐 본 일이 없었기에 일용직에는 나서지도 못하고 무위도식만 했으니 지난날에 쓰던 중산모나 단화도 쓸모가 없었다. 그렇게 신변의 물건도 하나둘 내다팔다 끝내는 그믐날에 집세를 내는 데도 가슴이 막힐 지경이 되었다.

20 雨森新七. '아메노모리'에 동음에 의해 '(집에) 비가 새다'라는 의미를 겹쳐, 이 사람의 사정도 녹록치 않았음을 암시.

21 富士見西行. '후지미사이교'는 일본화의 한 화제(畫題)로, 삿갓, 행낭 등을 옆에 두고 멀리 후지산을 바라보는 헤이안 시대 승려 사이교의 뒷모습을 그린 것.

22 한자를 보았을 때 '의좋은 부부', '친한 친구'와 같은 좋은 뜻을 떠올릴 수 있기 때문.

3

"멀쩡한 사내가 어떻게 비참하게 차부로까지 떨어지겠습니까. 달리 방도가 있겠지요." 하며 큰소리친 예전의 마음이 참 부끄러운 노릇이다. 누가 좋아서 마소 대신에 비지땀을 흘리며 진애 속을 뛰어다니랴. 방도가 아주 다해 버렸기 때문에 오히려 창피나 명예도 없는 셈 치며 내버린 막다른 처지에 몰려서는, 원통함도 섭섭함도 둥근 삿갓 속에 감추고 "태워 드립니다." 하며 낮은 소리로 손님을 부르는 마음. 귀찮다는 듯이 무정하게 지나가는 사람은 그나마 나은 편이다. "시끄러!" 하는 윽박을 들으면 자기도 모르게 뒷걸음이 쳐지니 심약하기가 그지없다. 아직 서리가 어는 세찬 밤바람이 부는 길에서 손님을 기다리는 제등의 불이 꺼질 때까지 걱정되는 것은 역시나 제 부모였다. '낯선 빈궁함 탓에 고생하시는 것과 그 일 생각에 화병이 나신 게 나이 드신 몸에 독이 되셔서일까. 두 분 모두 눈물만 흘리시고 똑같이 앓으시는구나. 그것도 당연하지. 나도 유감스럽고 안타깝기만 한데. 속이 뒤집혀 진정이 되지 않으니 가슴이 찢어지는 정도로도 느끼시겠지. 미운 건 닛타 집안이고 원망스러운 건 운페이다. 남의 고혈을 빨고 육신을 닳아 없애는 걸로도 만족할 작자가 아니야.'라는 생각에 꽁꽁 언 주먹을 불끈 쥐고 아무 데나 노려보기도 했지만, '되돌아보면 이것도 어리석은 생각이구나. 남에게 원한을 가질 게 아니라, 내게 남자다운 기량이 있었다면 이토록 어려워지지는 않았을 텐데. 아아!' 하며 탄식을 하니 입김이 하얗게 보였다. 살을 에는 밤바람이 불자 찢어진 병풍을 세워 놓은 집이 걱정되어 눈물을 머금고 빈 차를 끌고 돌아갔다. 지갑이 얇

을수록 고생만이 많아져 제 집의 문턱이 몹시 높게 느껴졌다. "아, 왔느냐." 하며 누워 있던 모친이 일어났다. "아버지는 주무십니까? 지내기 많이 불편하시죠? 별일은 없었는지요." 하며 넌지시 묻는 마음에는 켕기는 데가 있었다. 모친은 "참, 네가 없을 때 집주인님 대리인이 와선……" 하며 말을 끊고는 눈을 깜빡거리며 눈물을 보였다. 그는 시라오카 기헤이라는 악명 높은 냉혈한이었는데, 사람들이 악귀니 나찰(羅刹)이니 하며 험담하는 것은 전혀 의지가 되지 않는 막무가내한 처사 때문이었다. 집세를 깨끗이 내고도 우란분재나 연말에 나오는 설탕 주머니의 단물까지 빨아먹게 두어야 눈썹이 내려간다는 까닭에 '눈썹'이라는 별명으로 불렸다. 지장보살과도 조금 닮았지만 지금 처지에는 미운 사람일 따름이었다. 요시노스케는 고개를 푹 숙이며 '정말 탐욕스러운 사람이야. 사정을 다 알면서 태연히 담배만 뻐끔뻐끔 피우고. 그래도 내가 잘못했기 때문에 다다미 바닥에 머리를 대고 하소연했지만, 그 작자는 고리 모양으로 연기나 뱉으며, 변명을 들을 귀는 없다, 집세를 내든 집을 비우든 방법은 두 가지뿐이니 어느 쪽이든 택하라고 하고는 담뱃대를 탁 쳤지. 마음 같아서는 그걸로 상판을 깨부숴야 했는데. 대책 없이 오늘까지 기한을 미룬 건 백번 내 잘못이지만, 놈이 어머니를 붙들고 무슨 말을 했는지 듣지 않겠다는 생각 탓에 오히려 내가 여러 고생을 하고 있는 거겠지. 그러잖아도 두 분 다 편찮으신데 더 짐이 늘어난 것 같구나. 아, 어쩌면 좋을까.' 하며 생각에 잠겼다. 모친이 다시 말했다. "대리인이 와서 말이다, 무슨 사정인지는 모르겠지만 '지금 당장 이 집을 떠나라, 조금도 기다려 줄 수 없다'고 하며 말도 안 되는 소리를 하더구나. 일단은 아들 생각도 좀 들어

봐야 한다고 하며 겨우 구슬리고 네가 돌아올 때까지는 좀 봐 달라고 사정을 했는데, 이제 어쩌면 좋겠느냐. 한번 생각해 보려무나." 작은 목소리였지만 모친은 불안에 떨며 눈물지었다. "걱정 마세요. 어떻게든 되겠지요. 오늘은 밤이 늦었으니 내일 아침에 일찍 그 사람한테 가서 의논해 보겠습니다. 뭐, 사소한 오해일 테고 별일은 아니겠지요." 하고 요시노스케는 모친에게도 거짓말을 했는데, 참으로 내일 밤이 어떻게 될지 무섭기만 하다. '잠도 못 잤는데 날이 새는구나. 저 까마귀도 깍깍거리며 안갚음을 하고 있는데, 나는 정말이지 사는 보람이 없다. 다섯 척의 몸으로는 부모님의 은혜를 다 짊어지기 벅차구나. 예전처럼 가게를 다시 내는 건 고사하고, 조삼모사의 초라함 탓에 쓰라린 세상이 아주 싫어져 이 몸을 버리고 싶을 때는 있지만, 편찮으신 부모님의 주무시는 얼굴을 볼 때마다 '내가 없으면 어떻게 되실까. 죄송스럽구나.' 하며 생각을 돌리기는 하지만……. 차오르는 이건 눈물일까. 약 달이는 냄비 밑의 숯불이 맥없이 꺼지기 일쑤인 생활이니 명의의 진찰은 받을 수가 없다. 병이 중해지는 걸 뻔히 보기만 하는 형편이니 너무도 괴롭구나. 하늘도 땅도, 신령님도 부처님도 내게는 다 원수인 걸까. 지금 이 곤경을 보고도 모른 체하시다니 어떻게 된 걸까. 닛타 집안이야말로, 운페이야말로 더없이 악랄한 자다. 그 딸은 설마 그럴까 싶기는 하지만, 과연 이게 다 마음이 갈피를 잡지 못해 드는 생각일까. 겉모습과 말씨는 곱지만, 그래도 오이 덩굴에 가지는 열리지 않는다고 하지 않는가. 제 아비와 같은 마음이 돼 지금의 내게 정이 떨어진 건지 사람을 보내 편지 한 통도 보내지 않다니. 역시 겉은 보살과 같아도 내심은 야차로구나.'

4

“다른 사람은 몰라도 요시노스케 님만은 제 마음을 알아주실 거라고 생각한 건 헛된 기대였을까요. 무정한 말씀이시군요. 당신과 연이 끊기고도 오래 살 수 있을 저라고 생각하셨나요? 원망을 말씀드리자면 바로 그 마음이 원망스럽네요. 아버지의 악계를 탓하신다면 할 말이 없지만, 제가 억울하고 슬픈 게 과연 당신보다 못할까요? 남모르는 밤에 이불자락은 왜 젖을까요. 만일 눈물에 색이 있다면 이 소맷자락 하나로 의심은 풀릴 거예요. 한 동굴에 들어앉은 짐승이라니, 말씀이 지나치시군요. 생각해 보세요. 줄에 매이지는 않았지만 저는 우리 속의 새나 마찬가지예요. 목욕탕에 가도, 학당에 가도 혼자 다니는 게 허락되지 않아 찾아갈 기회도 없었고, 편지를 보내고 싶었지만 주소를 누구한테 물을 수도 없었죠. 속으로만 울고 또 울었는데……. 무정하고 의리를 모르는 사람으로 몰아세우며 말씀하시는 건 당연하지만, 그건 오해예요. 이 한 몸에 죄가 있다면 어디서 몰매라도 맞을게요. 제발 제 말을 들어주세요.” 하고 오타카가 울면서 붙잡는 소맷자락을 단칼에 뿌리치며 요시노스케는 “오타카 양, 말은 고맙지만 그게 진실인지 아닌지 마음까지 보는 눈이 제게는 공교롭게도 없네요. 아버님의 마음도 알 만합니다. 무기력한 제가 싫어졌고, 연을 끊을 방법이 없던 와중에 계략을 세우신 거겠죠. 걸려든 우리는 덫 속의 짐승입니다. 박수를 치며 비웃으셔도 모자랄 판에 웬 눈물입니까? 화장이 지워져선 제가 죄송하죠. 하기야 소를 말로 갈아타는 좋은 이야기도 내밀히 있을 텐데, 돈 많은 귀공자한테 보여 주실 얼굴, 저한테는 과분할 겁니다. 그만 가세요. 보기도 싫군요."라고 말하고는 무정히 등을 돌렸다. 모질기 짝이 없는 말을 들어서 억울한 것이 아니라, 속마음을 산뜻이 드러낼 수 없음이 원망스러웠기에 오타카는, '당신은 아무것도 모르시겠지만, 분별이 생겼을 무렵부터 갖은 고생을 하며 꾸미고 배우며 '이래야 할까? 저래야 할까? 마음에 들고 싶어. 나를 싫어하시면 안 되는데.' 하며 온 마음을 당신한테 써서 한시도 편할 새가 없었어요. 친구들과 어울리는 것도, 연극을 보러 가는 것도 싫어하신다는 걸 알고는 거의 다 거절하다 마음이 삐뚤어진 애라고 놀림을 받은 게 다 누구 때문인데요. 아무것도 모르고 놀던 어린 시절에는 모르겠지만, 의좋은 사이에도 창피함이 발목을 잡아 좋아한다는 말은 생각만 하고 입 밖에 꺼내지 못했는데, 혹시 이를 천박한 마음이라고 생각하시는 건가요? 설령 무슨 일이 있어도, 제가 어떻게 낯선 사람한테 웃는 얼굴을 보여 줄 수 있겠어요. 산더미처럼 원한을 살 사정이 있으니 어쩔 수가 없군요. 당신한테 정이 떨어져 벌인 계략이라니, 정말 너무한 말씀이세요. 부모와 이어진 자식이니 죄는 똑같다고 각오하고 있지만 부디 그 말만은 다른 데 하지 말아 주세요. 저희 아버지가 아무리 밉다고 해도 변치 않을 마음인 저는 당신의 아내인데, 어떻게 그리 남을 대하듯이 가시 돋친 말씀을 하실 수 있나요. 제 말씀을 듣지 않으실 작정인가요?'라고 말하고 싶은 마음을 눈물로 눌렀다. 소맷자락을 적시며 "요시노스케 님." 하고 옷자락을 붙잡자 그는 "뭐 하시는 겁니까. 불편하네요. 나는 당신의 장난감이 아닙니다. 말벗이 되는 건 고맙지 않습니다. 그쪽은 대갓집 따님이니 여유도 있겠죠. 하지만 그날 벌어서 그날을 사는 신세로선 시간도 아까우니, 이만 누구든 딴 사람을 찾아 보세요." 하며 뿌리쳤다. 오타카가 다시 매달려 "요시노스케 님, 그 말씀 진심이세요?" 하며 얼굴을 올려다보자 요시노스케는 그 모습을 노려보며 "거짓말은 당신들이나 하는 것 아닙니까. 의리나 인정이 있는 세상이라면 또 모르겠지만 말입니다. 어설픈 정직함 때문에 기르던 개와 같은 인비인에게 손을 물리고 포렴만 멀뚱히 보는 수치를 누구 때문에 당했는데요. 땅을 파면 결국 같은 뿌리의 국화일 테니, 부모 자식 사이에 몰랐을 리는 없을 겁니다. 몰랐든 알았든 그건 또 당신 말일 뿐이고요. 원수의 자식은 아내로도 삼을 수 없고, 며느리로도 삼을 수 없겠죠. 할 말도 없고, 들을 말도 없습니다. 원통한 사연을 누가 들어 주기나 했다면 뭐 하러 이렇게 비지땀을 흘리며 죽어라 인력거를 끌고 있겠습니까. 입을 다무는 게 오히려 속 편합니다. 당신은 이제 꽃다운 나이이니 곧 봄이 찾아오기도 하겠군요. 비렁뱅이 같은 신세이기는 하지만 배웅은 해 드리겠습니다." 하며 기를 쓰며 정중함을 꾸몄다. 부들부들 이를 악물고 눈을 부릅뜬 얼굴이 무시무시했다. 산발을 비스듬히 넘기자 흰 얼굴에 노기가 띤 것이 보였는데, 이는 전혀 다정했던 옛 모습이 아니었다. 멈춰 세우자 소매를 뿌리쳤다. 조금만 더 얘기를 들어 달라고 하며 사과하고 원망했다. 매달리는 손이 귀찮다고 하며 차 버리자 털썩 쓰러져 엉엉 울었다. 그 목소리를 제 귀로 들으며 깨어난 곳은 어디일까? 늘 보는 방의 독서대에 세워진 『고게쓰쇼』[23] 호접 권을 꿈처럼 부질없이 바라보며 퍼뜩 깨닫는 단잠의 꿈. 저무는 해를 뒤로하며 창문의 발이 바람에 휘날리는 소리도 쓸쓸하다.

23 湖月抄. 『겐지 모노가타리』의 주석서. 전 60권.

5

"신기하군요. 오타카 님, 오늘 오신 건 무슨 바람이 불어서인가요. 그저께 수업에도, 그 전날에도 끝내 얼굴을 보이시지 않아 스승님도, 다른 사람도 모두 꽤나 걱정하며 진종일 얘기를 나눴어요." 하고 웃으며 맞이하는 학당 동료는 니시키노하나코로, 의학사의 여동생이다. 박애하고 인자하다는 평판이 높은 오빠를 본받았는지 점잖은 성품이었다. 아무개 학교 통학생의 빼곡한 푸른 잎 가운데 붉은 꽃 한 송이라고 하며 칭찬이 자자했다. 다카시마다에 히후[24]를 걸친 차림이었는데, 스무 살을 넘어서도 아이처럼 옷의 어깨를 접어 꿰맨 것이 귀여운 호인이었다. "오타카 님, 이것 좀 보세요. 나이 든 사람이 없는 집이라 약간 어수선하죠? 오빠도 역시 남자인가 봐요. 집안일은 완전히 나 몰라라 한다니까요? 저 혼자 북 치고 장구를 치고 있지만 그래도 정말 먼지투성이네요." 하고 웃으며 방석을 권했다. "신경 쓰실 것 없어요." 하며 오타카는 가라앉은 목소리로 답했는데, 이래서야 답답한 속을 누구에게 밝힐 수 있을까. '동료 중에 몇몇 친한 사람은 있어서 봄가을의 꽃놀이, 단풍놀이 때 짝지어 비녀를 꽂고 다니는 그런 사이가 가짜는 아니겠지만, 그 자리에서 교제를 갖는 모습은 유치해도 지혜가 깊다는 게 이 언니인데. 내가 매달리고 싶은 마음이 드는 것도 어린 마음에서겠지. 하지만 겉모습으로 알 수 없는 게 사람 마음이야. 웃음거리가 되기라도 하면 창피한데, 어쩌면 좋지.' 이런 생각을 할수록 오타카는 형제자매가 있는 사람이

24 被布. 기모노 위에 입는 방한용 겉옷의 하나.

부러워 "오빠분이 속이 깊은 분이라고 하셨죠? 부럽네요." 하고 말하자 하나코는 살짝 미소를 지으며, "그것만은 제 행복이죠. 하지만 다툴 때도 있어요. 말도 안 되는 잔소리를 듣고 서로 화내기도 하지만 뒤끝도 없고 앞끝도 없죠. 해삼 같은 남매라며 사람들이 웃어요. 요즘에는 시료(施療) 때문에 여유가 없어서 연극에도, 만담에도 통 같이 못 가고 있어요. 언제 한번 같이 가요. 오빠는 당신을……." 하고 말하다 말고 웃음으로 흐리는 말. 무슨 뜻인지는 잘 몰랐지만 오타카는, "베풂(施)이라니 인정이 깊으신 분이네요. 분명 불쌍한 사람들도 있겠죠."라고 생각하니 통찰이 깊기도 하다. 하나코는 담배를 싫어한다고 들었는데 옆의 담뱃대를 집어 조금히 한 모금을 빨고 연기를 뱉으며 "벌써 여러 일이 있었죠. 요 이틀 전에는 몹시 가난한 뒷골목 셋집 사람이 난산으로 고생하고 있었는데, 오빠가 수술을 해 줘서 엄마와 아기 모두 무사할 수 있었어요. 그런데 아기한테 입힐 옷이 없다고 하더군요. 이 말을 들으니 제 평소 성격에서 가만히 있지 못해, 그날 밤새 바느질을 해선 두 벌을 지어 보냈죠." 하고 득의에 찬 얼굴로 이야기했다. '덕은 감출수록 좋다고 하는데, 미덥지 못하구나.'라는 의심에 오타카는 이야기를 나누고 싶다는 마음이 사라져 버렸다. 하나코는 여러 환자 이야기를 하다가 어제는 도보초의 어느 집 이야기를 꺼냈는데, 혹시나 하고 듣자 조금도 틀림없는 모습이었다. 오타카는 '그 정도일 줄은 몰랐는데 그 말이 정말이면 어쩌지? 사실인지 아닌지 자세히 듣고 싶구나.' 하고 생각했지만 마음이 찔린 나머지 말문이 막혀 우물쭈물 맞장구치고 말았다. "오타카 님, 편안히 계세요. 곧 오빠도 돌아올 거예요. 우선 그보다는 보여 드리고 싶은 게 있어요. 언젠가 말씀드린, 오빠가 애지중지하는 화첩이에요. 당신한테 보여 드리면 칭찬을 받을망정 잔소리는 듣지 않겠죠. 잠시만 기다려 주세요." 하며, 하나코는 대접해 주는 말이 자연스러운 사람이었기에 오타카는 좀처럼 돌아가지도 못했고 이야기는 가지에 가지를 치기만 했다. 하나코는 점점 진지해져서는 "이런 말씀을 드리는 건 이상하겠지만, 당신은 외동이고 저도 오빠만 한 명 있을 뿐 자매는 없으니 외로운 건 마찬가지겠죠. 늘 어딘지 허전한 마음이에요. 부족한지는 모르겠지만 저를 자매로 생각해 주세요." 하며 저의가 있는 말을 했다. "그건 오히려 제가 부탁할 말……" 하는 말을 다 듣지도 않고 하나코는 "그렇다면 드릴 말씀이 있어요. 들어주시겠어요?" 하고 다그치고는 "오타카 님, 당신 마음 하나만 여쭈면 다 끝날 일이에요. 말씀은 다름이 아니라, 진짜로 제 새언니가 돼 주시지 않겠어요?" 라고 했다. 그 결연한 말을 듣고 오타카가 "농담이시죠? 저를 정말로 자매로 생각하셔서……." 하고 말하는 것을 끊고 하나코는 "어머나, 그럼 아직 모르시는 건가요? 아버님과 저희 오빠 사이에 얘기가 돼서 오타카 님만 승낙하면 내일이라도 진짜 새언니가 될 수 있었는데. 어때요? 싫으세요? 싫으시다면 어쩔 수 없죠." 하며 어쩐지 기분 나쁜, 살가운 목소리로 말했다. 진짜일까, 거짓말일까. 너무하다고 하면 너무한 일이었다. 오타카가 어지러운 마음을 가라앉히고 "하나코 씨가 하신 말씀이 저는 잘 이해가 되지 않네요. 대답이든 뭐든 나중에 드리죠. 오늘은 이만 가 볼게요." 하며 일어나는 것을 하나코는 구태여 말리지도 않으며 "그럼 가시는 건가요? 좋은 대답을 기다리고 있겠습니다." 하고 현관에서 배웅했다. 작별을 뒤에 남기고 인력거에 타고는 나아가려던 그때, 차부를 부르는 소리에 단숨에 그쪽으로 달려가는 한 남자가 보였다. '저 사람은 어디에서 약을 타 온 걸까. 딱한 행색이네.' 하고 돌아보자 저쪽에서도 돌아보았다. '어, 요시노스케 님!' 하는 외침이 미처 나오지 못한 사이, 인력거는 유유히 바퀴 자국을 아득히 땅에 새기고 말았다.

6

유리 장지문 너머로 안뜰에 심긴 소나무를 정취 있게 보는 중에 비단 이불을 덮은 고타쓰 속이 따뜻해 미인이 술을 따르는 데 정신없이 입맛을 다시는, 혀가 꼬이고 눈이 풀린 손님도 "문간에서 빈 술통을 거둬 가는 저 아이는 어디 사환일까. 저것도 눈 속의 한 풍취로구나. 차라리 쌓인다면 대여섯 척, 덧문을 열 수 없을 정도로 내리게 두고는 영원한 밤의 연회를 열어 보고 싶구나!" 하며 허튼 소리를 하는 흔한 육화(六花)의 풍경이지만, 몸에 스미는 추위는 막상 겪지 않으면 모르는 법이다. 요 며칠간 날씨가 쌀쌀했는데, 오늘 아침부터 흐릴 조짐이 보였다. 끝내는 두통을 달고 사는 사람의 일기 예보가 정확히 맞아, 서북풍이 황혼을 덮치며 거위 깃털 또는 버들개지 같은 눈이 날리기 시작했다. 은은한 저녁 종소리의 울림에 둥지로 서두르는 까마귀. 적적한 이날 밤의 잠자리에서 누가 덧없는 매미 허물 같은 꿈을 꾸기 시작한 것일까. 요리점 안쪽 2층에서 낮은 음조로 샤미센 소리가 들렸다. 포렴을 새는 웃음소리를 듣고 자기도 모르게 멈춰 선 행인은 개의 꼬리를 밟은 줄도 모르고 으르렁거리는 데 화들짝 놀라며 "아니, 요놈이!" 하며 멋대로 내뱉고는 물러섰다. 자기 것이라 무겁지 않은 삿갓에 흰 눈을 쌓으며 인적도 드문, 길 한쪽에만 건물이 있는 어스레한 거리에서 제등의 초연한 불빛을 바람에 불리며 깜빡이게 하는 것도 위태로운 인력거 한 대가 있었다. 값싼 임대료답게 칠이 벗겨졌고 덮개가 찢어진 것이었다. 밤에 보면 그나마 낫지만 낮에는 창피스러울만치 낡은 모포를 덮은 듯 보였기에 타는 손님의 신분도 거의 알 수 있었다. 쌀값이나 있을지 알 수 없는 야윈 농부, 뒷골목 셋집에서 실낱같은 연기를 애처로이 피워 올릴 듯한 여자…… 대개 이런 사람들이었다. 팔에 힘이나 있을지 의심되는 마른 몸 덕에 "차부 같지 않군그래. 인상이 고상해." 하는 칭찬도 들었다. 품팔이 사회에서 자란 사람으로는 보지 않았지만, "전에는 무엇을 했소? 듣고 싶군요." 하고 묻는 사람은 없었기에 스스로 입을 뗄 수도 없었다. 절로 나오는 한숨을 이 악물고 참았지만 추위에 이가 달달 떨렸다. 문득 고개를 든 얼굴을 보니 참으로 미남자가 따로 없었다. 얼굴빛은 검지만 생김새가 순하고 말씨는 점잖은 데다 나이는 스물, 스물하나에 불과했다. 누더기 통소매 옷을 질긴 명주옷으로 고쳐 입히고, 오비에 눈부신 금 사슬을 두른 차림으로 꾸며 주고 싶을 따름이다. 인기 배우도 거기에는 필적하지 못하리라. 하기야 대갓집 도련님이었으니 당연히 그래야 할 터다. '참, 저런 인물을 갖추었으면서 몸에 익힌 재주는 없는 걸까. 거둬서 쓰겠다는 사람은 없는 걸까. 딱한 일이로구나.'라는 것이 눈앞에서 보았을 때 드는 느낌이다. '내력은 전혀 알 수 없는 노릇이다. 아름다운 꽃에는 가시도 있으니, 유화한 얼굴에는 뜻밖의 사정도 숨어 있겠지. 무섭구나.' 하고 생각하면 그렇게도 보였다. '눈 속 매화가 봄을 기다리는 동안의 세상살이로구나. 작은 데 얽매이지 않는 용기가 가상하다. 손님을 기다리는 동안 양서(洋書)를 펼치고 있을 듯하다.' 하며 또 편드는 시선으로 세상 사람들은 색안경을 끼고 멋대로 보기도 했다. 밤은 아직 깊지 않았지만 펑펑 내리는 눈에 인적이 거의 끊기다시피 해서 문을 내린 상가가 곳곳에 있었다. 늘어지게 빼는 안마사의 목소리에 강아지 울음소리가 근처에서 섞이는 것도 쓸쓸한데, 길가 버드나무에 쏴 바람이 불어 버들가지가 낭창거리며 가루눈마저 날렸다. 수심에 잠긴 젊은이는 목덜미에 차가움을 느끼며 그것을 재빨리 털어냈다. 와사등 불빛에 비친 반쪽 얼굴이 창백해 보였다. '길 가는 사람은 없고 타는 사람은 더 없을 텐데, 대체 뭘 기다리는 걸까. 미련하구나.' 하고 남의 눈에 보이기는 했지만 여전히 떠나지 않고 앞뒤를 살피는 것은 사람을 기다리는 마음이 끊이지 않아서다. 곱은 손끝을 제등의 불에 쬐며 후 하고 내뱉는 한숨에는 기운이 없었고 주변을 둘러보고 또 내뱉는 한숨은 깊었는데, 우려의 연못 저 밑으로 가라앉은 것인지 눈 감은 머리를 걱정스럽게 팔짱을 낀 위에 대고 이삼 초 있자, 이곳에 인력거를 세우고 나서 듣는 세 번째 종소리가 울렸다. 이제는 가야 된다고 마음을 굳혔을까. 벌떡 일어났지만 다시 품속에 손을 넣고 고민에 빠졌다. "아, 큰일이구나." 하고 저도 모르게 탄식이 입에서 새어 나오며 그대로 있던 자리로 발이 갔다. 혀를 차는 소리가 잇달아 들렸다. 눈은 더 내려 쌓이기만 할 뿐 그칠 기미는 전혀 보이지 않았다. '이제 더는 다니는 사람이 없는 건가.' 하며 낙담하고 있던 그때, 고맙게도 발소리가 들려 뒤돌아보자 각등의 빛을 눈에 비추며 돌아다니는 순사였다. 수상히 여기는 그 시선이 지나간 뒤에 다시 인기척이 났다. '이번에는 좀 태워 보자.' 하며 보았지만 비참하게도 세 채쯤 앞에 있는 집에 들어가는 사람이었다. 과연 끈기도 다해 버렸을까. 망연히 서 있던 참에 "조금 더 가 봅시다." 하는 말소리가 들리며 검은 그림자가 눈에 비쳤다. '하늘이 내린 사람이 왔으니 놓치지 말아야지.' 하며 기운을 내 다가갔지만, 이를 어쩌면 좋을까. 지나침은 모자람만 못하다더니 공교롭게도 두 명 일행이었다. 인력거는 한 사람만 태울 수 있는데.

7

애타는 사람은 오히려 산회가 지나고서도 마중 나오지 못하고 있는 인력거꾼이라고 생각하고 싶구나. '기다리게 둬도 괜찮지만 대문 앞이 주인을 데리러 온 인력거로 복잡한 걸 내다보고는 일찍 오라고 말했는데 왜 이렇게 늦는 걸까. 설마 잊어버리고 안 오는 건 아니겠지. 집에서도 언제까지고 마중 나가지 않는 걸 보고 있지만은 않을 거야. 혹시 전의 술버릇이 도져 어디서 취해선 곯아떨어져 버리기라도 한 걸까? 그럼 정말 난처한 일이야. 우리 집에서도 걱정할 테고 이 집에 폐를 끼치는 것도 미안한데. 어쩌면 좋지?' 하는 생각이 들 때부터 눈이 쌓이기 시작했다. 더욱 불안하게 촛농이 흐르는 대문 쪽 2층 방에 홀로 남겨진 닛타 집안의 오타카. 이것이 쓰라린 세상일까. 음곡(音曲) 선생이 개최한 마땅한 모임에 거절할 수 있는 사정은 없었지만, 괴로움은 역시 의리의 굴레에서 비롯되었다. 어쩔 수 없이 발이 묶인 이날 오후부터, 비단옷을 차려입은 모습 속에 숨겨진 마음에는 무엇이 있느냐고 누가 물었다면 어지러운 눈물뿐이라고 했을 것이다. 옅은 화장에 깊은 심로를 감추고는 동료들의 천진한 이야기를 웃으며 듣느라 가슴이 답답했다. 그런 자신의 마른 손목을 붙잡고 "부러워요. 오타카 님은 손이 참 가느시네요. 혹시 식초를 드시나요? 비결을 듣고 싶어요." 하며 진지하게 묻는 사람이 우습지는 않았고 오히려 그 마음이 부러웠다. 그 사람들이 모두 돌아간 뒤로 한 시간이라는, 기다리기에는 꽤 오랜 시간을 기다렸지만 인력거 소리는 대문에서 전혀 들리지 않았다. 내버려 두면 그나마 낫겠는데 "차를 좀 드세요. 과자를 좀 드세요. 밤은 아직 그리 깊지 않아요. 마중 나오는 사람도 곧 올 테니 편히 계세요." 하며 대접받을수록 더욱 미안함을 견디기 어려워 오타카가 "언제까지고 기다려도 끝이 보이지 않네요. 죄송하지만 인력거 한 대를 불러 주실 수 있을까요?" 하며 이 집 하녀에게 주선을 부탁하자 "어려운 일은 아니지만 혹시 마중 나오는 사람과 길을 엇갈릴 수도 있지 않을까요? 좀 더 기다려 보시는 게 어때요?" 하고 떨떠름하게 말했는데, 역시나 인력거를 부르러 나가기 귀찮았기 때문일 것이다. 그것도 당연하다. 눈이 내리는 밤길인지라 그래도 어떻게 좀 해 달라고는 차마 말하지 못해 속이 말이 아니었지만, 또 한동안 지나 두 번째로 내온 차의 향이 연해질 즈음이 되어도 감감무소식이었기에 오타카는 "이제는 올지 안 올지 믿을 수 없고, 믿어 봤자 언제라는 기약도 없어요. 길을 엇갈려도 괜찮아요. 일단 인력거를 불러 주시면 좋겠어요." 하고 다짐을 하고 간청하자 선생은 몹시 가여워하며 "그럼 더는 말리지 못하겠군요. 아무렴, 가시는 도중에 밤이 깊어져선 안 되겠죠. 얘야, 얼른 인력거를 불러오너라." 하고 시키자 주인에게는 어쩔 수 없었는지 하녀는 약속해했지만, 분부를 듣고는 황급히 사다리를 내려갔다. 부엌 출입구를 나간 지우산 위에 눈이 쌓일 새도 없을 정도로 재빨리 돌아와 "단골 인력거 주선집은 미련 없이 문을 닫았고 차부도 전혀 없어서 죄송하지만……." 하고 고하자 선생은 "그럼 어쩌면 좋을까요? 차라리 여기서 묵고 가시면 좋겠지만 댁에 걱정을 끼쳐서는 안 될 텐데……. 댁에서 걱정만 하지 않는다면 내일 아침에 일찍 가세요." 하고 권했다. 그 친절에 손을 잡혔지만 그럴 수도 없어서 오타카는 "눈은 오지만 밤은 아직 그리 깊지 않았으니 괜찮을 거예요." 하며 돌아갈 채비를 하자 선생은 "그럼 사람을 붙여 드리죠. 걷기가 쉽지 않은 데다 이 주변에서는 인력거를 찾기 어려울 거예요. 큰길까지 나가시기도 힘들겠죠. 집에 있어도 화로에서 한시도 떨어질 수 없는데, 밤공기를 맞고 감기라도 걸리시면 안 되죠. 거리끼실 건 전혀 없습니다. 여기서 바로 두건을 쓰세요. 아무나 어깨걸이를 좀 걸쳐 드리거라." 하고 말했다. 모두가 매달려 정신없이 채비를 도운지라 고맙다는 말도 하지 못했다. "늦어지기 전에 서두르세요. 억지로 붙잡지 않았다면 이토록 눈이 쌓이지 않았을 텐데, 폐를 끼치고 말았네요. 어떻게 사과드리면 좋을지……." 하고 선생은 대문에서 배웅해 주었다. 강아지 소리는 무서웠지만 동행하는 하녀의 듬직한 덩치를 보니 마음이 든든했다. 처마 밑을 따라 세 정쯤을 가자 "보세요. 저 제등은 분명 인력거일 거예요. 조금만 더 참으세요." 하고 하녀는 오타카의 손을 잡았는데, 그 이끄는 손도 이끌리는 손도 얼어붙은 것만 같았다. 기뻐하며 다가가서 보자 말 그대로 덮개가 찢어진 인력거였다. "여보세요." 하고 부르기는 했지만 하녀는 물러서서는 오타카의 소매를 살짝 붙잡으며 "조금 더 가

봐요. 인력거가 좀…….” 하고 말끝을 흐렸다. 마침 펑펑 내리던 눈 때문에 오타카는 박쥐우산을 기울이는 김에 저도 모르게 뒤돌아보게 되었는데, 그러기 무섭게 눈에 들어온 것은 무엇이었을까. 쑥대머리에 누더기를 걸친 청년 차부였다. 오타카는 밤바람이 몸에 스며서인지 덜덜 떨며 “이렇게 눈이 와선 더 가도 있을지 없을지 모르니 아무래도 좋아요. 저 인력거로 할게요.” 하며 갑자기 발밑이 무거워졌다. “저기, 저런 인력거에 타신다고요? 정말 저래도요?” 하며 하녀가 재삼 확인하자 오타카는 고개만 살짝 끄덕이고 말은 하지 않았다. 하녀는 자기도 눈 속을 걷기 버겁던 참이어서 분부대로 그 인력거를 잡아 주었다. ‘참 어울리지 않네. 비단옷에다 누더기 하카마[25]를 꿰매 붙인 것 같아.’라는 생각에 하녀는 사랑스러운 눈길로 출발하는 인력거를 바라보며 “안녕히 가세요! 차부님, 조심히 가 주세요!” 하고 외쳤다.

8

달려가는 인력거는 쏜살과 같았다. 하지만 쌓인 눈이 바퀴에 붙어서인지 인력거가 흔들리는 바람에 길이 잘 가늠되지 않았다. 요로즈요 다리[26]에 왔을 즈음에는 철도마차의 나

25 袴. 기모노를 입은 위에 입는 주름 잡힌 긴 치마와 같은 하의. 허리 부근에서 끈으로 매어 고정한다.

26 万世橋. 도쿄 간다강(神田川)을 건너는 도쿄 최초(1873)의 아치형 석교로 당시 명소의 하나. 1906년 철거.

팔 소리는 끊긴 지 오래였고 교야의 시계[27]가 10시를 알리는 소리가 하늘에 높았다. "요로즈요 다리에 왔습니다만 댁은 어디신지요." 하고 차부는 인력거 채를 가만히 쥐고 멈춰 섰다. 손님이 낮은 목소리로 "나베초까지 가서……." 하고 말하는 한마디를 차부는 마저 듣지도 않고 힘을 모아 다시 한번 힘차게 끌기 시작했다. 비비(霏霏)하게 내려 애애(皚皚)하게 쌓이는 설야의 경치에 변함은 없었지만 과연 큰길에는 사람의 발길이 끊이지 않았다. 눈에 반사되는 와사등의 빛이 눈부시게 환한 가운데, 손님은 살을 에는 한기를 견디기 힘들었는지 어깨걸이를 목에 깊숙이 감싼지라 겉으로 보이는 것은 두건의 색과 어깨걸이의 화려한 무늬뿐이었다. 인력거는 어디로 보나 찢어진 인력거였다. 천장 덮개는 눈을 족히 막지 못해 박쥐우산을 힘들게 앞으로 쓰며 몇 정을 갔다. "나베초는 이 뒤편입니까." 하며 뒤돌아보자 "아니, 나베초가 아니고요, 혼시로카네초예요."라고 한다. 알았다는 대답만 하고 또 한 정을 달려갔다. "꺾어서 가면 되겠습니까?" 하고 묻자 "아뇨, 똑바로 가 주세요." 하며, 여기서도 인력거를 세우려고 하지 않았다. "니혼바시까지 가고 싶은데요."라고 하는 말에 무슨 사정인지는 모르겠지만 일단 말대로 갔다. "하천이 보이면 꺾어 주세요." "어느 쪽으로 말입니까. 오른쪽이요? 왼쪽?" "왼쪽으로요. 아니, 오른쪽으로 가 주세요." 이 말에 또 어떤 골목에 들어갔다. "죄송하지만 여기서 꺾고 똑바로 가 주세요." 하는 말에 좁은 길로 들어갔다. 어찌 된 일일까. 이 길은 막다른 길인

27 옛 하타고초(旅籠町)의 교야(京屋) 시계점 본점 옥상에 있던 사방 시계탑을 가리킨다(1875년 건립). 당시 '소토칸다(外神田)의 대시계'라 불린 도쿄의 명물.

지라 달리 꺾을 길도 보이지 않아, '혹시 댁은 어디 주변이십니까.'라고 미심쩍어하며 물어보려고 한 참에 "어떡해. 길을 잘못 들었네요. 되돌아가 주세요."라고 해서 다시 돌아왔다. 큰길에 나오니 골목으로 들어가자고 하고 골목을 누비니 큰길로 나가자는 말을 듣고 그렇게 달리고 또 달렸고 돌고 또 돌았다. 박차며 나가는 눈에 바퀴 자국을 길게 그리며 돌아서 나오자 다시 전에 본 길이었다. 어스레한 동네의 한 모퉁이에 차부는 망연히 인력거를 세우고는 "말씀대로 왔더니 다시 전에 본 길로 나왔는데요, 혹시 착각을 하신 거 아닙니까? 여기 모퉁이를 돌면 조금 전에 본 실 가게 앞이고 똑바로 가면 큰길로 나가 버립니다. 아마 뒷골목이라고 말씀하신 것 같은데 동네 이름은 어떻게 되나요. 그 정도는 대강 아시지 않겠습니까." 하고 물었다. 손님은 작은 목소리로 "일단 꺾어 주세요. 아마 이 길인 것 같아요."라고 하며 인력거 채의 방향을 틀게 했다. "보세요. 여기는 아까 그 길이잖아요. 여기서 내리시겠습니까." 하고 의아해하며 묻는 차부의 말에 "정말로 여기는 아니었네요. 여기서 하나 더 뒤에 있는 골목인 것 같아요." 하고 모호하게 답했다. 차부는 알겠다고 하고는 어떤 골목으로 인력거를 돌렸다. "여기도 아니네요. 조금만 더 앞으로 가 주세요."라고 한다. 제등의 불이 흔들리며 여러 번 꺼져 상가에서 불씨도 두어 번 빌렸다. 차부 역시 길에 밝지 않은 것일까. 아직 이 일에 익숙하지 않은 것일까. 같은 길을 오가고 있으니 답답할 만도 한데 말이 거칠어지지도, 가기를 그만두지도 않으며 말대로 길을 갔다. 밤이 점점 이슥해져 갔다. 인적은 드문드문해졌지만 눈은 더욱 기세를 더해 내리고 또 내렸다. 그럼에도 숨겨지지 않는 것은 나베야키 우동 집에서 들리는 가늘고 애처로운 목소리, 문을 내리는 상가의 거칠고 높은 소리, 그리고 안마사의 피리 소리, 개 짖는 소리……. 좁은 길 하나를 사이에 두고 머나먼 소리처럼 들리는 게 자못 쓸쓸하다. '참 이상한 손님이구나. 요로즈요 다리도 아니고 나베초도 아니고, 혼시로카네초도 지났는데. 니혼바시에서도 멈추지 않고, 큰길과 골목 여러 곳을 몇 번이고 오갔는데, 대체 어디에 가려는 걸까. 해외에 나갔다가 돌아와 아내 얼굴을 잊어버린 사람이 있다는 말은 들었지만, 이 사람은 어쩌다가 자기가 돌아갈 집을 잊어버렸을까. 나이도 아직 젊은데, 우스운 일이라면 우스운 일이다. 그런데 생각할수록 참 의아하구나. 이번에는 교바시로 서두르라니.' 그렇게 골목을 따라 두세 정을 갔고, 동네 이름은 알 수 없었지만 조금 들어간 데 있는 2층 건물 주변에 왔다. 정문에 걸어 놓은 초롱불이 어렴풋하고 주인은 있는 둥 마는 둥, 현관에 놓여 있는 게다는 두세 켤레, 요리사가 하품을 하고 있는 모양만 번듯한 일본 요리점이었다. 손님은 가게를 퍼뜩 알아보고는 "어어, 여기에요. 여기에 잠시 세워 주세요." 하고 느닷없이 말했고 이에 차부는 외마디 기합을 넣으며 정문을 들어갔다. 현관 앞에서 인력거를 멈추며 한숨을 돌렸다. 안에서는 여종업원들이 한 목소리로 "어서 오세요." 하고 맞이했다.

9

기세 좋게 정문을 들어왔지만 막상 손님을 내리고 생각하니 창피했다. '이 요리점의 모습은 기억에 남아 있다. 지금 내 처지로는 퍽이나 오래전처럼 느껴지지만 남들은 어제라고 말하는 작년과 재작년, 동업자 조합 회의였나, 무슨 간친회를 열 때 자주 오른 사다리였지.' 이를 깨닫자 덜컥 주눅이 들어, 보는 사람은 없었지만 그늘진 캄캄한 데로 황급히 인력거와 자신을 다가세우고는 쉬었다. '가만히 생각하면 이것도 쓸데없는 걱정이구나. 과연 누가 나를 기억하고 알아볼까. 마쓰자와 집안의 젊은 우두머리로 칭송받으며 상석으로 안내받던 몸이었는데, 지금은 내가 보아도 꼴이 말이 아니니 설령 안면이 있다고 해도 그저 닮은 사람으로 생각하겠지. 분명 그럴 만하다. 하기야 변해도 이렇게 변할 수가 없다. 눈과 먹 정도가 아니라 구름과 진흙만큼 차이가 심하다. 아무리 유위전변의 세상이라고 하지만 누가 이런 차이를 알아챌 수 있을까. 켕기는 마음에 전에 알던 사람의 눈이 불편해, 일부러 골목으로 몸을 피하고 다니며 들키지 말아야지 했던 마음고생도, 남들은 아무런 관심도 없었으니 스치는 길에 눈빛을 마주하고 깜짝 놀란 건 나뿐이었구나. 일부러 그러는지 정말로 잊어버렸는지 남들이 그냥 지나친 뒤에 쓸어내리는 가슴의 한편으로 답답함을 느낀 건 박한 인정 때문이었지. 종이로 말하자면 요시노가미[28]와 같아 모조리 비쳐 보이는 세상이니. 아는 체해 주기를 바라지도 않았고 말을 걸어 줘 봤자 몸 둘 데도 없지만, 그래도 어떤 기색은 있기 마련이다. 무슨 말을 하면 사리는 몸과 비웃는 듯한 시선이 분하게 느껴진 것도 내 마음이 삐뚤어졌기 때문일까? 하인들과 우리 집을 드나든 사람들을 헤아리면 적지 않은 수인데 누구 하나 내 이야기 상대가 되어 주겠다며 나선 사람은 없었다. 부귀를 보고는 친척들도, 몇 세대 전의 누구와

28 吉野紙. 요시노 지방(나라현)에서 생산되는 닥나무로 만드는 매우 얇은 종이.

어떤 연고가 있었다느니 하는 사람들도 모여들었다. 심지어 새끼 고양이를 받아간 사람까지 우리 집을 본가로 대접하며 거짓 추종을 했고. 뭘 해도 돈이 뚝딱 나온다고 생각해 정원석 가게를 주선해 주는 것을 비롯해 우리를 끌어들이려고 수를 썼고, 수판을 놓아 보지 않아 얼마인지는 모르겠지만 수지에도 맞지 않는 물건을 사들이고는 중간에서 제 주머니를 채우기도 했다. 호사스러운 비단옷을 누구 덕에 입게 됐는지 생각하지도 않았지. "은혜 덕분에 2층 건물을 지었습니다."라는 말은 헛된 존경이었던 걸까. 요새는 영락한 걸 높은 데서 내려다보며 "하여간에 너무 기개가 없다."라고 말한다고 하던데. 이를 가혹하다고 생각하는 것도 내 자업자득이구나. 다른 사람이라면 이 말을 올바른 평가로 들을까. 분가나 마찬가지인 닛타 집안에까지 속을 정도로 방심한 건 과연 가운이 기울던 무렵이었기 때문일까? 그렇다고 해도 가증스러운 건 닛타 집안의 딸이다. 아름다운 겉에 어울리지 않는 속을 가지고 있으니. 소학교를 다니며 보랏빛 명주 보자기를 서로 맞춰 들고 다니던 시절, 내가 상급생한테 싸움에 져서 원통하게 주먹을 불끈 쥐고 있을 때, 함께 눈물을 머금고 분한 마음으로 상대를 노려봐 주기도 했지만, 그건 아무것도 모르던 옛날의 일이다. 나는 태어날 때부터 몸이 약해 작은 감기도 열흘이나 스무 날을 앓았는데, 그런 때면 닛타 집안의 딸도 우리 집에 오는 게 뜸하더니 저 역시도 걱정 탓에 환자가 돼 식사도 잘하지 못하고 교양 수업에도 나가지 않았다고 했지. '도련님 한 명이 아프시면 늘 또 한 분이 고생하신다니까요.'라고 하녀들이 웃으면서 하는 말을 기쁘게 들었지만, 지금 생각하면 일부러 그런 말이 나오게 한 건지도 모른다. 요전에는 니시키노 저택 현관 앞에서

봤지. 아름답게 꾸민 행색에 견줘 내가 먼저 말을 걸 수는 없었지만, 말도 없이 그냥 지나가 버리다니 너무 괘씸한 처사가 아닐까. 처지는 영락했지만 혼약한 연은 끊어지지 않았을 텐데. 혹시 정말로 연을 끊었다는 생각이라면 차라리 내가 보기 좋게 끊어 주고 싶다. 하, 끊어진다는 생각을 하니 애옥살이하는 우리 집의 칸델라 램프 석유가 떠오르는구나. 오늘 밤에 쓰면 이제는 더 없는데 어쩌면 좋을까. 그러잖아도 부모님이 편찮으신데 등불이 없으면 분명 불편하시겠지. 얼른 집에 가서 잘 계시는지 보고 싶은데, 오늘 이 손님은 성미가 정말 누긋하네. 아직 차비를 주려고도 하지 않고 언제까지 기다리게 하려는 걸까. 그래도 재촉할 수는 없다. 어찌 된 일일까.' 하며 안쪽을 들여다보자, 복도를 걷는 발소리에도 얼굴이 화끈 달아올라 자기도 모르게 다시 구석진 데로 피했다. '생각해 보니 내게 차비를 바라는 마음이 있는지도 잘 모르겠다. 만일 차비를 대신 건네주는 사람이 안면 있는 여종업원이면 어떡해야 할까. 아는 체하면 뭐라고 말해야 할까. 창피를 거듭할 필요는 없을 터. 차비라고 해 봐야 얼마인지 뻔하니 받지 않아도 상관없다. 그냥 집에 갈까? 아니다. 이 돈만 보고 이 눈 오는 밤에 두 시간이고 세 시간이고 고생을 하지 않았는가. 창피를 당하든 소문이 나든 일단 부모님이 사셔야 한다. 아, 누구라도 나와라! 이 꼴을 누가 어떻게 알아나 볼까.' 이런 자문자답을 하고 있던 그때, 요리점 여종업원이 새된 목소리로 "그쪽이 이케노하타에서 온 차부님이세요?" 하고 물었다.

10

"무슨 착각을 하셨겠죠. 저는 손님과 따로 친분이 없습니다. 이케노하타에서 모시고 온 건 틀림없지만 차비를 주시는 것 말고는 볼일이 없을 텐데요. 제 사정을 말씀드리고 차비를 좀 받아 와 주셨으면 합니다." 하며 요시노스케가 한 걸음도 움직이려고 하지 않자 여종업원은 웃음 지으며 "착각인지는 제가 알 일이 아니지만, 손님 말씀만 들으면 지금 차부님께 볼일이 있는 거예요. 발을 씻게 하고 방으로 부르고 싶다고 말씀하신 게 틀림없어요. 일단 들어오세요."라고 하고는 정말로 발을 씻는 더운물까지 길어 주었으니 설마 농담은 아닐 터다. '거짓말이 아니라면 참 희한한 일이구나. 손님은 누구이고, 무슨 볼일이 있어 나를 만나고 싶어 하는 걸까. 친척, 친구도 외면하는 나와 일면식도 없고 말 한마디 나누지 않은, 더구나 부인이 내게 용건이 있다는 건 무슨 일일까. 왜 만나고 싶어 하는 걸까. 사람을 착각했다고 생각하면 쉽게 납득은 되는데, 그러고 보니 인력거를 여기저기로 돌린 것도 수상하다. 그것도 이상한 일인데, 부탁하고 싶은 게 있으니 발을 씻고 들어와 달라는 건 너무도 뜻밖이다. 알 수 없다고 해도 이보다 더 알 수 없는 일이 있을까. 어쩌면 좋지.' 하고 생각하며 요시노스케가 우두커니 서서 망설이자 여종업원은 애타는 듯이 재촉하며 "손님도 무척 기다리고 계실 거예요. 만나 보면 사정을 알 수 있겠죠. 얼른 가자고요." 하며 손을 붙잡고 이끌었다. "그럼 가 보죠. 손을 좀 놔주세요. 사람을 착각하신 것 같기는 하지만, 일단 뵙지 않으면 의문이 풀리기 어렵겠군요. 안내해 주시죠." 하고 명료하게 대답은 했지만 마음속은 여전히 막연하고 자욱하기만 했다. 차분히 발을 다 씻자 여종업원은 재촉하듯이 손짓했다. 역시 번듯한 요리점인지라 실내를 비추는 전등 빛이 매우 밝았다. 누더기옷의 바늘귀가 뚜렷이 보여 요시노스케는 지금 이곳이 극한(極寒)의 밤도 아니었지만 등에 식은땀이 흘러 추웠다. 손님은 2층에 있다고 했다. '따라가는 이 사다리 층계 하나하나를 세상의 쓰라림이라곤 전혀 모른 채로 오르내리기도 했지. 그때 한 작부가 내 곁을 떠나지 않고 수다스럽게 대접해 주었는데, 그 여자가 만일 그 방에 있다면 정말이지 그보다 더 면목이 없을 수는 없다. 그 시절 친구들은 지금도 분명 여기로 마시러 오겠지. 어쩌다 내 얘기가 나와 여차저차 말이 나왔다면 그 창피함은 어디까지 알려졌을까. 그러고 보니 애초에 나는 왜 이 요리점에 들어왔는가. 새삼 쓸데없는 짓을 했구나.' 하고 생각할수록 가슴이 뛰고 다리가 떨렸다. 안내받은 곳은 예전에 본 기억이 있는, 사다리를 올라 오른쪽에 있는 작은 다다미방이었다. 여종업원은 "손님은 여기에 계십니다." 하고 가리키고는 서둘러 아래층으로 내려갔다. 장지문 밖에서 잠시 머뭇거렸지만 결국 '어차피 죽는 일도 아닌데.' 하는 생각에 몸을 낮추고 조용히 문을 열었다. 그러자 이게 웬일일까. 두건에 가려 보이지 않던 얼굴과 어깨걸이에 감싸였던 몸이 이제는 분명히 드러나 있었다. 오매불망하며 평소에도 잊지 못한 훗날의 반쪽이자 이세(二世)의 아내, 닛타의 딸 오타카였던 것이다. 요시노스케가 오타카를 알아보고 무슨 생각이 들었는지 앞뒤도 보지 않고 발길을 돌려 후다닥 뛰쳐나가자 오타카는 따라 달려가 말없이 오비 끝자락을 붙잡았다. 뿌리치니 매달리고 밀치니 다가서며 오타카는 "요시노스케 님, 화내시는 건 당연하지만 잠깐만요. 길게 하지는 않을게요. 드리고 싶은 말씀이 하나 있어서……." 하고 말을 끝맺지 못하고 눈물만 넘쳐흘렀다. 붙잡는 팔은 가녀리지만 필사적인 마음은 천 가닥, 백 가닥의 거미줄과 같았다. 이 유약한 힘을 차마 물리치지 못해 다섯 척 몸은 흔들거렸지만 다시 한번 짐짓 거칠게 밀쳐내며 "사람을 잘못 보셨겠죠. 저는 그런 말씀을 들을 일이 없습니다. 이케노하타에서 모셔 온 차부 귀에는 도통 무슨 말씀이신지 이해가 되지 않네요. 차비를 주시는 것 말고 무슨 볼일이 있습니까. 농담하지 마십시오." 하고 내뱉고 꿋꿋이 버티자 오타카는 "요시노스케 님, 너무하세요. 그런 마음이라면 그걸로 됐어요! 제게도 각오가 있으니까요!" 하며 눈물을 닦아 내고 굳은 얼굴을 보였다. "허, 재미있군요. 그 각오라는 건 뭡니까? 혹시 파혼을 하겠다는 건가요? 그거라면 나도 바라는 바입니다. 에두르는 장황한 편지 한두 통도 나눌 필요 없겠죠. 나중이라는 말은 하지 않겠습니다. 지금 당장 끝내 드리죠. 알겠습니까? 남남이 되는 건 수고로울 것도 없으니." 하고 요시노스케는 비웃었지만 가슴속에서 끓어오른 것은 무엇이었을까. 오타카는 눈물을 흘리며 "한심하군요. 아직도 그런 말씀을 하시다니. 뜻대로 된다면 이 가슴을 갈라서 보여 드리고 싶네요!" 하고 원망스러운 듯이 말했다.

11

"다시 만날 장소는 어떤 사거리, 어떤 곳이다. 기다려 주시라, 반드시." 하고 약속하고 헤어진 그날 밤 일은 아무도 모르니 오타카는 마음이 놓였지만, 정작 마음이 놓이지 않는 것은 마쓰자와 집안의 지금 형편이었다. 짐작은 했지만 그 정도 일 줄은 생각지도 못 했는데, 그 고생을 시킨 것도 다른 사람이 아닌지라 죄송스럽지만 부친이 원망스러워, '안 들으실지라도 말씀은 드려 볼까? 아니, 아버지는 그렇다 쳐도 간조라는 자가 있는 이상, 어설픈 말을 꺼냈다가 의심거리가 생기지 않는다고도 할 수 없지. 그 사람한테 도움이 되기는커녕 만남마저 헛되이 끊어지기라도 하면 어쩌려고. 좋은 방법이 없을까.' 하고 망설였지만, 삼가는 기색은 전혀 눈에 드러내지 않았다. 평소 외출이 드문 오타카가 어제는 이케노하타의 선생 집에, 오늘은 스루가다이의 니시키노 저택에 간다고 하며 고마게타[29]를 신고 나가는 날이 많음을 수상하게 본다면 그럴 법도 하지만, 자식에게 어두운 것이 부모의 눈이었기에 운페이의 간교한 마음에도 딸은 늘 천진한 아이로 보였다. 자란 것은 키뿐이라고 생각해서인지 혹시나 하는 염려가 전혀 없어, "글쎄, 사이가 좋았던 건 옛날 일이지. 지금의 요시노스케한테 어떻게 정이 떨어지지 않을 수 있겠나. 딸은 또 효심이 깊다고 하잖아. 부모 말을 등질 리 없지. 걱정 말게." 하며 간조의 충고도 듣지 않고, "니시키노 집안에서 간절히 바라고 있고, 마침 그 사람은 유덕한 의사라고 한다. 고향의 모처에는 적잖은 땅도 가지고 있다고 하니, 딸에게나 나에게나 유망한 결혼이다."라고 하며 간혹 오타카에게도 이야기를 들려주었지만, 그때마다 오타카는 분통이 터졌다. '설사 신분은 예전 같지 않다고 해도 지금 본인이 허락해 놓은 남편이 있으면서 그런 꺼림칙한 혼담을 꺼내시다니 듣기도 싫구나. 겉꾸민 인

29 駒下駄. 바닥에 굽을 따로 달지 않고 통나무를 그대로 깎아서 만든 게다.

자한 얼굴도 나중에 무엇을 위한 수단인지 알 수 없어. 살갑게 대해 주는 그 누이도 믿을 수 없는 구석을 보였고. 독사 같은 사람들을 신용하시는 마음에는 무슨 말씀을 드려도 소용없을 거야. 그렇다고 이대로 가만있으면 슬픈 일이 생길 게 뻔해. 이런 사정을 들려줘 걱정을 끼치기도 가슴 아프지만 믿을 건 그 사람의 힘뿐이야. 남자의 지혜로는 좋은 생각도 있지 않을까.' 이렇게 생각하자 오타카는 더 마음이 설렜지만 그럴수록 차분하게 "친구 아무개가 아프다고 하네요. 각별히 사이가 좋은 아이라 문병을 꼭 가고 싶어요." 하고 허락을 청하자 운페이는 딸의 평소 마음가짐에서 보아 있을 만한 부탁이라고 생각해 의심도 없이 고개를 끄덕이며 "그럼, 얼른 갔다가 얼른 오너라. 아픈 사람 곁에 오래 있으면 안 된다. 몸종 아이하고 같이 가거라." 하고 마음을 썼다. "아뇨, 그럴 수는 없어요. 뒷골목을 지나면 금방이에요. 모두 다 집안일로 바쁘잖아요. 그리고 금방 갔다가 금방 오는데 누구를 데려가는 것도 유난을 떠는 것 같고요. 채비할 것도 전혀 없어요. 이대로 바로 갔다 오겠습니다." 오타카가 이렇게 허락을 받고 대강 몸단장하고는 정원을 통해 빠져나가려고 하자 간조가 눈을 번득이며 "아가씨, 오늘도 외출이십니까? 어디에 가시는 거죠?" 하고 캐물었다. 그 모습이 무서웠지만 오타카는 겁내면 안 된다는 생각에 짐짓 웃음꽃을 피우며 "오늘도라니……. 아저씨, 너무하세요! '오늘은'이라고 해야 말이 되지 않을까요?"라고 하고는 태연히 집을 나왔다. 약속한 네거리에서 서성이며 기다리고 또 기다렸지만, 무슨 일인지 그림자도 보이지 않았다. '누구한테 물을 수도 없고, 어떡하지? 집에는 절대 찾아오지 마라, 우리 집이 알려지는 건 창피하다고 하며 주소는 말해 주지 않았지만, 요전에 니시키노 저택에서 얼핏 들은 기억이라면 있지. 그래, 꾸중을 들어도 어쩔 수 없어. 쓸데없이 고민할 바에는 차라리 찾아뵙고 보자.' 하고 제 마음에 답하고 오타카는 '쓰마코이 밑'이라는 말만 생각하며 하염없이 곳곳의 셋집을 헤맸다. 참으로 구름을 잡는 듯이 찾아다녔지만, 걱정하는 마음이 길잡이가 되어 주었는지 한 사람에게 "마쓰자와인지는 모르겠지만 늙은 환자 두 명에 젊은 차부가 사는 집이라면 이 골목의 막다른 데서 세 번째 집이네요. 하수구 널빤지가 제대로 덮이지 않은 데가 거기죠."라는 안내도 받았다. 어느덧 해가 뉘엿뉘엿하며 어스름이 져 헤매는 마음도 어둠에 젖었다. 뭐라고 하며 들러야 할까. 문틈으로 엿보이는 집 안은 너무도 참혹했다. 두건과 어깨걸이로 몸은 감쌌지만 눈에서는 홍루(紅淚)가 흘렀다.

12

그러잖아도 나이가 들면 고집이 세진다고 하는데, 하물며 가난에 치이고 고통에 치여 사람이 원망스럽고 세상이 괴로워, 날이 새면 한숨짓고 저물면 화내며 마음이 갤 새가 없다면 오죽할까. 큰 병도 아니었지만 언제 다 나을 기미도 없이 애처로운 고목처럼 기에몬 부부는 집에 들어앉아 있었다. 기다리다 지치는 것은 봄이 아니라 요시노스케의 귀가였다. '요시노스케가 늦네. 좋은 손님을 잡아 멀리까지 갔나? 그래도 벌써 돌아왔을 시간이건만. 저물기 전에 한 번은 늘 얼굴을 보러 왔는데, 오늘은 어찌 된 걸까.' 하며 부부는 목을 길게 빼며 기다렸다. 밖에 있는 오타카도 같은 마음인지라 골목 어귀를 돌아보거나 집 안을 들여다보다, '요시노스케 님은 아무래도 집에 안 계신 것 같네. 나눌 얘기가 산더미 같은데, 만나지 못하고서야 집에 돌아갈 수 있을까. 그래도 편찮으신 분들을 모시고 이런 형편으로 살며 좌우로 어깨가 무거운 요시노스케 님의 근심은 대단하겠지. 그 일이 없었다면 내가 두 분을 보살피고 있었을 텐데, 이렇게 멀리서 보기만 하니 너무 괴로워.'라는 생각에 끓어오르는 눈물을 가슴에 삼켰다. 그때 엿보려고 한 쌍바라지 문을 안에서 열며 얼굴을 비친 사람은, 몰라볼 정도는 아니었지만 예전 모습은 온데간데없는 요시노스케의 모친이었다. 기다리는 사람이 아니라 기다리지 않은 사람이 뜻밖에도 우두커니 선 모습에 놀랐고 말없이 바라보는 눈도 낯설었는지 모친은 수상히 여기며 "뉘신지요." 하고 물었다. 오타카는 가만히 있기 괴로워 두건을 재빨리 벗고는 "어머님, 저를 잊으셨어요?" 하고는 매달려 엉엉 울자 모친은 둥지가 불탄 꿩이 새끼를 감싸듯 오타카를 껴안아 주었다. 제 자식은 아니지만 이어진 연이라고 생각해 모친은 약한 여자 마음에서 "아이고, 오타카 아니냐. 아니, 아가씨라고 불러야 하나? 이런 데는 어떻게 알고 찾아왔어?" 하며 눈물을 흘리며 떨리는 목소리로 말했다. 이 말을 들었는지 기에몬이 무릎걸음으로 나와 초췌한 눈을 부라리며 "이 사람아, 무슨 소리를 하고 있는 거야! 저녁에는 바람이 더 차잖아. 우리 몸이 이런데 여기에 감기까지 들면 요시노스케한테 면목도 없지 않겠어?"라고 했다. 이에 오타카가 흠칫흠칫 고개를 들고 "편찮으시다는 소문을 들어서요. 이렇게 화내실 줄은 알았지만 두 분 얼굴을 뵙고 싶어서 어렵게 둘러대고 외출해선 애타는 마음으로 왔어요. 아버님께도 제 말을…….” 하고 맥없이 꺼낸 말을 모친이 다 전해 주기도 전에 기에몬은 비웃으며 들으려고도 하지 않았다. “또 입 한번 잘 놀리는구나. 그 아비에 그 딸이니 당연하겠지만, 이제는 그 손에 놀아나지 않을 테다. 쓸데없는 소리를 하다 감기 들 바에는 얼른 집에나 돌아가는 게 어떠냐. 이 집에서 네 말을 진심으로 들을 사람은 없다. 당신도 수작에 넘어가면 안 돼.” 이런 밉살스러운 말을 내뱉고는 돌아보지도 않았다. “그렇게 화내시는 건 당연하지만, 아버지가 그런 일을 벌이실 줄은 저는 전혀 몰랐어요. 제가 미우신 건 당연하겠지만 일단 제 말을 좀 들어 보시고 저를 예전처럼 대해 주세요.” 하고 사과하는 말을 듣지도 않고 기에몬은 “무슨 소리냐. 아버지의 죄는 나는 모르니 전처럼 며느리와 시아버지 사이가 되고 싶다는 말인 게냐? 어이가 없구나. 얘야, 생각해 보거라. 요시노스케가 인간도 아닌 운페이의 딸을 아내로 맞이할 것 같으냐? 설사 요시노스케가 그런다고 해도 내가 있는 이상 네가 우리 집 며느리가 되는 일은 절대 없다. 운페이라는 추잡스러운 이름만 떠올려도 속에 천불이 나는구나. 그런데 그런 인간의 딸을 며느리로 삼는다? 생각할 수도 없는 일이지. 말을 섞는 것도 재수가 없으니 썩 돌아가거라. 얼른 돌아가래도? 뭘 꾸물대는 거냐. 이봐! 문 닫아!” 하는 거친 말씨와 몹시 붉어진 얼굴을 모친이 보다 못해, “너무 성급하시네요. 이 아이 말도 한 번은 들어 줘야 하지 않겠어요?” 하고 달래자 홱 노려보며 기에몬은 “당신까지 무슨 헛소리를 하는 거야? 무슨 말이든 들을 귀는 없어! 당신이 안 내쫓으면 내가 하지.” 하며 말리는 아내를 뿌리쳤다. 아픈 몸에도 노인의 고집은 보통이 아니었다. 현관 문턱에 쓰러져 울고 있는 오타카의 가녀린 팔을 꽉 붙잡아 온힘을 다해 문 밖으로 밀어냈다. “제발 한마디라도 들어 주세요!” 하며 빌고 우는 것도 전혀 헤아리지 않고 거친 말에 분을 담아 “며느리도 아니고, 시아비도 아니다. 생판 남이 올 집이 아니란 말이다. 무슨 소리를 해도 이제는 상대도 하지 않을 테다.”라고 말했다. 덧문이 털썩 닫혀 버렸다. 썩은 내는 시궁창에서 나는 것일까. 하염없이 일어나지도 못하고 엉엉 우는 하늘에서 어둠을 누비는 까마귀의 울음이 두세 줄기 흩어졌다.

13

“각오한 처지이면서 새삼 눈물을 흘리시다니 보기 흉하군요.” 하고 격려하는 것은 말뿐이었다. 자기가 먼저 닦는 눈꺼풀의 이슬은 사라지려고 하는 목숨일까? 참으로 부질없다. 이곳은 마쓰자와, 닛타 집안 몇 대의 선조가 잠들어 있는 묘소다. 낮에도 나무가 우거져 있어 어두운데, 밤에는 바람이 슬며시 비애의 목소리를 더해 올빼미 울음소리도 더욱 무시무시했다. 오타카는 결심의 눈빛을 흔들지 않으며 “맘이 작아지셨나요? 그건 미련이에요. 제 마음은 좀 전에 말씀드린 그대로예요. 각오의 길은 이것 하나밖에 없어요. 두 사람의 몸을 희생하는 것. 요시노스케 님의 마음을 보기 전에 저는 살아 돌아갈 생각이 없어요. 아버님께서 오늘, 인간도 아닌 운페이의 딸을 며느리로 삼을 수는 없다는 말씀을 하실 줄은 정말 몰랐어요. 요시노스케는 어떻든 당신은 허락하지 않는다며 그렇게 화내시는 건 전혀 무리가 아니지만, 당신과 연이 끊어져선

이 세상은 전혀 즐겁지 않을 거예요. 니시키노 집안과의 괴로운 일도 있고요. 결국은 이 목숨 하나뿐이라고 하며 각오의 길도 하나가 됐고, 당신도 저와 같은 마음이라고 했으니 이제 와서 등지실 리는 없겠죠. 저는 고맙게 생각해요." 하고 술술 말하고는 주반[30] 소매를 물며 흐느꼈다. 이에 요시노스케는 "무슨 미련이 있겠습니까. 저는 사내대장부로 태어났지만 몸이 허약해 힘이 닿지 않는군요. 병으로 누우신 부모님께도 충분히 효도하고 보살펴 드리지 못했죠. 이런 쓸모없는 몸이 원망스러워 버리고 싶다고 생각한 건 어제오늘 일이 아니었습니다. 우리 두 사람이 어떻게 됐다고 들으면 분명 운페이의 사악한 뿔도 부러지겠죠. 우리 부모님도 마음이 꺾이실 테고요. 고집스러운 마음을 누그러뜨리고 서로 다가간다면 그보다 더한 두 집안의 행복이 있을까요? 우리 두 사람이 이 세상에 있는 이상 아무리 천신만고해도 운페이는 후회하지 않을 겁니다. 물론 자기를 낮추고 사과하지도 않겠죠. 설사 무릎을 꿇는다고 해도 우리 부모님은 절대 받아 주시지 않을 겁니다. 거지나 비인(非人)으로 타락한다고 해도 닛타 집안에는 이 입이 썩어문드러져도 도움을 청할 일이 없다는 말씀을 늘 하셨으니까요. 이 불화는 영원히 풀릴 수 없습니다. 수대를 이어온 양가의 친분을 하루아침에 끊어 버린 건 선조의 유지에도 어긋난 일입니다. 세상 사람들은 우리를 어리석다고 비웃겠죠. 미련하다고 보겠죠. 하지만 선조에 대한, 집안에 대한 효의 값이 우리 둘의 목숨입니다. 버려서 명예가 있을 몸이라 생각하면 어디에도 미련은 남지 않겠죠. 자, 준비를 합시다." 하고 마

30 襦袢. 기모노 안에 속옷으로 입는 옷. 보통 허리 길이까지 내려온다.

지막 마음을 가다듬었다. 참 짧기만 한 인연이다. 하지만 우물 울타리에 키를 대 보고 어린 단발머리를 서로 재 본다고 하는[31] 어린 시절에는 어찌 이렇게 될 줄 알았겠나. 종이로 새색시 인형을 만들어 놀던 시절에 "이건 오라버니고 이건 나예요. 오늘은 연극을 보러 가는 거예요." "아니, 나는 꽃놀이로 하는 게 더 좋은데." 하며 소꿉장난으로 나눈 말도 그 가운데 어느 하나 이뤄진 것도 없는데, 그 기다리고 기다린 긴 세월이 돌아와 오늘이 되었으니 참으로 부질없는 노릇이다. 세상은 뽕나무밭이 푸른 바다가 된 정도로는 변하지도 않았는데 정작 부모의 마음은 변하고 말았다. 하기야 남의 밑바닥 깊은 계략의 연못은 알 수가 없으니 빠져든 뒤에 남는 회한은 덧없을 뿐이다. 삼키는 눈물은 갤 새가 없고 뒤덮이는 우고(憂苦)와 이어진 마음 탓에 사리분별마저 칠흑 같은 가운데서도 별빛에 기대 서로의 눈을 마주 보며 싱긋 웃는 마지막 미소는 쓸쓸하기만 했다. 여자의 재촉에 남자는 답하기는 했지만 그래도 과연 몇 분을 망설였다. 이윽고 마음을 먹고 오타카에게 다가서 준비한 단도를 고쳐 잡자, 뒤의 덤불에서 무슨 소리가 났다. 누가 왔나 싶어 귀를 기울이자, 분명 바람이 지나는 소리로 들렸다. "누가 쫓아온 건 아니군요. 오타카 양, 준비는 됐습니까? 마음이 흐트러지면 죽은 뒤에도 창피가 될 겁니다. 차분하게, 차분하게." 하고 충고하는 사람도 말이 떨렸다. 비참하구나. 아까운 청년의 몸이다. 꽃으로 말하자면 봉오리가 달린 가지가 한밤중 느닷없이 광풍에 불리는 것과 같았다. 오타카가 가슴을 풀어헤치려고 한 그때, "멈춰 주시오!" 하며 뒤의 덤불에

31 『이세 모노가타리』 23단에 근거한 표현.

서 굴러 나와 칼을 든 팔을 단단히 붙잡는 남자가 있었다. "누구야! 이거 놔! 죽게 놔두란 말이야!" 하고 요시노스케는 나약한 몸임에도 힘껏 뿌리치려 했지만 남자는 아무리 해도 놓지 않았다. "아니, 놓지 않겠습니다! 놓을 수 없습니다! 당신을 죽여선 주인어른께 면목이 없습니다!" 하고 말하는 것은 틀림없이……. "간조 아저씨?" 하고 오타카가 채 말을 잇지 못한 동안 어둠 속에서 칼날이 번개처럼 번쩍였다. 그리고 울린 외마디 비명. 일찰나에 부질없이 말라 버렸다. 연리(連理)의 한쪽 가지는 어떻게 되었을까.

14

"떨어진 솔잎이 흙이 될 때까지 둘이 함께하기로 약속했는데, 어떻게 나 혼자 남을 수 있어!" 하고 오타카는 발을 구르며 탄식했지만 부질없이 목숨을 건져, 다시는 보려고 하지 않은 다다미 여섯 장의 자기 방이 그대로 감옥이 되었다. 장지문을 여닫는 데도 유모의 눈이 떠나지 않았으니 하물며 간조의 주의는 어떠했으랴. 날개가 있다면 모르겠지만 새가 아닌 몸으로는 빠져나갈 틈도 없었다. 운페이는 '날붙이 하나만 손에 넣으면 좋겠다. 장소는 다르지만 같은 길을 가는 데 늦지는 않아야지.' 하는 딸의 낌새를 알아채자 걱정에 잠겼다. 니시키노 집안과 이제 막 혼담도 오가고 있는데 이 일이 알려지면 전부 그림의 떡이다, 숨길 수 있을 만큼 숨겨야 한다는 생각에 극구 숨기면서 오타카를 어르고 달래는 데 온갖 수를 써 보았지만, 소맷자락의 눈물은 마를 새도 없었다. 걸핏하면 나도 함께해야 한다면서 죽어라 몸부림을 치는 통에 안심이 되지 않았다. 뭐가 어쨌든 목숨이 제일이다, 딸을 진정시키는 게 무엇보다 가장 중요하다는 생각에 운페이는 굳이 혼인을 권하지도 않았다. "거자일소(去者日疎)라고 하지 않느냐. 세월이 지나면 요시노스케를 추모하는 마음도 분명 사라질 게다. 느긋이 때를 기다리며 봄의 얼음에 아침 해가 비쳐 저절로 녹을 때가 아니면 어떤 일도 소용없을 것 같으니 아무도 절대 충고는 하지 말거라. 신나는 얘기로 기분을 달래며 이 즐거운 세상을 즐겁게 여기도록 하는 게 중요하다." 하고 하인들에게 이르고 운페이는 자기가 앞장서 기분을 맞추고 달래는 데 노력했지만, 한편으로는 감시를 엄격히 하여, "새끼줄이나 작은 칼 하나라도 오타카의 눈에 띄게 하게 마라. 밤에는 각별히 주의해라." 하며 눈을 부릅떴다. 그것이 예사로운 기색이 아니었기에 하인들도 주의하며 바람 소리도 그냥 듣지는 않았고 쥐가 뛰는 소리에도 귀를 세웠다. 의심암귀(疑心暗鬼)[32]라고 해서인지 안채에 지금 있는 것을 보고도 "아가씨가 어디 가셨지? 안 보이는 것 같아." 하며 난리를 피우는 사람도 있었다. 유모는 밤에 눈도 제대로 붙이지 못하고 오타카 옆에 나란히 누워서는 세상 이야기를 하면서 넌지시 충고의 뜻을 담기도 했다. 재미있고 즐겁게 이야기를 하다가도 가라앉기 일쑤인 주인의 마음이 가엾고 걱정스러워 유모는 떨어지지 않고 지켰는데, 이 사람도 하나의 관문이었다. 어떻게 하면 넘을 수 있을까, 어떻게 하면 도망칠 수 있을까. 오타카는 일어나 늘 눈물과 함께 어둡게 보냈고 누워서도 눈물로 밤

32 의심이 귀신을 부른다는 말로, 대수롭지 않은 일을 두려워하는 것을 이른다.

을 지새웠기에, 머리도 틀어 올리지 않았고 화장도 하지 않았다. '예전에 입술연지, 백분을 바른 건 다 누구 때문이었을까. 그분을 보내고 내가 거울을 마주 보는 건 무정한 짓이야.'라는 생각에 침향 머릿기름도 바르지 않았다. 흐트러지는 대로 두는 꽃다운 자태, 야위는 몸은 제멋대로 '할 수 있다면 이대로 죽고 싶다.'라고 바랐지만 목숨은 마음대로 되지 않았다. 아픈 것도 아니고 앓는 것도 아닌 채로 절절히 노래를 읊고 절절히 울며 눈물과 하늘을 마음의 벗으로 삼은 사이, 보내지도 맞이하지도 않았지만 달은 넘어오고 해는 넘어갔다. '땅에 지고 돌아오지 않는 당신을 생각하니 봄을 알고 올해도 핀 벚꽃이 얄밉군요.' '호리키리[33]에 올해도 창포꽃이 폈다고 하네요. 함께 인력거를 타고 보러 간 건 대체 언제 적 꿈이 됐기에 우란분 제사상의 줄풀 깔개 위에 떳떳이 모실 수도 없는 걸까요. 세상이 참 원망스럽네요.' '달빛 밝은 가을밤, 풀잎에 맺힌 나약한 백옥 같은 이슬을 저 자신으로 여기고 차마 사라지지 못하고 있는 저를 당신은 어떻게 보시고 어떻게 원망하실까요?' '지난 눈 오는 밤에 해후했을 때, 둘도 없는 정심(貞心)이 고맙다고 하며 눈물을 흘리신 얼굴이 지금도 눈에 선해요. 하지만 제 마음은 유명(幽冥)의 지경까지는 통할 수 없는 걸까요? 뜻과 달리 슬프게 목숨을 건진 일을 미련 탓이라 생각하실 테니 괴롭군요.' 철마다 이런 생각이 들고는 슬픔에 잠겼고 모습을 떠올리고는 목메어 울었다. 웃음이 무엇인지 꿈에서도 잊어버리고 다만 인간세의 온갖 괴로움만 알았으며

33 堀切. 현재의 가쓰시카구 호리키리쇼부엔(堀切菖蒲園)을 가리킨다. 19세기 초에 개원한 뒤로 에도의 명소였다고 한다.

무심히 다가오는 춘하추동만 바라보았다. 떨어진 꽃잎이 물에 흘러갔다 다시 파도에 밀려들듯이 한 해, 또 한 해가 흘러갔다. '오늘은 마음이 풀릴까. 내일은 마음이 떠날 수 있을까. 영화를 누리게 해 주고 싶다. 딸에게도 화려한 옷을 입히고 나도 속 편한 노년을 보내고 싶다. 바라건대 가운이 오래가고 자손이 번창해야 한다. 하여간 신상에 불행이 없도록 하고 싶구나.' 하는 부친의 마음과 정반대로 오타카는 '오늘 몸을 버릴까. 내일은 정말로.' 하고 바라는 기회를 엿보는 마음에 게으름이 없었다. 하지만 남의 눈이라는 관문에 어찌 틈이 있으랴. 그곳에서 7년, 우리 속의 새처럼 지냈다.

15

"아버지와 간조 아저씨, 유모님께 특히 많은 심려를 끼쳐 드려, 새삼 생각하니 부끄럽고 죄송합니다. 어린 마음에 앞뒤도 보지 않고, 분수도 모르고 분별없이 굴었습니다. 하지만 목숨은 다하지도 않는군요. 무사히 살아난 걸 고마운 줄 모르고 헛된 의리에 괴로워하며 요시노스케 님을 뒤따르고 싶다고 생각한 게 도대체 몇 번일까요. 정말이지 목숨이 두 개나 있는 듯한 경솔한 고민이었다고 후회를 하고 보니, 여태 일이 분하고 살날이 소중하게 느껴지네요. 바보같이 죽은 사람한테 정조를 지켜 봤자 아무것도 되지 않는데 언제까지 홀로 있을 마음이었을까요. 나이가 들어가니 불안하네요. 이 정도라면 어째서 예전의 말씀을 등지고 싫어했는지 저도 제 속을 알지 못하겠어요. 어머니 없이 손 하나로 갖은 고생을 하시며 키워 주셨는데, 거기다 또 몇 년 동안 마음이 놓이시지 않는 잘못된 생각을 하고 말았네요. 불효에 사죄하는 의미에서 앞으로 요시노스케 님에 관해선 깨끗이 단념하겠고, 누구와 혼인하라고 하셔도 말씀에 거스르지 않을게요. 간조 아저씨와 유모님도 오랫동안 신경을 쓰셨으니 무척 폐를 끼쳤네요. 제 마음은 방금 말씀드렸다시피 맑아졌기 때문에 헤매는 마음은 운무처럼 흩어져, 전에 가지던 마음은 조금도 없습니다. 정말, 정말로 걱정해 주지 않으셔도 돼요." 과연 마음이 약해졌는지 후회의 눈물을 보이며 오타카는 이런 말을 꺼냈다. 오랫동안 심려한 보람으로 간신히 이 말을 들어 안심이라고는 생각했지만 운페이는 더욱이 마음을 놓지 않고 평소 모습을 지켜보았는데, 오타카는 말에 어긋남도 없이 근심스러운 표정을 어느새 풀고 하루가 다르게 바지런한 모습을 보였다. 부친의 옷, 자신의 옷만이 아니라 종업원, 사환 아이의 옷까지 보아 주며 솔기 뜯는 일까지 신경을 쓰는 들뜬 모습에 '아, 정말로 잘못을 뉘우쳐 저런 마음이 된 걸까.' 하고 안도하는 사람은 운페이만이 아니라 안팎의 사람들도 마찬가지였기에 잠자리가 조금은 편해졌다. 그런데 희한한 것은 마쓰자와 부부였다. 요시노스케가 살아 있을 때도 불 피우는 연기가 곧 끊어질 듯했는데, 지금은 어떻게 나날을 보내고 있을까. 아까운 어린 나무의 꽃을 떠나보낸 뒤로 죽을 뻔한 병은 나았지만, 부업을 하고서 불과 5전, 6전을 받는 것으로는 노명을 이을 방법이 없었을 테니 이상한 일로 여길 만하다. 세상이 아무리 말세라고 하지만 음덕을 베푸는 사람도 없지는 않았던 것이다. 누가 그 불운을 가엾게 여겼는지 부부는 어쩌다 은혜를 입은 뒤로는 불도 피우지 못하는 고생은 모르고 살았다. 그는 어디에 사는 누구일까. 지금

도움을 받고 있는 부부도 그 이름을 모른다고 하니 대관절 어느 누가 알 도리가 있을까. 참으로 수상하고 존경스럽게 여겨 마땅한 이 자선가의 이름과 의중을 아는 사람은 그 의리의 굴레를 짐작하고 있는 오타카의 유모뿐이었다. 일꾼을 계속 바꿔 누가 도움을 주고 있는지 모르게 하는 것은 옛 기질을 끝까지 굽히지 않는 원념에서였다. "가여워라. 여러모로 고생만 하시고. 시대를 잘 만났다면 며느리가 되고 시아버지가 돼 아무런 거리낌 없이 효도를 하셨을 텐데."라고 말하며 어느 날 유모가 울자 오타카도 눈물지으며 "제 마음을 아는 사람은 유모님뿐이군요. 요시노스케 님은 단념해도 두 분의 앞날이 걱정이에요. 내일 제가 시집을 가 버리면 하여간 자유로울 수는 없겠죠. 그때는 유모님만 믿을게요. 아버지를 잘 타이르셔서 마쓰자와 집안과 화해할 수 있게 해 주세요. 이것 하나가 제 부탁이에요." 하며 두 손을 모으고 엎드려 절했다. 유모는 죽은 요시노스케를 애도하지 않는 것은 아니었지만, 제 주인이 더 걱정스러워 음으로 양으로 수없이 충고했기에 요즘에는 소맷자락의 눈물도 마르고 마음도 풀린 것이라고 생각했다. 시집도 가겠다고 꺼낸 말에 기뻐서 7년을 넘긴 괴로움도 사라져 꿈자리 편하게 며칠을 잤는데, 이튿날 새벽녘 거친 바람에 베갯머리가 추워 눈을 뜨자 툇마루의 덧문 하나가 열려 있었고 나란히 있는 이부자리에는 허물을 벗은 듯 사람이 없었다. "어머나!" 하고 이불을 차고 일어나는 바람에 베갯머리를 비추던 어렴풋한 등불이 휙 하고 꺼졌다. 유모는 울먹이는 목소리로 "아가씨가! 아가씨가!" 하고 어수선히 외쳤다.

변하지 않은 인연은 누구 때문일까. 천년의 솔바람이 쌀쌀한데, 핏자국은 남지 않은 풀잎의 녹음과 온통 메마른 서리의 빛, 서글프게 이를 밝게 비추는 조각달은 무슨 한을 가엾게 여기는 것일까. 이곳 원앙의 무덤 위에서.

새벽달

1

벚꽃이 매향을 머금고 버들가지에 피는 자태라고 하니 듣기만 해도 설레는데, 더구나 으늑히 혼자 살고 있다는 소문. 자자한 평판은 풍아한 사내의 마음을 움직여 얼굴을 보지 않고도 산속 샘물에 뜨는 연정이 있었다. 벚꽃 향이 나는 가야마 가문이라고 하여, 종3위라고 새겨진 문패를 읽을 것도 없이 그 일가에 그 사람이 있는 줄로 알고는 흐름이 맑은 에도 강 서변에 늘어선 일본식, 서양식 저택이 더없이 아름다운 정도는 아니지만 다양한 정원수가 행인의 걸음을 멈춘다는 데로 향했다. 비취색이 풍부한 소나무와 함께 단풍나무가 있는 저택이냐고 묻자 나카노하시 다리의 널판이 들썩일 만큼 유명하다고 했다. 그런데 사람들은 이뿐 아니라 히토에라는 영애의 미색도 잘 알고 있었다. 언니니 동생이니 하는 수많은 자매를 제치고 어깨를 접어서 꿰매 옷을 입던 어린 시절부터 "이야, 저 와카무라사키[33]는 장래가 어떻게 될까." 하며 관심을 갖는 사람도 많았는데, 헛되이 이팔청춘도 지나 올해 나이 스무 살에 독수공방을 하고 있다고 하니 무슨 사정인지 점잖게 효를 다하는 것 같지는 않으며, 부모가 큰 걱정을 안고 시집 이야기를 꺼낼 때마다 "제 고집임은 알지만 저는 평생 혼자 살고 싶어요. 말씀을 따르지 않는 건 큰 잘못이지만 부디 이것만은……."이라고 하며 설명도 없이 천편일률 싫다고만 내세우다 끝내 세상에 사위스러운 말이 나오는데도 이 협량한 처자는 신경도 쓰지 않았고 들어 가는 나이도 아쉬워하지 않았다고 한다. 그저 조용히 달과 꽃을 즐기며 일부러는 아니지만 부세(浮世)에 부는 바람에 다가가지 않으니 자선회에 초대받고 싶다는 희망도 없고 원유회에서 사교를 늘리고 싶다는 바람도 없었던지라 그 험준한 봉우리에 핀 꽃과 같은 마음 탓에 속상해한 사람이 많다고 하는데, 우시고메 근처의 하숙에 사는 모리노 사토시라는 문학 서생은 어떤 바람에 이끌렸던 것일까. 처음에는 부질없는 풍문으로 영애에 관해 듣고는 희한한 사람이구나 하며 웃었지만, 그 독수공방의 이유를 내남없이 알지 못하는 것은 무엇 때문인지 파헤치고 싶어 어떻게 해서든 그 여자를 한번 보고 싶었다. 아니, 보고 싶다기보다는 보아 주었으면 했다. 덧씌우고 겉바르는 게 세상이니만큼 비불(秘佛)이라고 선전하며 덮은 비단 속으로 신심을 끌어 모으듯이 아침 햇빛에 빛나는 옥렴 밖에서는 창피함이 눈부셔 차마 딸이라고 말할 수도 없는 우물(愚物)에 불과한데 자비로운 그 부모가

34 若紫. 『겐지 모노가타리』 여주인공의 한 명인 어린 시절의 무라사키노우에를 가리킨다. 주인공 히카루 겐지가 이상적인 여성으로 교육하고 나서 아내로 삼았는데, 여기서는 될성부른 여자아이에 대한 비유로 쓰였다.

거드름을 피우며 지어낸 이야기일지도 모른다. 하지만 여기에 속은 셈 치고도 마음이 동한 것은 눈 내린 아침에 핀 잇꽃과 같은 사람을 보고 싶다는 기대 때문이었을 것이다. 참으로 우습구나 하며 자신을 욕하면서도 마음에 걸리기는 해서 늘 대문 앞을 지날 때는 슬며시 뒤돌아보며 혹시 볼 수 있을까 하며 기다렸다. 그러던 어느 날 이이다마치의 학교[35]에서 해 질 녘 강기슭을 따라 쓸쓸히 돌아오는 중에 뒤에서 구호를 힘차게 외치며 앞지른 인력거가 있었는데, 거기에 바로 그 영애가 타고 있었다. 어디서 돌아오는 길인지 다카시마다가 우아했고 백분을 바르지는 않았을 터인 얼굴빛이 희었다. 기모노는 무엇을 입었는지 알아볼 새도 없었지만, 오글쪼글한 검은 비단의 하오리[36]를 시원스럽게 걸친 자태에 품위가 보였다. 혹시나 하며 사토시는 저도 모르게 총총히 따라갔는데 역시나 그 대문 안으로 들어갔다. 그런데 바퀴가 무엇에 걸렸는지 덜커덕 하고 흔들려 뒷머리의 금비녀가 빠질 뻔한 것을 영애가 여린 손으로 받치던 참에 저녁바람이 소맷자락을 불어 올려 팔 밑의 트인 데서 무언가가 팔랑팔랑 떨어졌다. 이를 모르고 인력거는 그대로 현관으로 서두른지라 사토시는 그것이 무엇인지도 모르고 부랴부랴 주워 품속에 욱여넣고는 뒤도 돌아보지 않고 하숙으로 향했다.

'들어간 인력거가 가야마 가문 소유임은 차부의 겉옷에

35 고쿠가쿠인(国学院)을 가리킨다. 1890년 재단법인 고텐코큐조(皇典講究所)가 국사·국학 연구를 위해 설립한 교육기관으로, 대학령(1918)을 따라 1920년 구제 대학이 되었다. 현 고쿠가쿠인 대학.

36 羽織. 기모노 위에 입는 겉옷. 보통 무릎 길이까지 오며, 가슴 높이에 달린 끈으로 묶어 고정한다.

있는 문양으로도 분명하다. 열일고여덟 살로 보인 건 아름다움 덕분이겠지만 그쯤의 나이인 딸이 달리 있다는 말도 듣지 못했다. 소문의 영애는 그 사람이었을까? 그 사람일 터다. 그러면 소문도 거짓은 아니구나. 거짓이기는커녕 들은 것보다 열 배, 스무 배나 아름답다. 그런데 그렇게 용모가 비상하다면 밑바닥에서 피어난 장미꽃일지언정 사내들의 실크해트에 끼워지기를 바랄 텐데, 그런 미색을 놔두고 무슨 연고일까? 희한하구나.' 이런 생각에 골몰하며 사토시는 등잔 밑에서 팔짱을 꼈다. 주운 물건은 흰색 비단 손수건으로, 사이교의 「후지산의 분연」[37]이 겉바름 없는 정갈한 글씨로 써져 있었다. '득도로 점점 향하는 듯한 여인을 신기하게 생각하니 한없이 신기하구나. 그 어여쁜 눈은 세상을 무엇으로 보고 있는 걸까. 남을 애태우게 처신하는 데는 다 사정이 있겠지. 내게는 결코 사랑과 같은 꺼림칙한 마음은 없지만 그 사정은 알고 싶구나. 혹시 젊은 여자의 성숙하지 못한 마음에 뭔가 마음에 걸리는 게 있고 거기서 생긴 설익은 도덕심 때문이라면 아무리 생각해도 한탄스러운 일이다. 우선은 가여운 일이다. 어지간히 고상한 마음을 더럽히며 마도에 빠지는 사람은 나 같은 서생 중에서도 있으니 무엇에서든 올곧은 처녀 마음으로는 그렇게 결심하는 게 무리도 아니겠지만, 일단은 매우 한탄스러운 망설임이다. 하여간 직접 보고 직접 말하며, 충고할 건 충고하고 위로할 건 위로해 주고 싶구나. 하지만 알기 어려운 게 세상이

37 아래 와카.
바람에 날리는/후지산의 분연이/하늘에 사라져/간 곳도 알 수 없는/내 마음이로구나. — 『신코킨슈(新古今集)』 잡㊥

니만큼 영애한테 혹시 질 나쁜 정부라도 있어서, 딸 자신도 시집을 가고 싶고 부모도 보내고 싶지만 식장에서 그가 파투를 놓을 걸 만에 하나 우려했기에 딸의 창피도 자신의 창피도 가야마 자작 나리가 꽁꽁 숨기며 평생 규중처녀처럼 지내게 하고 있는 걸까? 그렇다고 하면 이 노래는 분별도 없이 쓴 것이니 반 푼어치 가치도 없다. 아니다. 이 우미한 필적은 아무리 보아도 파렴치한의 것은 아닐 터다. 분명 깊은 사정이 있고 심상찮은 근심을 소맷자락에 감춘 사람일 것이다. 아, 보고 싶구나, 그 한밤중 꿈을.'

처음에는 호기심에 이끌려 헛된 상상을 수없이 그리며, 또 기회가 왔으면 좋겠다, 한 번 더 보고 싶다고 하며 바랐지만, 그 뒤로는 어떻게 엇갈려서인지 뒷모습도 볼 수 없어, 물을 마시고 싶지만 구할 수 없는 때의 갈증처럼 온 정신이 거기에 모인지라 이제 와서는 헤어날 수단도 없었다. 아침에도 낮에도 촛불을 켰을 때도, 심지어 학교에 가서도 책을 펼치고서도 사이교의 노래와 영애의 자태가 뒤섞여 눈앞을 떠나지 않아 사토시도 제풀에 질릴 따름이었다. "장하다! 미래의 문학자라는 놈이 그래서 어쩌려는 것이냐." 하고 야단맞은 뒤로 마음은 더욱 동요한 나머지, 이렇게 된 마당에는 어쩔 도리도 없다는 생각에 집을 걷어치우고는 하숙과 학교에는 모두 뇌병을 요양하러 고향에 내려간다고 일러두고 나가 버렸는데, 그 뒤로 사토시는 한 달쯤을 대체 어디서 숨죽이고 있었을까. 사랑의 포로란 참으로 우습다. 가야마 가문에 정원을 청소하는 하인으로 들어갔을 줄이야.

2

사토시는 어릴 때부터 나무 가꾸기를 좋아해 손재주 좋게 가위질도 했기 때문에 대빗자루를 쥐고 정원 청소를 하며 사는 일은 아무것도 아니었다. 다만 신상을 알리지 않을 작정으로 "정말로 이제 막 시골에서 올라와 바닥을 핥더라도 이것을 입신의 시작으로 삼고 싶은 바람입니다." 하며 자기가 들어도 그럴싸한 거짓말로 둘러대고는 이름도 그 자리에서 고스케라고 지어 말했다. 아무리 멋이 떨어진다고 해도 이런 배역이 어디에 또 있으랴. 부세에서 한평생 노고를 다하고 나서 기대어야 할 자식이 방탕아이기라도 하다면, 부처님께서 마중 나오실 때까지는 이 입을 굶겨 둘 수도 없기에, '잡초 뽑기에 정원 청소쯤이야.' 하며 예순 된 노인이 하는 일이기 때문이다. 아까워라. 『고지키』나 『구지키』[38]를 종일 펼치고 『만요슈』에 찌지를 붙이던 손을 흙 묻은 사발을 다루듯이 더럽히는 줄을 남들은 모르겠지만, 하염없이 만년청의 잎을 씻고 잔디를 기며 낙엽을 줍는 것은 자기도 보지 못한 모습이었기에 학우들한테 들키기라도 하면 어떡해야 하나 하고 뒤가 켕겨서 바깥심부름을 한사코 마다하자 부엌일을 하는 여자들도 "도쿄가 귀신이 사는 곳도 아닌데 제 고향이 아니라 저렇게 무서워하는 건가?" 하고 우스워했다. 그 정도로 훌륭히 시골뜨기 행세를 했다.

당신 때문에 아깝게도 한 젊은이가 여기서 이렇게 비천한 처지로 있노라고 하며 창가의 조릿대에 부는 바람은 전혀 알

38 旧事紀. 정식 명칭은 『센다이쿠지혼기(先代旧事本紀)』. 헤이안 시대 초기에 편찬된 것으로 추정되는 일본의 역사서.

려주지도 않아, 아무것도 모르는 영애가 거처에 들어앉아 거문고를 타는 소리에 더욱 고민이 깊어 갔지만, 간혹 나오는 정원 나들이에서 조금도 흠잡을 데 없는 아름다움을 보며, 사토시는 영애가 자기가 아닌 다른 하인에게도 다정하게 말하는 모습에서 미루어 인정이 많음을 알 수 있었다. 처음 상상했을 때는 심각한 얼굴로 염주 따위를 소매 속에 감추거나 진짜 비구니처럼 불경을 외워 아가씨다운 분위기와는 멀겠다고 생각했는데, 그런 기색은 전혀 없이 버들가지 같은 머리는 늘 다카시마다로 올렸고 귀밑머리는 한 가닥도 옷깃에 어지르지 않을 정도로 몸가짐이 단정했다. 어쩌면 저토록 기품 있을까. 혹시 그 사람의 처지에 따른 과보가 그렇게 만든 것일까. 연분홍색 술이 달린 은비녀를 꽂은 모습을 우아하고 아름답고 잘 어울린다고 여기고 보니 속발에 꽂는 꽃 한 송이도 너무나 사랑스럽고, 미인의 가치는 이거 하나로 결정된다는 자연스러운 옷맵시로 말하자면, 주반의 옷깃이 자색일 때는 낯빛이 더욱 희게 보이는 데다 짐짓 수수함을 드러낸, 오글쪼글한 검은 비단에 붉은 실로 지는 매화가 수놓인 옷을 입었을 때는 기품이 이루 말할 수가 없다. 그중에서도 연보라색 윤자(綸子) 히후를 입은 자태를 잔물결 이는 연못에 비추고 잉어 밥을 주는 남동생과 함께 여념 없이 밀개떡을 뜯으며 자연스러운 웃음과 함께 의좋음을 속삭이는 것은 특히나 부러웠다. 그러나 사토시는 애초에 석가산을 사이에 두고 인사를 하는 정도를 바란 것이 아니었다. 영애의 폐부에 들어가 비밀의 열쇠를 제 손에 넣고 싶었지만 그 기회를 기다리는 시간이 너무나 길었다. 한 달쯤을 헛되이 보냈으니 다가갈 기회가 없었던 것도 당연하다. 영애는 험준한 산의 꽃, 이쪽은 산기슭의 먼지. 하지만 폭풍은 어디든 똑같이 불기 마련인 것이다.

진노스케라는 아이는 가야마 가문의 차남이지만 끝물에 피는 꽃의 송이가 몹시 크듯이 아홉 살이면서도 권세가 일가를 틀어쥐고 있어 개구쟁이 기질이 끝없던지라 분별을 차릴 줄 아는 가후[39]도 당해 내지 못했다. 프랑스에 유학 간 형이 귀국할 때까지는 이 아이를 말릴 사람은 없을 듯 보였지만, 영애와는 가장 사이가 좋아 무슨 일에든 '둘째 누나'라고 부르며 잘 따랐다. 천성이 온화한 영애는 이 아이를 특히 귀여워해서 호젓하게 비가 내리는 밤에는 등불 밑에 책을 펴고 무릎에 앉혀 그림을 보여 주기도 했다. "이건 옛날 어느 고장에 우리 진노스케 같은 굳센 사람이 있었는데, 그 시대에 황실을 배반한 역적을 물리쳐 큰 공을 세우고 철수하고 있는 그림이란다. 이 말에 탄 사람이 대장이지." 하고 풀이하자 진노스케는 펄쩍펄쩍 뛰며 "나도 나중에 크면 멋진 대장이 돼 역적 같은 건 한손으로 물리치고, 그리고 이 책에 나온 사람처럼 돼 부모님께 칭찬을 받을래." 하며 나댔다. 영애는 미소를 띤 얼굴로 씩씩함을 칭찬하며 "그런 대장이 돼도 이 누나하고는 지금처럼 사이좋게 놀아 줄 거야? 큰 언니나 동생은 다 결혼을 해서 남의 부인이 된 처지라 내게는 이제 오라버니하고 진노스케밖에 없는데, 그중에서도 나는 진노스케가 좋아 늘 지금처럼 함께하고 싶으니 나중에 커서 저택을 나갈 때는 나를 꼭 데려가 다실(茶室) 일이라도 시켜 주렴. 알겠지?"라고 하며 볼을 비비자 진노스케는 아이처럼 와락 안기면서도 말은 어른스럽게,

39 家扶. 황족 또는 화족의 집에서 가레이(家令)를 보좌하며 일가의 업무와 회계를 담당하는 사람. 가레이, 가후, 가주(家従), 쇼리(書吏) 순으로 위계를 이룬다.

"그야 내가 대장이 되고 저택을 가지기만 하면 거기에 누나를 데려가 진수성찬을 차려 주고 여러 가지 재미난 일을 하며 놀 거야. 그런데 큰누나나 작은누나는 나를 조금도 귀여워해 주지 않았으니 그 둘한테는 국물도 안 주고, 대문도 안 열어 들어오지 못하게 해서 눈물을 쏙 빼 줄 거야."라고 했다. 영애가 이를 말리며 "그런 심술궂은 말은 하지 말렴. 어머니가 들으면 가슴 아파하실 거야."라고 하자 진노스케는 "그렇지만 딴 누나들은 자기들끼리만 연예회나 꽃놀이에 가서 둘째 누나는 늘 집만 지켰으니, 내가 나중에 크면 둘째 누나만 여기저기 데려가 파노라마[40] 같은 걸 구경시켜 주고 싶어. 거기엔 여러 가지 그림이 살아 있는 것처럼 그려져 있어서, 총포나 다른 것도 진짜 같고 불이 난 장면도 있고 전투하는 장면도 있어. 내가 진짜 좋아하는 건데 누나도 보면 분명 좋아할 거야. 큰누나는 우에노나 아사쿠사에서 몇 번이나 봤으면서 둘째 누나는 한 번도 데려가지 않은 건 심술 아닐까? 나는 그게 얄미워." 하며 생각나는 대로 삼가지도 않고 말했는데, 그 모습이 참 사랑스러웠다. "그렇게 생각해 주는 건 고맙지만 그런 말은 다른 사람한테는 하지 말렴. 연극이나 꽃놀이는 내가 싫어서 가지 않았으니 다른 누나들이 일부러 그런 건 아니란다. 이제 이 얘기는 그만하고, 오늘 하루 우리 진노스케가 놀며 재미났던 얘기가 있으면 들려줘. 오늘은 고스케가 무슨 얘기를 했니."

이 대장 도련님은 어렵지 않게 사토시의 포로가 되었다.

40 panorama. 반원형으로 굽은 배경 그림 앞에 입체 모형을 배치하고 조명을 비춰 넓은 실제의 경치를 보는 느낌을 주는 장치. 일본에서는 1890년 우에노 공원에서 처음 선보였다.

영애와 의좋게 지내는 모습을 본 뒤로 바로 저거라는 생각에 죽마 만들기를 비롯해 분재 심기를 가르쳐 주고 옛날에 있던 전투 이야기를 들려주고, 시골에 사는 할아버지, 할머니는 얼마나 재미있는 말을 하고, 어디에 있는 산과 들은 얼마나 넓고, 어떤 바다에는 이름도 붙일 수 없는 대어가 있는데 아가미를 움직이면 파도가 수천 장(丈)에 걸쳐 치고 그것이 또 새로 변하고……. 이런 진귀하고 괴이하며 두서없는 잡다한 이야기를 재미있게 들려주며 기분을 맞추자 어린 마음에는 열 배, 스무 배나 재미있게 느껴져 "고스케! 고스케!" 하고 매달리고는 떨어지지 않았다. 제 마음에 재미있다고 느끼면 그것을 그대로 영애에게 이야기해 주었다. 고스케의 이야기는 전부 진짜라는 얼굴로 진지하게 전하는 이야기를 듣자 하니, "두견새와 때까치는 전생에 같은 마을에 살았는데, 신발 장수와 소금 장수였던 시절에 신발을 사고는 값을 치르지 않아, 그게 빚이 돼 때까치는 고개를 들지 못한대. 그래서 두견새가 올 즈음에 개구리 같은 먹이를 찾아서는 길가 풀에 꽂아서 바치며 사과를 한다는 거야. 이건 진짜, 진짜인 이야기라 와카로도 읊기 때문에 누나한테 물어도 알 거라고 고스케가 말했어. 고스케는 대단한 학자라 뭐든지 모르는 게 없는데, 서양이나 중국, 인도에 관해서도 잘 알고 그 얘기도 재밌어서 누나한테도 꼭 들려주고 싶어. 예전의 할아범과 다르게 나를 귀여워해 주고 누나도 칭찬해 주는 진짜 좋은 사람이니까 이다음에 내 양말을 짜 줄 때는 고스케한테도 어떤 걸 만들어 주면 좋겠어. 누나, 알겠지? 그래 줄 거지?" 하는 열띤 부탁이었다. 진노스케는 영애의 모호한 승낙의 말을 그대로 사토시에게 전해 주었다. 이런 식으로 받는 소식은 남의 눈이라는 관문을 거리낄 것도 없이 손

쉽게 옥렴을 넘나들었기에 사토시는 가끔 보기만 하던 영애의 소식을 나날이 받아보는 셈이 되었다. 사정이 있는 듯한 속마음도 이로써 비로소 어렴풋이 알았기에 사토시는 측은한 마음을 견디다 못해 '그대 때문에 이토록 몸을 바치는 나. 목석이 아닌 아가씨에게 미워할 만한 데는 없을 텐데. 아, 그 가시밭에서 구해 내고 싶구나.' 하며 빛도 아직 들지 않은 사랑을 느끼며 대나무 기둥이 세워진 고적한 띳집을 상상했다.

3

자식을 위한 길에 눈이 어두워지지 않는 부모는 없다는 생각에 사토시는 여기에 주목하자, 가야마 가문의 세 딸 가운데 첫째는 까다롭고 셋째는 발랄했는데 용모는 둘 다 나쁜 편은 아니었지만 결코 영애에 비할 바는 아니었기에 이런데도 과연 동복인가 싶을 정도로 달랐다. 안주인의 태도도 이상했는데, 과연 경솔한 하인들의 눈에 보일 정도로는 차별하지 않았지만 같은 말을 해도 영애에게는 어딘지 씁쓸하고 냉담한 모습이 가끔 비쳤다.

'혹시라도 자작 어른이 총애한 첩으로 기리쓰보노고이[41] 처럼 품위 있는 사람이 있었는데, 안주인의 질투가 거세서 아깝게도 꽃다운 나이에 폐병 같은 데 걸려 세상을 떠났고 그 사

41 桐壺の更衣. 『겐지 모노가타리』의 등장인물로 히카루 겐지의 어머니. 기리쓰보 천황(가상 인물)의 총애를 받아 다른 후궁이나 여관(女官)들로부터 질투를 받았고, 이 마음고생으로 병에 걸려 겐지를 낳고는 몇 년 뒤 세상을 떠났다.

람이 남긴 딸이 아가씨라면 자작 어른의 사랑이 제아무리 깊어도 안주인은 더 아니꼽고 얄밉게 생각할 만도 하다. 그래서 적당한 인연도 붙여 주지 않고 내버려 두면서, 속 편하게 한눈을 파는 고집스러운 아이라고 하며 그 교묘한 말로 자작 어른을 구워삶은 걸까. 이 집안에 처자가 있다는 데 관심을 갖고 마음을 바치는 사내가 없고, 있는 건 진노스케 님과 나뿐인 형편이니 너무도 가엾구나. 차라리 이 마음을 붓으로 전하고 일이 잘 풀리면 어디로든 당분간 데려가, 그 뒤로는 또 어떡하면 좋을까. 그래, 일단은 미치노쿠의 나토리가와[42]에서 더럽혀진 이름을 흘려보내는 것도 좋겠다.[43] 세상도 지긋지긋한데, 가만히 생각해 보면 나는 천생연분에 이끌려 이 저택에 들어왔는지도 모른다. 지금은 일개 서생도 아닌 처지이지만 결국 아가씨를 행복한 위치에 모시고 명예를 되찾아 주는 일은 어렵지도 않겠지. 그나저나 편지는 또 어떻게 전해야 하나.' 하고 생각하며 사토시는 밤새 붓을 쥐었지만 '천성이 조신한 아가씨가 특별히 나 같은 하인에게 시선을 주실 리 없으니 처음부터 연서인 줄 알면 손에 쥐시기나 할지, 그것이 좀 걱정이구나. 어쩌면 좋을까.' 하고 골머리를 앓았다. 그러다 '그래, 남들이 보는 건 어찌한들 똑같다. 무슨 일이든 배짱이다.' 하며

42 名取川. 현재의 미야기현에서 태평양 쪽으로 흐르는 강. 미치노쿠(陸奧)는 현재의 후쿠시마, 미야기, 이와테, 아오모리, 네 개 현에 달하는 지역에 대한 고칭.

43 아래 와카에 근거.
미치노쿠에/있다고들 말하는/나토리가와/뜬소문을 잡아선/괴로울 것이로다. —『고킨슈』 사랑③
'나토리'가 '평판을 취하다'의 의미와 겹친다는 데서, 여기서는 다른 평판을 취하며 이전의 오명을 덮는다는 의미다.

반지(半紙) 네다섯 장을 반으로 접고 글씨를 마구 진하거나 연하게 써서 연서인지 아닌지 헷갈리게 만들었고, 그러고는 일부러 철하거나 표지에 글자를 썼으며, 이 방법이라면 잘 풀릴 것이라고 여기며 날이 새기를 기다렸는데, 남들은 생각지도 못할 꿍꿍이이니 말릴 수도 없다. '이곳은 이웃과 경계를 이룬 덤불이니, 조심하기 위해선…….' 하며 마음속에 지은 띳집에 사는 하인, 이것 참으로 보통내기가 아니다.

아물아물 아지랑이가 넘실거려 꽃잎에 맺힌 이슬이 무겁고, 부는 바람을 간절히 원하는 나비가 잠에서 깨고 싶을 만큼 고요한 이튿날 아침 풍경을 보고 진노스케는 어린 마음에 들떠 평소보다 일찍 정원으로 뛰어나왔다. 그러기 무섭게 사토시가 "도련님!" 하고 부르며 미소를 짓자 진노스케는 그대로 달려들어 대빗자루를 쥔 손에 매달려 "고스케야, 너는 그림을 잘 그려?" 하고 느닷없이 묻는 천진함을 보였다. "그림도 그리고요, 와카도 읊습니다. 기사(騎射)나 격구도 좋아하죠." 하며 웃자 "그럼, 그림을 그려 줘. 어젯밤에 누나하고 내기를 했는데 내가 지면 주머니칼을 뺏겨. 고스케 너에 대한 내기인데, 나는 네가 그림을 잘 그린다는 데 걸었고 누나는 잘 그리지 못한다는 데 걸었어. 지면 분하니까 누나가 깜짝 놀랄 만큼 멋지게, '나중에' 같은 말은 하지 말고 지금 바로 그려 줘. 청소는 안 해도 돼." 하며 빗자루를 빼앗았는데, 이에 사토시는 머리가 까마득해져 "그려 드리긴 하겠지만, 지금은 좀……. 나중에 제 방에 오세요. 기마 무사를 그려 드리죠. 아니면 산수화로 할까요?" 하며 얼버무리자 진노스케는 "싫어! 싫어! 싫어! 지금이 아니면 다 싫어! '나중에'라고 하면 나는 그사이에 질 테고 주머니칼도 뺏길 테니 싫어! 제발 지금 당장 그려 줘.

종이나 붓은 누나 것을 빌려올 테니까."라고 하고는 빗자루를 팽개치고 냅다 뛰어가려고 했다. 그것을 사토시는 "잠시 기다려 주세요!" 하고 정신없이 말리고는 "당장 그리라고 하시면 어쩔 수 없지만, 잘 그리지 못하면 오히려 아가씨는 비웃을 테고 도련님께서 졌다고 할 거예요. 이렇게 하시죠. 그림은 뒷일로 제쳐 두시고, 이 고스케는 그림보다 와카의 명인이라 시골에 살았을 때는 사람들한테 가르쳐 주기도 했으니 와카를 아가씨에게 보여 줘 놀래 주세요. 이거면 반드시 도련님이 이기실 거예요."라고 했다. 진노스케가 "그럼 빨리 그 와카를 읊어 봐." 하고 졸라 대자 사토시는 그 철한 편지를 품속에서 꺼내고는 "이건 매우 소중한 와카라서 누구한테 보여 주면 안 되지만, 저는 도련님께서 이기시기를 바라니 다른 사람들한테는 비밀로 하고 아가씨께만 보여 주세요. 얼른, 비밀로 하고 아가씨께 전해 주세요." 하고 서너 번을 접어 진노스케의 품속에 쑤셔 넣었지만 시큰둥한 얼굴이 너무나 불안해, "잃어버리지 마시고, 아무한테도 보여 주지 마시고요!" 하고 사정하다 "얼른 가세요!"라고 하자 진노스케는 그제야 두 손을 가슴팍에 안고 일심으로 뛰어갔다. 사토시는 잃어버리지 말라는 외침도 더는 나오지 않던 중에 퍼뜩 정신을 차리고 주변을 둘러보았다. 꽃에 부는 바람을 자기를 비웃는 소리로 들어선지 누가 보지는 않았지만 마냥 두려운 마음에 빗자루질도 하는 둥 마는 둥 했고, 단지 아무와도 마주치면 안 된다는 생각뿐이었다. 사토시가 이토록 간이 작을 줄은 몰랐건만.

자신이 좋아하는 사람만큼 창피하고 두려운 것은 없다. 친한 여자들 사이에서도 대단하게 여기며 존경하는 친구에게는 마주하고서 아무런 말도 하지 못하고, 그 친구의 말 한 마디,

두 마디에 창피한 것은 어디까지나 창피하고, 두려운 것은 어디까지나 두렵기 마련이니 그 친구에 관한 사소한 일도 절실히 느껴질 터다. 남녀의 사이도 이러한 것일까? 진노스케가 고스케를 따르는 마음은 그와는 달리 담백한 편이지만, 자기가 좋아하는 사람의 한마디는 중하게 여겼기에 편지를 품속에 넣고 영애의 거처에 들어왔다. 마침 셋째 딸이 와서 한창 수공예를 배우고 있어 '지금 보여 주는 건 좋지 않겠지.' 하고 생각했다. 이 편지에 무슨 사정이 있는지는 알 리가 없었지만 진노스케는 고스케가 보내서 왔다는 말은 하지 않고 딴전을 피우고 있었는데, "진노스케야, 내 방에도 와. 구슬치기를 하며 놀자." 하고 웬일인지 셋째 딸이 권하고는 자리를 떴다. 얼른 저리 가 버리라는 듯이 진노스케가 장지문을 탁 닫고, "누나, 이거." 하고 품속에서 편지를 반쯤 꺼내 보이며 "고스케는 그림도 잘 그리지만 와카를 더 잘 지어서 이걸 보여 주면 내가 이길 거라고 했어. 이기면 내 주머니칼은 그대로이고 누나는 약속대로 고무 인형을 주는 거야. 자, 받아." 하며 손을 포개자 영애는 미소 지으며 "싫어, 안 돼. 그림으로 약속을 했는데 와카를 가져왔으니 안 돼. 고무 인형은 주지 않을래." 하며 고개를 가로저었다. "그래도 누나, 이 노래는 진짜 소중한 거라 고스케가 아무에게나 보여 주지 말고, 잃어버리지도 말고 누나한테 보여 주라고 했으니 그림보다 더 좋을 게 틀림없어. 인형은 꼭 줘야 한다?" 하며 진노스케가 건넨지라 무심히 펼쳐 한두 줄을 읽었는데, 그러고는 다만 말없이 접어서 문갑에 넣었기에 진노스케는 그 얼굴을 이상하게 올려다보았다. "누나, 인형은 주는 거야?" 하고 묻자 영애는 "응, 줄게." 하며 살짝 고개를 끄덕였다. 진노스케는 펄쩍펄쩍 뛰며 "이겼다! 이겼다!" 했다.

4

이 마음이 전해지기만 하면 이 속은 편해질 터라고 바라는 것은 얕은 생각이다. 가까워진 사이에서 욕망이 늘어나 끝이 없는 것이 사랑이라고 했던가. 사토시는 처음 쓴 연서 생각에 애태우며 '만일 이번 일이 남에게 들키기라도 하면 죄는 나만이 아니라 설사 이 사정을 몰랐다고 해도 아가씨도 용서받지 못하겠지. 그러잖아도 고약한 계모는 얼마나 흥분할 것이고 일은 어느 사달에까지 이를까. 역시 내 생각이 어리석었다. 진노스케 님께 부탁한 건 완전한 불찰이었구나.' 하고 걱정하면서도 또 한편으로는 스스로를 격려하며 '일이 그렇게 되는 건 아무것도 아니다. 큰 결단을 내리고 하인까지 된 나인데 이 뒤의 일은 이미 각오한 바다. 다만 걱정은 아가씨의 마음인데 순조롭게 편지는 받았다고 해도 모른 체하고 답장을 하지 않으시면 보람도 없는 일이다. 하여간 도련님의 말씀을 듣고 싶구나.' 하며 기다렸는데, 진노스케가 그날 저녁 예의 인형을 들고 평소보다 기쁜 듯이 "네 와카 덕에 내가 손쉽게 이겼어. 이런 인형을 얻었지." 하며 자랑스러운 얼굴로 와서 보여 주자, "아가씨께서 그 와카를 보셨나요? 뭐라고 하시던가요." 하고 물었다. "아무 말도 없이 문갑에 넣었지만 다음번에도 또 그런 와카를 지어서 누나한테 보여 줘. 네가 칭찬받으면 나도 기쁘니까." 하고 진노스케가 기특한 말을 하자 집념이 있는 사토시는 더욱 미덥게 이리저리 기분을 맞춰 주다 "아가씨도 분명 와카는 잘 읊으실 거예요. 이 고스케도 삼가 보고 싶으니 오늘 아가씨께 청하셔서 답가를 받아 와 주세요. 꼭이요!" 하며 답장이 오는 길을 만들었지만, 하루를 기다리고 이틀을 기다리고 사흘이 되어도 감감무소식이라 사토시는 번민하다 진노스케를 볼 때마다 넌지시 재촉하자, "나도 받아 주고 싶지만 누나가 안 주던데."라고 한다. 아, 둘 사이에 낀 얄궂은 처지인 것이다. 어린 마음에도 의리에는 끌려선지 진노스케는 가운데 서서 갈팡질팡했는데, 사토시는 여러모로 부탁하다 이번에는 봉한 편지에 제 모든 것을 쏟아 어떻게 글을 썼다고 한다. 화려하고 아름다운 문장으로 평판이 높은 사내였는데.

남들이 보면 미남이라고 할 수도 있을까. 콧날과 눈매가 반듯하고 볼록한 아랫볼이 유화한 인상인 사토시. 과연 학문을 닦은 품위는 하인이 되고서도 몸을 떠나지 않아 부엌에서도 연신 '고스케'라는 이름이 나왔고, 떠들썩한 평판은 거처방을 넘어 가야마 안주인에게도 높았으며, 약혼자가 서양에 가 있어 아침 인사를 사진에다 하는 첫째 딸마저 "고스케야. 저 담장 밑의 벚꽃을 좀 꺾어 다오." 하며 사소한 일을 시켜 놓고 대수로운 듯이 알록달록한 과자를 답례로 주었다. 스스로 얻은 명예는 있지만 사랑에 본존이 있어 협사들을 볼 눈은 없었고, 일심으로 빠졌기에 더 이상 지난날의 사토시가 아니었다. 한창 학문을 닦을 스물넷 나이를 이렇게 지내면서도 아깝다고는 생각하지 않아 진노스케의 기분을 맞추며 다녔고, 결코 본심은 될 수 없는 편지의 내용이 뜻밖에도 술술 써졌기에 '편지를 문갑에 넣었다고 하니 아가씨는 이제 내 것이다.'라고 하며 한 번은 기운을 냈다. 하지만 그 뒤로 보낸 몇 통의 편지에도 한 번의 답장이 없었고, 그렇다고 해서 매정하게 편지를 돌려보내지도 않았지만, 펼쳐서 보았는지 보지 않았는지에 대한 진노스케의 대답이 영 시원찮아, 이번에는 반드시 해내겠다는 각오로 한 길이나 되는 편지를 쓰며 마음을 주체하지 못했는데, 이에 사토시는 '내가 이토록이나 헤매고 있다는 건가.' 하는 생각에 편지를 내던지고 한숨지었다. 그러는 한편 진노스케를 보고서는 더 섭섭한 얼굴로, "아가씨께선 이 고스케를 어디까지나 미워하기 때문에 그토록 많이 보신 와카에도 답가를 한 번도 주시지 않는 거겠죠. 더구나 도련님한테도 그런 걸 전하지 말라고 하셨다니 정말 무정하시네요. 이렇게 창피를 산 이상 이 사내의 몸은 염치없이 저택에 있을 수 없으니 스스로 물러나 고향에 가야 하겠지만, 진노스케 님, 들어주세요. 제 고향에는 부모님도 없고 딱 하나 있던 누이가 저와 정말 사이가 좋았지만 지금은 세상을 떠나 혼자인 처지입니다. 그런데 하필이면 그 누이가 아가씨와 꼭 닮아 '지금 살아 있다면 이런 모습이려나.'라는 생각이 들어 너무나 반가웠고 도련님께 누님이니 제게는 누이처럼 생각됐습니다. 답가를 쓰신 종이를 가질 수 있다면 더는 소원이 없고, 하다못해 일필로 쓴 글이라도 보고 싶습니다. 하지만 저는 이렇게 천한 처지이니, 아무래도 가당찮은 일로 보시고는 무례한 놈이라고 나무라신다면 저는 물론 할 말이 없습니다. 하지만 싫으면 싫다고, 아니면 오히려 꼴도 보기 싫으니 얼른 여기서 떠나라는 단호한 말씀이라도 있으셔서 결국은 이뤄질 수 없는 일인 줄로 안다면, 그런 뒤에는 제 나름의 각오 또한 있을 것이니 그때까지 키워 온 마음은 어떻게든 사라질 것이며 각오에 따라서는 단념이 되기도 할 겁니다. 한 번만 더 이 편지를 전해 주시고 분명한 대답을 듣고 와 주세요. 이 일에 따라서는 도련님과 영영 헤어질지도 모릅니다." 하며 허와 실을 섞어 어린 마음에 다 딱한 처지를 호소하며 부탁했다. 진노스케는 원래 고스케를 끔찍이 여겨 이 사내에게라면 하나부터 열까지 다 해 주고 싫었기 때문에 기뻐하는 얼굴을 보고 싶다는 일념으로 여태 몇 통의 편지를 남의 눈에 띄지 않고 곧장 전해 주었고 영애의 마음이 어떤지도 모르고 대답을 달라며 졸랐지만, 이 막다른 데 다다른 말을 듣자 자기도 슬퍼져서는 "오늘은 꼭 대답을 받아 너를 기쁘게 해 줄 테니 시골에 간다는 말은 하지 마. 여기에 쭉 있어 줘. 갑자기 시골에 간다니 싫어!" 하고 울었는데, 사토시가 그 눈물을 닦아 주자 더 슬퍼져서는 손에 매달려 하염없이 엉엉 울었다. 어린아이의 혼은 거짓이 아니라 이 일이 가슴에 사무쳐 슬픈 것이었기에 진노스케는 그날 밤 고요한 등불 아래에 있는 영애를 찾아가 "고스케는 이런 생각이고 이런 말을 했는데 누나, 제발 대답해 줘. 이제는 절대 제멋대로 굴지도 않고 장난도 치지 않을 테니 고스케가 시골에 가지 않게, 지금처럼 같이 놀 수 있게 대답해 줘. 아주 짧아도 돼. 고스케는 일필로 쓴 거라도 된다고 했으니 이 두루마리에 뭐라도 써서 내게 줘. 고스케는 시골에 가도 갈 데가 없는 신세라 아마 거지가 될지도 몰라. 나는 그건 정말로 싫어. 이 편지를 보면 꼭 무슨 말이라도 해 줘야 한다? 누나, 응? 제발 부탁이야, 응? 자, 이거." 하며 가엾게도 단풍잎 같은 손을 모아 내밀었다. 인정이 깊은 여자의 몸이라면 이것만으로도 분명 눈물이 날 만한데, 설령 산사람이든 하인이든 자기를 사랑하는 사람을 과연 미워할 수 있을까? 영애는 마음이 어떻게 뒤얽혔는지 진노스케가 모친에게 불려가 그 대답을 들을 새도 없이 아쉬움을 남기고 나간 뒤로 옥처럼 고운 팔로 편지를 껴안아 가슴에 대고는 밤새 울었다.

5

스무 살의 봄을 꿈과 함께 살다 꽃 떨어지는 저녁에 무슨 생각이 들어서인지 영애는 별장으로 옮겨 가고 싶다고 말했다. 가마쿠라 어디에 있는 별장을 작년에 전망을 골라 샀지만, 이야기만 듣고 아직 구경하지 않아 보고 싶었고, 화려한 별채가 있는 데다 명물 소나무가 있다는 부친의 자랑을 믿고는 "저는 오랫동안 제멋대로 살아 더는 청을 드리기 어렵지만, 차라리 거기서 살게 해 주실 수는 없을까요? 진노스케가 나중에 크면 제가 집안일을 도와주기로 약속했어요. 그때까지는 혼자 거기서 지내고 싶어요. 또 아버지께서도 가끔 오시는데 남이 아닌 제가 별장을 지키고 있으면 덜 불편하기도 하실 테고요. 아무쪼록 저를 거기에 살게 해 주셔서 세상을 흰 파도로 삼고 갯바람을 즐겁게 맞으며 매화 같은 꽃조개라도 줍게 해 주세요." 하고 부탁했다. 가여워라. 어떤 사정이 있어 세상일 모든 것에 마음이 들뜨는 한창인 나이에 천 사람, 만 사람보다 뛰어난 미색을 거울이 없어 모르는 듯한 처지로 있는 것일까. 남이 그런 청을 들어도 기쁘게는 여길 수 없을 텐데 하물며 부모가 들었으니 오죽하랴. 하지만 이런 은퇴하는 노인이 할 만한 부탁도 영애의 마음에는 무리가 아니었다. 억지로 도쿄에 남겨 형제들이 사는 모습에서 덧없는 세상을 보게 하는 것도 괴로운 일이었다. 이에 부친은 모두 제 바람에 맡겨 "살고 싶으면 거기서 살려무나. 네가 좋아하는 거문고를 솔바람과 함께 타며 유유히 사는 게 고작이라도 괜찮다면 말이다." 하고 그 자리에서 허락하자 모친은, "참으로 가여운 것. 설사 네가 바란다고 해도 그런 먼 데로, 여정은 그리 힘들지 않겠다만,

아주 가 버려서는 나도 걱정이고 애들도 허전해할 게다. 특히 진노스케는 머지않아 네가 보고 싶어서 네가 아침에 깨워 주지 않으면 일어나지도 않을 텐데, 종일 떼쓰기만 늘어나 네 언니나 동생이 얼마나 고생을 하겠느냐. 그런 모습이 눈에 선하구나. 생각을 한번 달리 해 보거라." 하고 말렸지만 부친이 이미 허락했으니 하나 마나 한 이야기였다. 오히려 자기가 더 나서서 여러 채비를 해 주고 부지런한 시녀를 고르고 출발은 언제라느니 하며 내심 정했는데, 이에 진노스케는 몹시 분해하며 일단 부친에게 애원하고 모친을 책망하고, 두 누나에게 붙어 다니며 왜 둘째 누나를 못살게 굴었느냐고 원망하며 자기도 같이 보내 버리라고 고집을 부렸다. 하지만 영애를 마주하면 그저 매달려 울면서 "누나, 뭐가 화나서 가마쿠라 같은 데 가는 거야? 한 달이나 보름이면 괜찮지만, 하인들이 언제 돌아올지 모른다고 하던데? 거짓말하지 마. 가마쿠라에 갔다가 영영 안 오기로 했다면 혼자 외로워할 바에는 나도 같이 가서 돌아오지 않을래. 아버지도 싫고 어머니도 싫어! 누구를 버리고서라도 같이 갈래!" 하고 말하는 것을 영애는 조곤조곤 타이르다 자기도 눈시울이 붉어지며 "가여운 말로 나를 울리지 마. 가마쿠라에 가서 안 온다고 누가 그래. 그게 거짓말이란다. 잠시 쉬러 갔다가 곧 돌아올 테니 얌전히 기다리고 있어. 설사 안 온다고 해도 그 별장은 네 것이니 네가 나중에 클 때까지 단지 집을 봐주는 거란다. 누나도 너를 데려가고 싶지만 거기 가면 너는 오히려 외롭고 싫증이 나서 금세 어머니가 보고 싶어질 거야. 부디 얌전히 자라 주렴." 하는 사과와 같은 위로를 했다. 이에 진노스케는 그래도 싫다고 하며 떼는 쓰지 못하고 훌쩍거렸는데, 평소의 기운이 사라져 풀죽은 모습이 보기 딱했다.

영애가 가마쿠라에 은거한다는 소문을 듣자 가슴이 고동친 나머지 사토시는 잠시 머리가 멍했다. 더 자세히 물으니 진노스케는 확실한 얘기라고 말하며 반은 울상으로 "어떻게 막을 방법이 없을까." 하며 도움을 구했다. 사토시는 이를 어쩌나 하며 팔짱을 끼고 궁리했지만 뾰족한 수는 없었다. 남의 눈치를 보지 않고 풀죽을 수 있는 진노스케가 부러웠다. 공허한 마음이 들었지만, 하여간 빗자루를 쥐고 있는 이 처지가 발목을 잡았다. 이런 처지가 된 것도 누구 때문이었나. 왜 아가씨가 무정히 처신하는지도 알지 못하고 이곳에 버려져 남겨질 자신. '아, 떠나시기 전에 한번 보고 싶구나.' 하고 내심 바랐으나 부질없이 그림자도 보지 못한 채 내일 이른 아침에 떠난다는 한스러운 소식이 들려왔다. 사토시는 일을 다 팽개치고 아프다고 하며 종일 드러누웠지만, 사랑에 어지럽혀진 마음에는 슬프게도 영애의 거처방 문 한 장을 사이에 두고, 다시는 없을 오늘 밤만의 추억을 소중히 여기고 싶어, 마음에도 하늘에도 어스름이 진 스무날의 봄날 밤 사토시는 '정원에 떨어진 꽃을 밟는 소리가 들리지 않았으면 좋겠구나. 하다못해 꿈에라도 들어갔으면.' 하며 발소리를 죽였다.

'밤이 이슥해지니 처마 끝의 풍령 소리가 쓸쓸하네. 내일이면 이 소리도 얼마나 그리울까. 이 처마와 방, 특히 진노스케, 아버지와 어머니, 그리고 평소에는 그렇지도 않던 언니나 동생마저 그리워질 텐데.' 하며 영애는 벌써부터 그리움에 잠을 이루지 못해 잠자리 위에서 생각에 잠겼다. 진노스케가 조금도 곁을 떠나지 않으며 오늘 밤도 여기서 자겠다는 것을 내일 아침에 떠나는 데 방해가 되어서는 안 된다고 모친이 삼가며 데려가자 그 뒤가 더 쓸쓸했다. '그러고 보니 내일부터 혼자 조용한 별장에 들어가면 어떻게 될까. 진노스케는 한동안 내가 보고 싶어 울기도 하겠지. 그래도 조금 지나면 저절로 잊혀 다른 누나들한테 분명 익숙해질 거야. 나는 분명 개를 그리워하는 마음이 갈수록 늘어나겠지만 그 웃는 얼굴을 보고 싶어도 그럴 수 없겠지. 아버지도 그렇겠지. 머나먼 데서 얼굴을 떠올리면 가까이 있을 때보다 열 배나 더 그리워져, 깊었던 자애로운 목소리가 이 귀를 떠나지 않겠지. 이런 것 때문에 오히려 이곳을 버리기로 하고 점점 더해 가는 근심으로 몸을 괴롭히고 있는데, 이제는 고스케조차 잊기 힘들구나. 고스케야, 용서해 주렴. 미움은 전혀 없었기에 오히려 사랑할 수 없다고 여기며 물러나는 몸이니. 매미 허물 같은 세상에 이런 선례가 또 있을까. 내 속을 모르니 나를 원망하기도, 미워하기도 하겠지. 하지만 나는 그런 미움을 받는 게 오랜 바람이라 이런 선택을 한 거란다. 받은 편지는 차마 버릴 수 없어, 봉을 뜯지 않고 문갑에 그대로 간직해 삶의 끝자락까지는 벗으로 삼을 마음이다. 그래도 나는 여생이 있는 몸이구나. 근심에 세월이 길게 느껴지리라 생각하니 괴롭네. 모조리 다 털어 버리고 괴로움도 없이, 즐거움도 없이 살아가고 싶은 바람인데 봄바람이 불면 꽃이 피어날 것만 같은, 고목이 아닌 내 마음이 너무 괴롭구나. 아, 달빛은 어디에 있을까. 이 속을 달래고 싶은데…….'
가슴에 댄 손에 느껴지는 두근거림은 점점 커졌고, 꼭 깨문 소맷자락에 눈물이 흘러 영애는 잠시 엎드려 울었는데, 불어 든 밤바람은 누구의 혼이었을까. 허수해지는 마음을 더는 견디다 못해 조용히 일어나 쌍여닫이문을 열자 스무날의 달빛이 은은히 비치고 눈앞에 떠오르는 정원에 나무들이 아련히 어두워 고키덴[44]의 차양 아래를 보는 듯했다. 사토시에게는 이보다 더 좋은 기회는 없다.

6

말하지 않는 부세의 이모저모에는 어떤 일이 숨어 있을까. 지금은 옛 눈물이 맺은 씨앗. 제 사랑이 아닌 참회 이야기, 듣기도 슬픈 신상 이야기가 있다. 봄밤이 깊어지고 몸에 스미는 바람이 불어 애처롭게도 깜빡이는 등불에 맺힌 쓸쓸한 등화(燈花)처럼 아름다웠던 하나(花)라는 가야마 가문의 딸은 지금 자작의 친누이였다. 쌍옥이라는 칭호가 미색을 이기기는 했으나 그렇다고 해서 오라비에게 자리를 넘겨주지는 않으며, 점잖고 조신하고 여러 기예와 명예가 있는 가운데서도 거문고를 잘 탄다는 평판은 하늘에도 높이 울려, 밤에 기러기발로 줄을 고를 때면 구름이 걷히고 달빛이 소맷자락에 떨어질 정도로 꽃을 향해 맑은 소리를 농했으니 휘파람새도 울음을 그치고 그 가락을 배웠을지도 모르겠다. 이에 자작의 총애는 자식보다 깊었는데, 함께 부모가 없는 처지라 누이를 소중히 여기는 마음에는 끝이 없어 좋은 곳을 고르고 또 골랐기에 어느 집안의 부인이라는 이름도 아직 붙지 않은 열여섯 살의 아가씨였다. 그런데 무참하게도 봄바람이 옥렴에 불어 들

44 弘徽殿. 옛 헤이안쿄(平安京, 현재의 교토)에서 황후, 중궁 등이 살던 궁전. 『겐지 모노가타리』 하나노엔(花宴) 첩에서는 히카루 겐지가 오보로즈쿠요의 소매를 잡고 미래를 약속하는 곳으로 나온다.

어 소맷자락에 첫 벚꽃이 떨어져 덮이고 말았다. 말구종 가운데 미남이라는 소문은 있었지만 달빛 비쳐든 산허리를 떠다니는 먼지와 같은 신세였던 로쿠사. 어떻게 이 사랑은 이뤄질 수 있었을까. 두 사람 사이에 꿈만 같은 언약이 있었다는 것을 알고, 자작은 어느 날 말을 타고 원행을 나갔다 돌아오던 길에 들판 가의 찻집에서 여종업원을 물리치고는 인정 어린 말로 어쩔 수 없는 운명이니 단념하라고 설득했다. 로쿠사는 일이 드러나면 단지 목 내밀고 합장을 하고 있을 각오였는데, 온화한 어조로 더구나 주군이라는 사람이 "로쿠사야, 미안하구나. 우리 저택을 떠나 줘야겠다. 나도 어디까지나 가엾은 네게 그 아이를 보낼 수 있다면 그러고 싶지만, 7만 석이라는 선조의 공훈과 황실의 번병이라는 명색이 있어 그 일만은 할 수 없구나. 이 일이 더 불거지면 그 아이도 더는 저택에 두기 어렵다. 그런데 그 아이는 내게 하나밖에 없는 누이이고 특히나 부모님께서 늦둥이로 남기고 가신 아이라 더없이 가여운 심정인데, 네 마음 하나면 나도 안도할 수 있고 그 아이도 상처를 입지 않을 수 있다. 이를 잘 헤아리고 깨끗이 물러가 다오. 자, 이건 생활에 보태 쓰거라." 하며 어떤 보자기를 하사했다. 말하지는 않았지만 적잖은 위자료임을 알고 로쿠사는 그것을 쳐다보지도 않으며 "거듭 대죄를 저질렀으니 내보낸다고 하셔도 저는 원망이 없습니다만, 인정 어린 말씀은 가슴에 사무쳤습니다."라고 하며 사내대장부는 보기 좋게 울었지만, "제 뿌리가 더없이 미천하기 때문에 사랑을 돈 때문에 한다고 생각하신 겁니까? 앞으로 오십 평생 아가씨를 욕하지는 않을 것이고 또한 이 일은 결코 입 밖에 내지 않겠습니다만, 돈 때문에 닫을 입은 아닙니다. 이것만은 거둬 주십시오." 하며 겁내지도 않고 보자기를 무르고는 진심으로 사죄했다. 그러나 저택에 돌아오고 나서는 그대로 작별을 고했다. 아쉬운 마음이었으나 영애와 말도 나누지 못하고 "다시 태어난다면 화족으로."라는 말을 남긴 채 어딘가로 떠났다. 영애를 도저히 잊을 수 없었기 때문에 오히려 의리라는 글자 탓에 눈물을 삼켰고, 마음은 저택을 떠나지 않았지만 침소 깊은 데서 고민에 빠진 영애는 로쿠사의 작별을 전해 들은 뒤로 마음이 응어리져 풀리지 않았고, 그렇다고 해서 자애로운 오라비의 잘못이라고도 말하지 않고 내버려 두었으니 참으로 안타까운 노릇이다. 7만 석 대갓집 막내로 태어나 부모는 금이야 옥이야 사랑해 주었는데 기왓장만도 못한 음분(淫奔)이 부끄러운 데다 그 사람에 대한 그리움에 괴로워, 눈물에 잠겨 보내는 세월 동안 어린 자신의 무지를 자책해 그러잖아도 근심스러운 처지에 근심을 거듭했으며, 특히 몸에 깃든 아이가 다섯 달이나 되었다는 데 안타까움을 느끼며 영애는 엎드려 울기만 했다. 이제는 아무와도 만나지 않을 것이고 아무 생각도 하지 않을 것이며 단지 죽고 싶다는 심정으로 몸을 내버린 것으로 삼고는 거처 밖으로 나가지도 않았다. 가슴에 후회만이 가득 찼으니 어느 누구에게 하소연할 수 있었으랴. 선조의 치욕인 데다 가계의 오욕이니 오라비에게 면목이 없고 남들에게 부끄러워 제 마음을 스스로 나무랐기 때문에 밤에도 잠을 이루지 못하고 낮에도 잠을 이루지 못해 심신이 지치며 더없이 야위어 갔다. 이런 모습을 본 오라비는 어두운 마음을 안고 의약을 구하는 데 몸소 동분서주하다 끝내는 아무 말도 없이 눈물짓기만 했다. 여덟 달의 수명은 뱃속의 생명에게 있었는지 달이 덜 차서 태어난 아이는 우렁찬 울음소리를 냈지만 영애는 결국 어여쁜 딸이 태어났다는 말도 듣지 못했던 것이다. 영애가 지는 벚꽃처럼 세상을 떠났다는 것을 어떻게 알았는지 로쿠사는 하늘 땅을 보고 곡하며 영애의 절명을 자기 탓으로 여겼고, 어리석은 언약 때문에 비참해진 숙세를 생각하다 '홀로 남아 제가 어쩌겠습니까. 기다려 주십시오. 같이 갑시다.' 하는 마음이 되었다고 한다. 숨죽이며 함께한 지난밤에 받은 영애의 오글쪼글한 붉은 비단의 시고키오비를, 최후를 결심한 가슴에 여러 겹으로 두르고 대천의 흐름과 함께 돌아오지 않았던 것이다.

불행의 유래를 처음 알고 친부가 그립고 친모가 그립던 한밤의 꿈에서마저 벚꽃이 피지 않으면 바람을 원망할 일은 없다고 생각하며 평생을 홀로 지내겠다는 희망이 굳어졌다. 감추었기에 새지 않은 태생의 사연을 남들은 알지 못해 여러 사람을 건너 가야마 가문의 영애는 어떻다느니 하며 알려진 소문이 괴로웠기에 일체중생을 뒤돌아보지 않은 채 복잡한 심사를 안고 속으로 눈물을 삼키며 근심스러운 스무 살을 홀로 보냈던 것이다. 마음은 굳어져 움직이지 않았지만 바위도 뚫는 인정 어린 화살에 맞자 사토시를 절실히 생각하게 되었다. 그 사람에게 마음이 끌리지는 않았지만 그 마음은 밉지 않아 편지를 안고 몇 날 밤을 사죄했다. 영애가 스스로 이런 약한 마음을 한심하게 여겨 '보기 때문에, 듣기 때문에 마음은 늘어나는 거야. 얼른 가마쿠라로 가서 그 사람도 잊고 세상에 이끌리는 마음도 끊어 버리고 싶구나.'라는 결심에 이른 그날 밤, "하다못해 여닫이문 너머로 목소리라도 듣고 싶어 누가 수상하게 볼지도 모른다는 죄도 잊고 여기까지 숨죽이고 왔습니다." 하고 사토시가 소맷자락에 매달려 한탄하자 영애는 더는 뿌리칠 용기가 없었다. 설령 남에게는 사랑으로 보일지라도 내 마음은 흔들리지 않는다는 생각으로 거처로 들여 등잔 밑에 마주 앉았지만 이뤄질 수 없는 사랑의 말을 듣기는 역시 괴로웠다. 사토시는 자초지종을 이야기하다 입을 전혀 열지 않는 영애를 보고는 한숨이라도 좀 쉬라고 하며 원망했다. 이 말에 영애도 죄송한 일이라고 하며 울며 "마음을 담으신 편지는 봉을 뜯지 않았어요. 하지만, 보세요. 이렇게 그대로 있습니다." 하고 문갑을 열어 진심을 보여 주었다. "그런데 저 때문에 떠나시는 겁니까?" 하고 사토시가 묻자 영애는 기쁜지 슬픈지 모를 얼굴로, "이다음에 출세하셔서 큰일을 하게 될 분이 아니신지요. 그러고 보니 한창 학문을 닦을 귀중한 시간을 저 때문에 낭비하시다니 어찌 된 일인가요. 결국 사랑은 비참한 것, 부질없는 것, 얄궂은 것입니다. 제 삶이 이렇게 슬프고, 남한테 말하지 못할 생각을 하는 것도 비참한 사랑 때문이죠. 제가 아닌 친부모님의 옛 사연이라 얘기해서는 안 된다고 생각해 저도 숨겼고, 아버지께선 더 입을 다무시며 어머니께도 가문의 수치라는 이유로 철저히 숨기는 얘기를, 물론 들려 드려서는 안 되겠지만 이제 더는 살면서 이 얘기를 하지 않을 생각으로 말씀드릴 테니 들어 주세요, 제 태생의 사연을." 하며 여기서 비로소 눈물을 쏟으며 그 이야기를 털어놓았다. 그러다 꿈만 같은 봄밤은 새벽이 가까워졌고, 하늘에서 들려오는 새 소리에 마음이 조급해졌다. "당신은 도쿄에, 저는 가마쿠라에 서로 떨어져 있어도 언젠가는 또 만날 수 있겠죠. 하지만 정리(定離)의 예를 제 얘기에서 보면 사랑은 혼자인 게 마음이 편합니다. 이제는 아무런 말도 하지 않고, 아무런 생각도 하지 않을 거예요. 어떤 말씀을 하셔도 다 들을게요." 이 뒤로 달이 뜬 새벽에 두 사람은 헤어졌는데, 이후 영애는 어떻게 되었을까? 또 사토시는 어떻게 되었을까? 무정하게 보인 지새는달의 추억을 하늘로 바라보며 "새벽녘만큼이나"[45] 하고 절절히 읊었을지도 모른다.

45 아래 와카에 근거.
지새는달이/무정하게 보였던/이별 뒤에는/새벽녘만큼이나/시름 깊은 건 없네. — 『고킨슈』 사랑③

가는 구름

상

사카오리노미야, 야마나시노오카, 엔잔, 사케이시, 사시데[46]와 같은 이름이 낯선 이곳 도쿄 사람들은 고보토케, 사사고 고개와 같은 난관을 넘고 사루하시 다리 밑을 흐르는 물을 보며 현기증이 나겠지만, 쓰루세나 고마카이도 구경할 만한 마을은 아니니 가쓰누마노마치[47]도 도쿄에서 보자면 변두리인 것이다. 고후에는 실로 대하고루였던 쓰쓰지가사키 성터[48] 등 구경거리가 있다고는 하지만 철도편이 좋아질 때면 몰라도[48] 일부러 마차나 인력거를 타고 구태여 만 하루를 덜커

46 酒折の宮, 山梨の岡, 塩山, 裂石, さし手. 모두 야마나시현 고후, 고슈 주변에 속한 명승지나 지역을 가리킨다.

47 勝沼の町. 고후 분지의 동쪽 끝 지역. 에도 시대에는 고슈 가도(甲州街道, 도쿄 니혼바시를 기점으로 고후를 거쳐 나가노현 쪽으로 이어지는 에도 시대 5대 가도의 하나)의 역참이 있어 번성했다.

48 고후에 소재한 성터로, 전국시대 가이(甲斐), 다케다(武田) 가문의 본성이었다.

덕거리며 에린지(恵林寺)로 꽃놀이를 가려는 사람은 없을 터다. 여름휴가에 남들은 하코네나 이카호[50]로 떠나려고 벼르지만 자신만은 그곳이 고향이라 올해도 산봉우리를 스치는 흰 구름처럼 자취를 감춰야 하게 생겼다. 어쩔 수 없는 일이지만 이번만큼은 도쿄를 떠나 하치오지로 향할 것을 생각하니 전에 없이 괴롭기만 하다.

양아버지 세이자에몬이 작년부터 여기저기 몸이 좋지 않아 몸져누웠다느니 또 나았다느니 하는 사정은 들었지만, 평소 건강한 사람이니 문제없을 거라는 의사의 언질에, 자기는 넓은 하늘을 자유롭게 날갯짓하는 새와 같은 서생의 신분으로 한동안은 노닐고 다닐 마음이었는데 얼마 전 고향에서 편지가 왔다.

주인어른께서는 그 뒤로 별고는 없습니다. 그런데 성미가 점점 급해지시고 고집도 세지셨는데, 아마 연세가 드셔서 이러시는 것 같기는 합니다만, 워낙 비위를 맞춰 드리기가 어려워 걱정이 이만저만이 아닙니다. 저야 노련한 몸이니 어떻게 잘 달래 드리면서 하루하루를 보내고 있습니다만, 종잡을 수 없는 억지를 부리시고 온몸에 소름이 끼칠 정도로 들들 볶으시는 데는 저도 두 손 두 발을 다 들 지경입니다. 요전부터는 자꾸 도련님을 집에 불러들여 하루라도 빨리 가독 상속을 받게 해 당신은 편안한 노년을 보내고 싶다고 하십니다. 당연히 그래야 한다고 친척 일동도 결의하셨습니다. 저

49 당시의 주오 동선(中央東線)은 신주쿠에서 하치오지까지 개통되어 있었고, 고후까지 연장, 개통된 것은 1903년의 일. 이 선로는 고슈 가도와 나란하다.

50 箱根, 伊香保. 일본의 온천 휴양 명소.

도 애초에 도련님을 도쿄에 보내 놓는 일이 내키지 않았던지라, 이런 말씀은 실례겠습니다만, 학문같이 사소한 것은 어떻게 된들 상관없다고 생각합니다. 아카오의 어느 집 아들처럼 미치광이가 되어서 돌아온 사람도 보았으니, 하기야 똑똑하신 도련님에게 그런 염려는 없겠습니다만, 그래도 혹시나 방탕아라도 되셔서는 정말 돌이킬 수 없습니다. 이제는 아가씨와 결혼하시고 가독을 이어받으시는 데에 이른 나이도 아닐 터라고 하며 여기서는 대찬성을 하고들 계십니다. 물론 거기서 도련님이 하시던 일도 있을 테니 그것을 잘 정리하고 오십시오. 날아가는 새도 뒤는 어지르지 않는다고 하니, 오후지무라의 재산가 아들이라는 노자와 게이지는 깨끗하지 않은 자다, 어디서 진 빚을 남한테 떠넘기고 도망쳤다는 말이 뒤에 남지 않도록 우편환을 증서에 써진 만큼 보내 드렸습니다만, 모자라신다면 우에스기 님에게 대신 치러 달라고 부탁하셔서 모든 일을 깨끗이 하고 돌아오십시오. 돈 때문에 창피를 사셔서는 금고를 지키고 있는 저희가 면목이 없습니다. 다시 말씀드립니다만, 성미가 급하신 주인어른께서 애타게 기다리시며 안절부절못하고 계시니 그곳 일이 정리되는 대로 한시라도 바삐 돌아오시기 바랍니다.

로쿠조라는 고용인 우두머리가 직접 붓을 들어 이런 편지를 보내왔으니 싫다고도 하기 어려운 노릇이다.

그 집안에서 태어난 친자식이기라도 하다면 이런 편지가 설령 열 번, 열다섯 번 왔다고 해도, 마음을 굳게 먹고 공부를 시작한 마당에 제대로 된 학문을 닦지 못해서는 불효의 죄를 짓는 것이니 양해해 달라는 말을 전하면 그것이 그대로 통하지 않는 일도 없을 텐데, 역시나 양자 신분은 괴롭구나 하며 절실히 남들의 자유를 부러워하자 게이지는 제 미래마저 쇠

사슬에 묶인 듯 생각되었다.

일곱 살 때부터 본가의 가난을 구제받았는데, 그 집에서 그대로 자랐다면 맨발에다 시리키리반텐[51]을 걸친 모습으로 논에 새참을 나르거나 송근유로 등불을 밝혀 짚신을 삼으면서 마바리꾼들이나 부르는 노래를 흥얼거릴 신세였다. 그런데 용모가 어딘지 갓난쟁이일 때 세상을 떠난 장남과 판박이라고 하며 지금은 세상에 없는 안주인에게서 귀여움을 받았다. 처음에 재산가로서 높게만 보던 사람을 아버지로 부르게 된 것은 그 신세의 행복이지만 행복하지 않은 일 역시 그 안에 있었다. 오사쿠라고 하는 게이지보다 여섯 살 아래로 열일곱 살쯤 되는, 아무 멋도 모르는 그 집안의 시골뜨기 딸을 반드시 아내로 맞아야만 했던 것이다. 고향을 떠나기 전에는 그다지 불운한 인연이라고도 생각하지 않았지만 얼마 전에 보내온 사진만 봐도 내키지 않았다. 이런 여자를 아내로 데리고 히가시야마나시에 틀어박혀 살아야 하나 생각하면 남들이 부러워하는 주조가의 막대한 재산도 별것은 아니다. 어차피 가독을 이어받은 뒤에는 일가의 간섭이 심해져 자기 마음대로는 1전도 쓰지 못할 테니. 말하자면 보물 창고의 파수꾼으로 마감할 삶인데 여기에다 마음에 들지 않는 아내까지 가져서는 너무도 큰 짐이다. 부세에 의리의 굴레가 없다면 게이지는 창고를 임자에게 돌려주고 먼 길의 무거운 짐을 다른 사람에게 넘겨주었을 것이며, 이 도쿄에 10년이고 20년이고 살며 결코 떠나

51 尻きり半纏. 허리쯤까지만 내려오는 짧은 한텐으로, 주로 작업용, 방한용으로 입는다. 하오리와 달리 옷깃을 되접어 꺾지 않으며, 앞에서 묶는 끈이 달려 있지 않다.

기 어려운 마음이었을 것이다. 그 이유가 무엇이냐고 누가 묻는다면 호기롭게 내놓을 말도 있다. 하지만 겉바르지 않고 솔직히 말하자면, 여기서 어느 한 사람을 버리고 돌아가기가 너무도 아쉽기 때문이다. 헤어지고는 얼굴도 보기 힘들 나중을 생각하니 앞으로 답답해질 가슴은 저절로 화병의 씨가 될 것 같았다.

게이지가 지금 사는 곳은 양자로 들어간 집안의 인연으로 외삼촌, 외숙모라고 부르는 사람의 집이었다. 처음 여기에 온 것은 열여덟 살의 봄이었다. 수수한 줄무늬 기모노에 어깨를 접어 꿰맨 데가 이상하다고 하며 놀림을 받기도 했지만, 팔 밑의 트인 데를 막아 어른다운 차림을 하게 된 뒤로 스물두 살인 오늘까지, 다른 데서 하숙 생활을 반 정도 했다고 잡아도 햇수로 3년은 확실히 신세를 졌다. 외삼촌 가쓰요시의 까다로운 성미에서 나오는 도무지 종잡을 수 없이 오락가락하는 생트집과 아내에게만 살갑게 대하는 우스운 모습도 그러려니 이해하자, 외숙모라는 사람이 보이는, 남을 대하는 데서 입만 번지르르하고 진실한 친절이 없는 모습과 제 욕망이 채워질 전망이 확실하게 보이지 않으면 웃으려던 입까지 다물어 버리는 타산적인 모습마저 번번이 경험하며 대개는 납득되었기 때문에 이 집에 있을 때는 씀씀이를 깨끗이 해서 손해를 끼치지 않았다. 겉으로는 어디까지나 시골 서생이 골칫거리처럼 들어와 송구스럽다는 태도로 있지 않으면 우선 외숙모의 비위를 맞추기 어려웠다. 우에스기라는 성을 대단하게 여겨 다이묘의 분가라고 선전하는 허영이 하늘을 찔렀다.[52] 하녀에

52 요네자와번(현재의 야마가타현)을 옛날에 우에스기 가문이 지배했으나 그 가문

게는 사모님이라고 부르게 하고 기모노는 소맷자락이 긴 것을 입으며 툭하면 어깨가 결린다고 했다. 월급 30엔인 회사원의 아내가 이런 차림새로 있으며 집안이 돌아간다고 생각하면 이 여자의 약삭빠른 머리가 남편의 관록을 빛나 보이게 하는 것인지는 모르겠으나, 무례하게도 노자와 게이지라는 어엿한 이름이 있는 사내를 뒤로 돌아서서는 집에 붙박인 서생으로 생각해 콧방귀를 뀌며 업신여겨 현관지기처럼 보는 것은, 이보다 더 어리석은 처사는 없으니 이것만으로도 확실히 가까이 할 가치가 없는 사람인데도 게이지는 이 집을 벗어나기가 어려웠다. 대접에 기분이 상해 마음을 먹고 다른 하숙을 전전할 때도 2주 넘게 이 집을 찾아오지 않은 일이 없었으니 참 수상한 노릇이다.

10년쯤 전 세상을 떠난 전처의 소생으로 누이라고 하는, 지금의 안주인에게는 의붓딸인 아이가 있었다. 게이지가 처음 보았을 때는 열서너 살 정도였는데, 도진마게[53]에 붉은 천을 꾸며 용모는 어려 보였지만, 계모의 자식은 어딘지 점잖아 보이게 마련이라며 가엾게 생각한 것은 게이지 자신도 남의 손에서 자라 동정이 갔기 때문이다. 무슨 일에서도 모친을 스스러워했고 부친에게도 삼가기만 해서 말수도 적었다. 얼핏 보았을 때는 점잖고 온순한 아가씨일 뿐이었기에 특별히 똑똑하다거나 예사롭지 않다고는 남들이 생각하지 않았을 터다. 부모와 함께 집 안에만 있어도 될 아가씨가 남의 눈에 띌

과 이 작품의 우에스기 부부가 어떤 관계인지는 알 수 없다.

53 唐人髷. 당시 10대 소녀들 사이에서 유행한 일본발. 머리를 뒤로 나비 모양으로 틀어 올리고 머리끈 대신 머리카락을 엇걸어 묶어 고정한다.

정도인 재녀라고 불리는 건 대개 왈가닥이고 엉뚱하며 응석받이인 데다 제멋대로인, 삼가지 않는 건방짐에서 나오는 평판이겠지만, 삼가는 마음이 있다고 해서 만사에 모두 조심하게 되면 열이 일곱으로 보여 3할의 손해도 보기 마련이다 하고 여기며 게이지는 고향의 오사쿠와도 비교해 보다 점점 오누이의 신세가 가여워졌다. 외숙모의 건방진 얼굴은 꼴도 보기 싫지만, 그 건방진 사람을 온순한 성격으로 아무렇지도 않게 모시려고 하는 마음고생을 헤아리니, 적어도 가까이서 충고를 하거나 위로가 돼 주고 싶다는, 남들이 알면 비웃을 오지랖도 한몫 거들어 오누이의 일이라면 자기 일처럼 기뻐하기도 화내기도 하며 지내 왔는데, 자기가 이대로 돌아보지 않고 고향에 가 버린다면 혼자 뒤에 남아 얼마나 불안해할까. '가여운 건 의붓자식 신분이고 한심한 건 양자인 나로구나.' 하며 게이지는 새삼 세상살이의 답답함을 느꼈다.

중

계모에게 길러지면 성질이 삐뚤어진다고 누구나 말하지만, 특히 여자아이가 순진하게 자라는 것은 드문 일이다. 세상에서 흔히 따돌림당하는 조금 둔한 아이는 점점 고집이 세지며 억지를 부리게 되어 남들이 이보다 더 싫어할 수 없게 변하고, 눈치가 빠른 아이는 교활한 근성을 길러 가면을 쓴 듯한 독한 사람이 되기도 하며, 반듯한 구석이 있어 성품이 정직한 아이는 결국 세상과 앵돌아진 부류에 섞여 그 자신이 볼 평생의 손해에 미련을 가질 터다. 이런 가운데서 우에스기 집안의 오누이라는 아이는 게이지가 반할 만큼 용모는 보통보다 낫고 글을 읽고 쓰거나 주판셈을 하는 것은 소학교에서 배운 만큼은 할 수 있으며, 제 이름이 이름이니만큼 바느질은 하카마를 수선하는 것까지 문제없었다.[54] 열 살 무렵까지는 나이답게 장난도 심해 생전의 모친이 여자애 치고는 너무하다고 하며 인상을 쓰기도 했고, 옷을 터지게 해서 잔소리도 충분히 들었다. 지금의 모친은 부친의 상사였던 사람의 정부였다나 첩이었다나, 하여간 복잡한 사정이 있는 골치 아픈 여자였는데, 아내로 맞아야만 하는 의리가 있어서 들였는지 아니면 본인이 좋아서 들였는지 그 사연은 확실하지 않지만, 남편이 아내에게 완전히 쥐여사는 형세였으니 의붓자식인 오누이가 그 사이에 서서 눈물짓는 것도 당연했다. 무슨 말만 하면 째려보았고, 웃으면 화를 냈고, 눈치 있게 굴면 약았다고 욕했으며, 조심히 삼가고 있으면 굼뜬 아이라고 하며 야단쳤다. 떡잎이 난 새싹에 눈서리가 뒤덮여 과연 이래도 자라겠나 싶을 정도인 억압을 견디고 올곧게 자라기는 분명 사람이 감당할 수 있는 일이 아닐 터다. 울고 또 울고, 실컷 울어 버리며 하소연하고 싶지만 부친의 마음은 쇠처럼 차가워져 미지근한 물 한 잔을 건네주려는 마음도 없었으니 어느 누구를 원망할 수 있었으랴. 달의 열흘날에 야나카의 절에 성묘를 가는 것이 낙이었는데, 붓순나무 가지나 선향 등의 공물을 다 올리기도 전에 "어머니! 어머니! 저를 데려가 주세요……." 하며 비석을 끌어안고는 주위에 아랑곳 않고 뜨거운 눈물을 흘렸으니 이끼가 낀 밑에서 들었다면 돌도 흔들렸을 것이다. 우물 벽에 손을 얹

54 '꿰매다'라는 뜻이 이름에 겹쳐져 있다.

고 밑을 들여다본 일도 서너 번 있었지만, '생각해 보면 무정하다고 해도 아버지는 그게 진심이니 내가 부질없는 짓을 해서 좋지 않은 말이 남의 귀에 들어간다면 수치는 다른 누구한테 남는 게 아니야. 죄송스러운 각오를 했다고 하며 마음속으로 사과드리자. 그런데 죽지 못해 사는 세상에서 억지로 눈을 뜨고 살아간다면 남들과 같은 근심걱정도 나는 견디기 힘들겠지. 차라리 오십 평생 눈먼 사람이 되어 보내면 속 편할 거야.'라고 생각한 뒤로는 오로지 모친의 비위를 맞추고 부친의 마음에 들도록 그 자신의 몸을 없는 셈으로 치며 노력하자 집에는 불화가 일어나지 않았고, 오히려 처마 끝의 소나무에 학이 날아와 둥지를 틀지나 않을까[55] 싶을 정도가 되었다. 이를 세상 사람들은 어떻게 보았을까. 엄마라는 사람이 능란히 간살을 떨며 아첨을 부리는 재주가 있으니, 몸을 없는 셈 치고 어둠을 더듬는 딸도 마찬가지로 더했으면 더했지 못하지는 않을 것이라고 하며 평판이 나쁘지 않았을까?

오누이도 아직 젊은 나이인 게이지가 베푸는 친절이 고맙지 않은 것은 아니었다. 부모에게도 버림받다시피 한 자신을 마음에 두며 예뻐해 주는 일은 고맙게 여겼으나 게이지가 마음을 쓰는 데 비하자면 오누이의 태도는 매우 차분하고 차가웠다. "오누이 씨, 제가 끝내 고향에 돌아가 버리면 당신은 뭐라고 생각해 주실 겁니까. 평소의 수고가 덜고 성가심이 줄어 편해졌다며 기뻐하실 건가요? 아니면 가끔은 여기 이, 얘기를 좋아하는 요설이 소란스러운 사람이 없어져 조금은 허전하게 생각해 주실 건가요. 대체 무슨 생각이세요?" 이렇게

55 길조를 뜻한다.

물어보자 오누이는 "물론 집은 많이 허전해지겠죠. 도쿄에 오신 뒤에도, 한 달이나 다른 하숙집에 나가 계셨을 때는 일요일이 너무 기다려져, 아침에 대문을 열고 있으면 머지않아 오시는 발소리가 들리지나 않을까 생각하곤 했는데, 고향에 돌아가시면 이제는 쉽게 도쿄에 오지도 못하실 테니 또 당분간 헤어지게 되는 거잖아요. 그래도 철도가 통하게 되면 가끔 와 주실 거죠. 그럼 기쁠 텐데."라고 말했다. "저도 가고 싶어서 가는 고향이 아니라 여기 있을 수 있다면 돌아가려고 하지도 않았겠지만, 다시 도쿄에 올 수 있는 형편이라면 다시 여태처럼 신세를 지러 오도록 하죠. 할 수 있다면 잠시 갔다가 곧장 도쿄에 오고 싶군요." 하고 게이지가 가벼운 이야기처럼 말하자 오누이는 "그래도 당신은 일가의 호주가 돼 지휘봉을 잡으셔야 하잖아요. 여태처럼 편안한 신분으로는 계실 수 없을 텐데." 하고 정곡을 찔렀다. "그렇다면 정말로 큰일을 당한 처지라고 생각해 주셔야죠."

"제가 양자로 들어간 집은 오후지무라의 나카하기하라에 있는데, 주변을 둘러보면 온통 덴모쿠산, 그리고 다이보사쓰 고개의 능선과 봉우리들이 울타리를 만들었고, 서남쪽에 높이 솟아 흰 천을 덮은 듯한 후지산은 모습을 보여 주는 데는 인색하지만 겨울에 눈바람과 함께 산바람을 보내 줄 때면 살이 에일 듯이 매우 춥습니다. 생선을 맛보려면 고후까지 50리 길을 가지러 가야 간신히 참치 회를 입에 댈 수 있는 정도고요. 당신은 모르겠지만 외삼촌한테 물어보세요. 너무 불편하고 불결해서 여름철에 귀성해 있으면 참기도 힘듭니다. 그런 곳에 붙들려 재미도 없는 일에 쫓기고, 만나고 싶은 사람도 만나지 못하고, 보고 싶은 땅도 밟지 못하며 빼 빠지게 세월을 보내야만 하나 싶은데, 그렇다면 마음이 울적한 것도 당연하다며 적어도 당신은 저를 가엾게 여겨 주셔야 하지 않겠어요? 이 정도는 불쌍한 것도 아니라는 말인가요?"라는 말에 오누이는 "당신은 그렇게 말씀하시지만 저희 어머니는 당신이 부럽다고 말씀하시던데요."라고 한다.

"이런 신분이 대체 뭐가 부럽다는 겁니까. 이 대목에서 저의 행복이라는 걸 생각하자면 말입니다, 고향에 돌아가기 전에 오사쿠가 갑자기 죽기라도 하는 일이 생긴다면 외동딸인 만큼 아버지는 놀라 자빠져 당분간은 상속이니 뭐니 하는 난리는 그만 피우실 거고, 그러는 동안에 조금이라도 재산에 미련을 느끼게 되면 생판 남인 줄 아는 제게 물려주는 게 아까워지기도 할 것이며, 그러다 보면 분명히 일가 사람 중에 욕심 많은 사람들은 그냥 있지 않고 한몫 챙기려고 하겠죠. 그런 와중에 제가 무슨 실수라도 저지르면 파양의 수순을 밟아 들판에 홀로 선 삼나무 신세가 될 거고, 그런 뒤에는 제가 어떻게 하든 자유이니, 그때나 돼야 행복이라는 말이 어울리지 않을까요?" 하며 게이지가 웃자 오누이는 질려하며 "그 말씀은 제정신으로 하시는 건가요? 평소에는 다정한 분인 줄 알았는데 오사쿠 님한테 갑자기 죽으라고 하시다니, 뒤에서 하는 말이라고 해도 정말 너무하시네요. 가여우셔서 어떡해." 하고 눈물을 글썽이며 오사쿠를 감쌌다. "당신은 그 아일 보지 않았기 때문에 가엾다는 말이 나오는지 모르겠지만, 오사쿠보다는 저를 더 가엾게 봐 줘도 좋지 않겠어요? 보이지 않는 오랏줄에 매여 끌려가는 듯한 나를, 당신은 정말로 뭐라고도 생각하지 않아, 멋대로 하라는 식으로 저에 관해선 조금도 헤아려 주시지 않는 거로군요. 방금 전에 내가 떠나면 허전할 거라고 하신 말씀도 입에 발린 말이었겠죠. 얼른 나가라고 하며 빗자루가 거꾸로 세워져 있는 데다[56] 소금이 뿌려져 있는 줄도 모르고 혼자만 들떠 걸리적거리게 오래 있어 폐를 끼친 건 미안하네요. 저는 역시 진절머리가 나는 시골에 돌아가야만 하겠습니다. 정이 있을 거라고 생각한 당신이 저를 그렇게 돌아봐 주시지 않는다면, 세상은 결국 재미없는 곳밖에 되지 않으니 이제는 정말 마음대로 하겠습니다." 하고 게이지가 짐짓 토라져서 화난 얼굴을 보이자, "노자와 씨, 정말로 어떻게 되신 거예요? 뭐가 기분에 거슬렸죠?"라고 하며 오누이는 아름다운 눈썹을 찌푸리며 알 수 없다는 표정을 지었다. "제정신인 사람한테는 물론 미치광이로 보이겠지요. 저도 제가 지금 좀 미쳤다고 생각하고 있는 마당이지만 미치광이라고 해도 원인도 없이 틀려먹을 제가 아니니, 단지 여러 가지 일이 겹치며 머리가 뒤죽박죽이 돼서 이렇게 됐을 뿐입니다. 저는 미치광이인지도, 열병에 걸렸는지도 모르지만, 제정신인 당신이 도저히 하지도 못할 생각을 하며 남몰래 울고 웃고, 어떤 사람이 어린 시절에 찍었다고 하며 준 앳된 사진을 받아 그걸 종일 꺼내 보면서 마주했을 때는 하지 못할 말을 늘어놓아 보거나, 책상 서랍에 고이 모셔 보거나, 잠꼬대를 하거나 꿈을 꾸거나 하는, 이런 짓을 하며 평생을 보낸다면 남들은 분명 바보 천치로 여길 텐데……. 그런 바보가 되었건만 이 마음은 통하지 않는군요. 인연이 아니라면 적어도 다정한 말씀이라도 하셔서 성불하게 해 주시면 좋을 텐데, 모른다는 얼굴로 정떨어지는 말씀

56 일본에서 빗자루를 벽에 거꾸로 세워 놓는 것은 손님에게 오래 있지 말고 얼른 집에 돌아가라는 뜻.

을 하시면서도 제가 도쿄에 안 오면 허전할 거라고 하신 건 너무한 처사가 아닙니까? 제정신인 당신은 뭐라고 생각할지 모르겠지만, 미치광이의 입장에서 보면 당신은 매정한 인간이라는 원망을 받을 만합니다. 여자라면 좀 더 다정해도 되는 거잖아요."라고 말하고는 게이지가 잇달아 한숨을 쉬자 오누이는 마지못한 대답으로, "제가 뭐라고 말하면 좋으시겠어요? 이런 일에 서투르니 어떻게 대답해야 할지도 모르겠고 불안하기만 하네요." 하고 몸을 움츠리며 자리를 떠나자 게이지는 맥이 빠진 나머지 머리가 점점 무거워졌다.

우에스기의 집 옆에는 어떤 종파의 절이 있었는데[57] 경내에는 넓게 걸쳐 복사나무, 벚나무 등이 심겨 있어 2층에서 내려다보면 구름이 길게 뻗은 천상계와 같았다. 옥외에 있는 요의관음의 어깨와 무릎 주변으로 꽃이 폴폴 흩날렸는데, 지난번에 올린 붓순나무 가지에 꽃이 쌓이는 것도 정취가 있으며, 그 아래를 다니는 아이 업은 아낙네가 동여맨 머릿수건 위를 집으로 빌려서 가는 봄을 위한 법회를 여는 마냥 흩날리는 꽃도 보였다. 황혼이 남기고 간 달밤의 으스름함에 사람 얼굴이 아른아른 어두워져, 바람과 함께 살랑대는 경내의 꽃을 작년과 재작년, 그 전해에도 게이지는 이 집을 거처로 정하고는 어슬렁거리며 나와 지르밟곤 해서 올해 핀 꽃이 특별히 신기하게 느껴지는 것도 아니었으나 '내년 봄에는 도저히 돌아와 밟을 수 있는 땅이 아니구나.'라는 생각이 들자 여기 옥외 불상과도 헤어지기 아쉬워 초저녁마다 식사를 하고 집을 나와 갸

57 현재의 분쿄구에 있는 정토종 호신지(法真寺)를 가리킨다. 이치요는 이 절 옆의 집에서 5세부터 5년여 동안 살았다.

륵하게도 참배를 했는데, 특히 관음보살에는 합장을 드리며 '제 사랑하는 사람의 앞날을 지켜 주소서.' 하고 빌었다. 그 뜻이 언제까지나 사라지지 않으면 좋으련만.

하

저 홀로 반해 이명도 날 만한 게이지의 열병은 격심했으나 오누이라는 사람은 나무로 만들어진 듯한 사람이었기에 우에스기 집안에서는 성가신 일도 전혀 일어나지 않았다. 오후지무라의 오사쿠는 꿈자리가 편했을 터다. 4월 15일에 돌아가기로 정해져 선물을 사러 다녔는데 때가 때이니만큼[58] 청일 전쟁 그림, 대승리의 주머니[59]를 골랐고, 오비에 다는 금속 장식, 하오리의 끈, 백분, 비녀, 사쿠라카[60]의 향유도 샀으며, 친척이 많아 다양한 향수를 골랐고 비누도 그럴듯한 것으로 산 듯하다. 미래의 아내에게 주는 것이라고 하며 오누이는 게이지에게 옷깃에 흰 모란꽃 무늬가 있는 연보라색 주반을 선물했는데, 그것을 바라볼 때 게이지의 얼굴이 가엾게 보였다고 나중에 하녀 다케가 말해 주었다.

오사쿠가 게이지에게 보낸 사진은 있지만 한사코 감추며

58 삼국간섭(1895. 4. 23.) 이전이므로 일본에서는 전승의 분위기가 한창 무르익어 있었으리라 생각된다. 이 작품은 4월 12일경에 탈고되었다.

59 大勝利の袋もの. 청일 전쟁 전쟁 기념품의 하나로, 여러 재질의 비단으로 만들어졌고 민무늬이거나 전쟁 관련 그림이 들어가 있었다. 무작위 상품을 넣고 밀봉한 주머니[福袋]로 보는 견해도 있다.

60 桜香. 옛 시타야(下谷)구 구루마자카(車坂)에 있던 장신구점.

남에게는 보여 주지 않은 것인지, 아니면 남몰래 화로의 재로 만들어 버린 것인지 게이지가 아닌 사람은 알 도리가 없다. 언젠가 용건이라고 하며 보낸 엽서는 남자가 쓴 듯했고 보낸 사람도 '로쿠조'라고 되어 있었지만, 제법 올라간 모양의 필체라서 보기 좋다고 한 부친의 자랑으로 미루어 딸에게 쓰게 한 것이 분명하다고 하며, 이곳 안주인은 심성 고약한 눈으로 편지를 노려보았다. 필체로 사람의 얼굴을 상상하는 것은 이름을 듣고 그 사람이 선한지 악한지를 판단하는 것과 같다. 이 시대에 글씨를 잘 쓰는 사람 가운데 귀공자가 아닌 사람도 있기 마련이다. 그런데 주의만 기울이면 악필도 보기 좋게 쓰는 방법이 있으리라 생각하고는 달인인 체하며 마구 휘갈겨 남들이 읽기 힘든 글자를 쓴다면 어쩔 수도 없는 일이다. 오사쿠의 필체는 어땠는지 모르지만 이곳 안주인의 눈앞에 떠오른 용모는 펑퍼짐한 얼굴에, 이목구비가 반듯하지 않은 것은 아니지만 귀밑머리가 듬성듬성하고 목이 없는 듯한, 몸통보다는 다리가 긴 여자로 생각된다고 했다. 군더더기 획을 길게 그어 보기 흉한 것이 우스웠기 때문이다. 게이지로 말하자면 도쿄에서 놓고 보아도 나쁜 편은 아니었지만, 오후지무라의 귀공자가 고향에 돌아간다고 하면 베 짜는 일을 하던 여자가 백분을 바르고 맞이하리라는 것이 이곳에서의 평판이었다. "못생긴 아내를 가지는 정도는 참을 만하지. 소작농의 자식으로 태어나 일약 재산가가 됐으니." 하며 급기야는 본가까지 들먹이니 사람들의 입이란 참 무섭다. 부모가 하나 되어 비웃는 소리가 게이지의 귀에 들어가지 않았으면 좋겠다며 홀로 가엾게 생각한 사람은 오누이였다.

짐은 운송 편으로 먼저 보낸지라 남은 것은 몸 하나였기에 게이지는 홀가분한 마음이었고, 하루가 멀다 하며 친구네 집을 돌았기에 무슨 볼일이 있는 듯 보였지만, 그러면서도 아주 잠깐 남의 눈이 없는 틈을 찾아 오누이의 소맷자락을 붙잡고는, "저는 당신의 미움을 받고 떠나지만 결코 원망은 하지 않겠습니다. 하지만 당신에게는 또 본래의 모습이 있어 그 시마다를 마루마게[61]로 바꿔 올리는 때도 올 테고, 아름다운 가슴을 사랑스러운 아기에게 물릴 때도 있겠죠. 저는 그저 당신이 행복하기를, 건강하기를 빌며 이 긴 삶을 보내려고 하니 당신은 아무쪼록 부모님께 효를 다해 주세요.[62] 외숙모의 심술궂은 처사에 거스르는 일은 당신에게는 결코 없겠지만, 그래도 이를 첫째로 명심해 주세요. 할 말도 많고 하는 생각도 많습니다. 저는 삶을 마감하는 날까지 당신에게 편지를 끊지 않으려고 하니, 당신도 열 통을 받으면 한 번은 답장해 주세요. 잠을 이루기 어려운 가을밤에는 가슴에 안으며 환영으로라도 얼굴을 보고 싶으니."라고 했다. 이러한 여러 마디를 늘어놓으며 게이지가 감정을 견디다 못해 울자 오누이는 그런 얼굴을 올려보며 손수건으로 닦아 주었다. 마음이 약한 사내인 듯 보이지만 이 대목에서는 누구나 이러할 만하다. 그렇다고 곧 돌아가는 고향과 양가, 자기 자신, 그리고 오사쿠이건 무엇이건 다 잊어버리고 세상에 오누이 하나만 있는 듯 여기는 것도 사리분별이 없는 일이다. 바로 이러한 때, 부질없이 마음이 열려 평생 사라지지 않는 슬픈 그림자를 가슴에 새기는 여자도 있다. 목석과 같은 오누이였기에 뭐라고 생각했는지는 알 수

61 丸曲. 기혼 여성의 둥글게 틀어 올린 머리 모양.

62 우에스기 집안에서는 양자를 들여 가문을 이어갈 것임을 암시.

없으나 눈물만 뚝뚝 흘리며 한마디도 없었다.

봄날의 밤에 꿈에 나온 배다리가 끊어져 잠에서 깨고 보았다는, 가로 뻗은 구름이 하늘에 걸린[63] 이른 시각에 도쿄를 떠나기로 결심했다. 도중에 들를 데가 있어 신주쿠까지는 인력거로 가는 것이 낫다고 말했다. 하치오지까지는 기차를 타고 갔고, 내리고는 드디어 마차에 타 덜커덕거리며 고보토케 고개도 곧 넘어갔고, 우에노바라, 쓰루카와, 노다지리, 이누메, 도리자와도 지나자 사루하시 다리 근처에서 그날 밤에는 묵어야 했다. 파협에서의 울부짖음은 들리지 않을지라도 후에후키강에서 들려온 울림으로 꿈자리가 편치는 않았으니 이곳에도 애끊는 소리는 있는 셈이다.[64] 가쓰누마를 통해 엽서 한 장이 도착한 지 나흘째에 나나사토[65]의 소인을 찍은 편지를 두 통 보냈다. 하나는 오누이에게 보냈는데 이것은 길었다. 게이지는 이리하여 오후지무라 사람이 되었다.

결코 미덥지 못한 것이 남자 마음이라고 한다. 가을의 저녁 하늘이 별안간 흐려져 우산 없이 들길을 가는 참에 비보라가 들이치는 것처럼 알 수 없다고도 한다. 겪은 사람은 모두 그렇게 말하지만 이것은 모두 때가 그렇게 생각하게 한 것이다. 파도가 산을 넘는다고 해도 애초에 맹세도 없었고,[66] 남창

63 아래 와카에 근거.
봄날의 밤에/꿈에 나온 배다리/끊어져 깨자/봉우리를 스치는/긴 구름이 낀 하늘. —『신코킨슈』 봄㊤
배다리는 연인을 향한 길의 비유.

64 『형주기(荊州記)』에 나오는 파협원명(巴峽猿鳴) 성어에서.

65 七里. 히가시야마나시군에 속한 일곱 마을.

이 아닌 사람이 거짓 눈물을 흘려 무엇 하겠는가. 어제 가엾다 고 본 일은 어제의 가여움이다. 오늘 자신이 할 일은 끊임없이 있기 때문에 잊는다는 생각도 없이 잊으니 삶은 꿈만 같다. 이슬 같은 세상이라고 하면 눈물이 절로 떨어지겠으나 그보다 더 부질없는 일은 없다. 생각해 보면 남자는 약혼자가 있는 처지인데, 그 사람이 싫든 좋든 부세의 의리를 그 처지에서 어떻게 저버릴 수 있었으랴. 무사히 「다카사고」[67]를 부르고 받아들이며 곧 새로운 부부 한 쌍이 생겼으니 이윽고는 아버지 소리도 들을 처지인 것이다. 많은 연고가 여기서부터 얽히며 끊기 어려운 굴레는 점점 늘어났는데, 그러자 이제 더는 한 사람 한 개인의 노자와 게이지가 아니게 되었다. 운이 좋아서 만의 재산을 10만으로 불려 야마나시현의 다액 납세자로 칭해질지도 가늠하기 어려운데, 약속의 말은 멀어지는 항구에 남긴 채 배는 흐름에 따라 사람은 세상에 이끌려 1000리, 2000리, 만 리를 더욱이 멀어져 가기만 한다. 이곳은 도쿄와 300리 거리이지만 통하지 않는 마음은 첩첩이 낀 안개가 야산의 봉우리를 감춘 것만 같다. 꽃이 지고 푸른 잎이 돋아날 즈음까지는 오누이에게 세 통의 편지를 이곳 사정을 자세히 적어 보냈다. 여름 장마가 갤 새가 없어 사람이 그립던 때에 마침 저쪽에서도 여러 추억의 말을 보내와 고맙게 보았다. 그 뒤로는 한 달에 한두 번을 주고받았다. 처음에는 서너 번을 하기도 해서 한

66 아래 와카에 근거.
맹세했잖소/서로서로 소매를/짜고 울면서/파도가 산을 넘는/그런 일은 없다고. —『고슈이슈(後拾遺集)』 사랑④
파도가 산을 넘는다는 것은 연인에 대한 있을 수 없는 변심의 비유.

67 高砂. 요쿄쿠(謡曲) 곡명의 하나로, 결혼을 축하하며 부른다.

번인 달이 있음을 원망했지만, 가을누에를 쓸어 옮기는 무렵에 접어든 뒤로는 두 달에 한 번, 세 달에 한 번을 주고받다, 어느덧 반년이 지나고 1년이 지나고 나서는 연하장과 복중 문안만을 교제하게 되었고 편지에 글을 쓰기 번거롭다면 엽서로도 족할 터라고 여겨졌다. '아, 우습구나.' 하며 처마 끝의 벚꽃과 오는 해도 웃었고, 인근한 절의 관음보살도 손을 무릎에 두고 유화한 얼굴로 있는 것이, 이것도 미소를 짓는 듯 젊음의 한창 때에 앓은 열병이라는 것을 가엾게 여겨 주었으니, 이곳에 있는 차가운 오누이도 볼에 보조개를 띄우며 어떻게 세상을 잘 살아갈 수는 없을까. 여전히 부친의 기분, 모친의 비위를 맞추고 제 몸을 없는 셈으로 치며 우에스기 집안의 안온을 꾀했지만, 기운 데가 터져 버려서는 이도 어려운 노릇이다.

매미 허물

1

집의 방은 다다미 세 장 넓이의 현관까지 방으로 쳐서 다섯 개로, 비좁기는 하지만 북에서 남으로 불어 통하는 바람이 좋고, 정원이 널찍하고 나무들도 우거져 여름에 살기에 이만한 곳은 없어 보였으며, 위치도 고이시카와 식물원과 가까워 조용했기에 조금 불편한 것을 빼고는 흠잡을 데 없는 집이 있었다. 대문 기둥에 세놓는다는 딱지가 붙은 뒤로 거의 세 달이 지나도록 아직 들어올 사람이 정해지지 않아, 주인 없는 집 앞에 심긴 버드나무의 실가지가 자못 부질없이 나부끼는 것도 쓸쓸했다. 집은 구석구석 깨끗하고 외관이 좋아 하루에 보러 오는 사람이 두세 명도 없는 것은 아니지만, 보증금은 3개월치 집세였고 그 집세는 매월 30일 징수로 7엔 50전이었는데, 사실 번화가에서도 이 조건이면 다시 보러 올 사람은 없었다. 그런데 최근 이른 아침 마흔이 가까운 듯한, 방적실로 짠 조금 색 바랜 유카타를 입고 몹시 허둥대는 침착하지 못한 중년 남자가 주인 대리인에게 와서 이 집을 보고 싶다고 했다. 집 안의 곳곳을 안내하며 선반의 개수 등을 보여 주며 다녔는데, 남자는 그런 것은 한귀로도 듣지 않고 다만 주변이 조용하고 상쾌한 것을 마음에 들어 하며, "오늘부터 바로 빌리죠. 보증금은 바로 드리겠고 이사는 오늘 저녁에 하려고 합니다. 급한 얘기이기는 하지만, 당장 청소를 좀 하고 싶은데요."라고 해서 별일 없이 계약은 성사되었다. 직업이 어떻게 되느냐고 묻자 "뭐, 특별히 이렇다 할 것도 아닙니다." 하며 몹시도 애매하게 답했다. 몇 사람이 사느냐는 물음을 받고는 "그러니까…… 네다섯 명일 때도 있고, 일고여덟 명이 되기도 하고, 늘 북적여서 딱히 정해진 건 없습니다."라고 하니 참 묘한 노릇이었다. 청소가 끝나고 해가 저물 즈음에 들어온 사람은 2인승 덮개 인력거에 모습을 감추고 열린 대문을 곧바로 들어와 현관에서 내렸기에 세 든 주인이 남자인지 여자인지 남에게 보이지 않으려고 한 듯하나, 서른쯤의 노련한 하녀 분위기인 사람과 열여덟 또는 열아홉은 아직 되지 않은 듯한 병약한 미인이 탄 것이 보였다. 얼굴이고 손발이고 핏기라곤 전혀 없어 비쳐 보일 듯 창백한 모습이 애처롭게 보여, 때마침 일을 보아 주러 와 있던 대리인은 '저 아가씨를 방금 전의 허둥대던 남자가 아내로든 누이로든 떠맡게 됐구나.' 하고 생각했다.

짐은 대형 짐수레로 딱 한 차가 왔을 뿐이었다. 양 이웃집에 관례대로 메밀 소바는 돌렸지만 실내는 이사한 집다운 떠들썩함도 없이 몹시 쥐죽은 듯했다. 들어온 사람은 그 허둥대던 남자에다 그 하녀, 그밖에는 식모인 듯한 뚱뚱한 여자와 그날 밤이 되어 급히 인력거를 타고 온 사람이 두 명 더 있었다. 한 명은 예순이 가까운 듯한 인품 좋은 삭발한 노인이며, 다른 한 명은 그의 아내였을 터다. 노인과 비슷한 연배로, 작은 마루마게를 단정하게 틀어 올린 모습이었다. 아픈 사람은 도착하자마자 안쪽 방에 이부자리를 펴 베개에 머리를 누였으나 밤새 베갯머리를 지키는 두 노인의 얼굴에는 기운이 없었다. 잠든 얼굴과 어딘지 닮은 데가 있는 것이 혹시 이 딸의 부모는 아닐까. 그 허둥대던 남자와 하녀들이 "주인어른.", "사모님." 하고 부르면 "오냐." 하고 답했으며, 남자에게는 다키치라고 부르며 일을 시켰다.

다음 날 아침, 바람이 서늘한 시간에 급히 인력거를 타고 온 사람이 또 한 명 있었다. 명주 홑옷에 오글쪼글한 흰 비단의 오비를 맸고 엷은 코밑수염이 있으며 덩치가 큰 것이 풍채가 좋은 서른쯤 되어 보이는 남자였다. "가와무라 다키치"라고 써 붙인 작은 종이를 보고 "여깁니다. 여기네요." 하며 인력거에서 내린 모습을 발견하고는 "어! 반초 도련님!" 하고 식모가 맨 먼저 다스키[68]를 벗자 허둥대던 남자가 뛰어나와 "이야, 일찍 오셨네요. 용케도 빨리 찾아오셨습니다. 어제만 해도 오쓰카에서 지냈는데, 그새 또 뭐가 자꾸 싫으신지 어디로 가자고, 가자고 보채셔서요. 어쩔 수 없어 또 여기를 겨우 찾았습니다. 한번 둘러보시죠. 이렇게 정원도 넓고 주변과 멀어서 기분에도 좋지 않을까 싶습니다. 저, 어젯밤에는 잠을 편히 주무셨는데 오늘 아침에는 또 저기…… 상태가 조금 달라지신 것 같아서 말입니다. 일단 들어가셔서 한번 보시지요." 하며 앞서 안내하자, 반초 도령은 걱정스럽게 수염을 만지작거리며 안쪽 다다미방으로 갔다.

68 襷. 기모노의 긴 소매를 걷기 위해 상체에 두 번 걸어 매고 묶는 끈.

2

기분이 특별히 좋을 때는 세 살 난 아이처럼 부모 무릎에서 잠들거나 백지를 찢어 새색시 인형을 만드는 데 여념이 없고, 묻는 말에 그저 생글생글 웃는 얼굴로 "네, 네." 하며 의미도 없이 얌전하게 대답했지만, 광풍이 한바탕 나뭇가지를 흔들며 불어오듯이 흥분했을 때는 "아버지, 어머니, 오라버니 모두 제발 제 앞에 나타나지 마세요!" 하며 잘 보이지 않는 구석에 숨어 울었다. 속을 쥐어짜는 듯한 목소리로 "제가 잘못했어요. 용서하세요! 용서하세요!" 하는 말을 수없이 되풀이하며 마치 눈앞에 있는 무언가에 사죄를 하는가 싶다가도 "곧 갈게요! 곧 갈게요! 저도 뒤에 갈게요!" 하며 낮에는 간호가 없는 틈을 타 뛰쳐나가는 일도 두세 번이나 있었다. 우물에 덮개를 덮어 두고 날붙이는 가위 하나도 눈에 띄지 않도록 주의하는 것도 병이 위험한 짓을 시키기 때문이다. 이 가냘픈 아가씨가 말리는 것을 제치고 기세를 몰아 뛰쳐나갈 때는 장정 둘이 달라붙어도 힘들 때가 있었다.

본가는 산반초[69] 어디에 있고 문패를 보면 '아하, 그 사람의 집이구나.' 하는 짐작이 될 정도의 신분이었지만 새삼 이곳에서는 그것을 드러내지 않았다. 이름이 부끄러워 입원시키지도 않았고 의사는 친한 지인을 불렀으며, 집은 하인 다키치의 명의로 세 들어 되는대로 딸을 내버려 두고 있었다. 딸은 한 달 동안 같은 곳에 살면 눈에 뵈는 모든 것에 진저리가 나 병이 점점 심해졌는데, 그 모습은 보기도 무서울 정도로 대단

69 三番町. 옛 고지마치(麴町)구 산반초. 현재의 지요다구 구단키타4초메 주변.

했다.

호주는 양아들이고 아픈 아이는 집안의 외동딸이니 부모의 슬픔을 헤아릴 만하다. 아파서 누운 것은 벚꽃이 피는 봄즈음부터라고 하는데, 그때부터 밤낮으로 눈을 붙일 새도 없는 걱정에 치여 노부부는 허둥지둥했고, 두 사람 모두 힘이 없는 듯한 모습이었다. 딸이 발작을 일으켜 "전 이제 돌아오지 않을래요!" 하며 뛰쳐나가는 모습을 보아도 "아이고, 어떻게 좀 해 다오! 다키치야, 다키치야!" 하며 외치는 것밖에 할 수 없었으니 참 비참한 노릇이다.

어제는 밤새 얌전히 잠을 이뤄서인지 딸은 오늘 아침 누구보다 먼저 일어나 세수를 하고 머리를 곱게 매만졌으며, 기모노도 직접 마음에 든 것을 꺼내 입은 데다 유젠[70] 오비에 오글쪼글한 주홍 비단의 오비아게[71]도 남의 손을 빌리지 않고 수월하게 매고 있었다. 얼핏 보았을 때는 아픈 사람 같지 않을 정도로 아름다웠지만 부모는 그런 딸을 돌아보며 새삼 눈물을 머금었다. 하녀가 죽을 내와 "드시겠어요?" 하고 묻자, 딸은 "싫어, 싫어." 하며 고개를 흔들고는 맥없이 모친의 무릎에 다가붙어 "오늘로 제 고용살이가 끝났죠? 돌아가도 될까요?" 하고 물었다. "끝났다고 말하고 또 어디에 가려고. 여긴 네 집이 아니더냐. 달리 갈 데도 없지 않느냐는 말이다. 이상한 소리를 하면 안 된다." 하고 모친이 야단치자 딸은 "그래도 어머니, 저는 어디로 가야만 되잖아요? 어머나, 저기 인력거가 마

70 友仙. 날염으로 인물, 새, 꽃 등의 화려한 그림 무늬를 만드는 염색법의 하나. 또는 그 염색물.

71 帯あげ. 맨 오비가 내려가지 않도록 매는 긴 천.

중 나와 있어요!" 하며 손을 가리켰다. 그러나 그 끝에는 처마 뒤 감탕나무에 쳐진 거미줄이 아침 해를 받아 금색으로 빛나고 있을 뿐이었다.

모친은 비참한 심정에 내몰려, "어쩜, 이런 말을……. 여보, 들으셨죠?" 하며 남편에게 사위스러운 기분으로 말했다. 딸은 맥없는 얼굴에 느닷없이 생기를 보이며 "저, 그건 재작년에 꽃놀이를 하던 때군요." 하고 말했다. "무슨 말이니." 하고 받아서 묻자 딸은 "교정(校庭)이 참 아름다웠죠." 하며 즐거운 듯이 웃었다. "그때 당신이 주신 꽃을요, 저는 지금도 책에 끼워 두고 있어요. 예쁜 꽃이었는데 이제는 시들어 버렸죠. 당신과는 그 뒤로 만나지 못했죠? 왜 만나러 와 주지 않으세요? 왜 돌아와 주지 않으세요? 이제는 평생 볼 수 없는 건가요? 그건 제가 잘못했어요. 제 잘못이 틀림없지만 그건 오라버니가, 오라버니가! 아, 모두에게 미안해요. 제가 잘못했어요. 용서해 주세요! 용서해 주세요!" 하며 딸이 가슴을 끌어안고 괴롭게 몸부림치자 모친은 "유키코야. 쓸데없는 생각을 해선 안 된다. 그게 네 병이니 말이다. 학교하고 꽃 같은 건 어디에도 없단다. 오라버니도 여기에 없는데 뭐가 보이는 것 같은 게 네 병이잖아. 진정하고 원래의 유키코로 돌아와 주려무나. 얘야, 얘야, 정신이 드느냐." 하며 등을 어루만져 주었다. 모친의 무릎 위에서 흐느끼며 우는 소리가 나지막이 들려왔다.

3

반초 도련님이 오셨다고 듣자마자 모친은 "유키야, 오라버니께서 문병을 와 주셨다는구나." 하고 전했지만 딸은 외면하며 고개를 돌리려고도 하지 않았다. 평소라면 이런 무례를 꾸짖기도 했겠지만 반초 도령은 "그냥 내버려 두세요. 기분에 거슬려도 안 되니까요."라고 하며 모친이 직접 건넨 가죽 방석을 받고는 베갯머리에서 조금 떨어진 기둥 옆에서 바람을 등진 채 말없이 있는 부친과 조용히 한두 마디를 나누었다.

반초 도령이라는 사람은 원래 말수가 적은지 가끔 무슨 생각이 났다는 마냥 활활 부채질을 하거나 궐련의 재를 떨고 다시 불을 붙여 손에 들고 있는 정도였다. 곁눈으로 사뭇 유키코 쪽을 바라보다 "큰일이군요."라고 운을 떼고는 "아, 이럴 줄 알았다면 일찍이 방법이 있기도 했는데, 이제 와서는 이미 사불급설(駟不及舌)이군요. 우에무라도 참 가엾게 됐습니다." 하며 반초 도령이 고개를 숙이고 탄식의 목소리를 흘리자 부친은 "그래, 이것 참, 내가 이렇게 세상일에 어두울 줄이야. 네 어머니도 나처럼 이리저리 헤매기만 하다, 결국은 이렇게 일이 부질없이 돼 버렸구나. 무엇보다 저 아이 생각이 좁았기 때문이기는 하지만, 아니 우에무라도 생각이 좁았기에 아무래도 일이 이렇게 돼 버린 것 같지만, 하여간 우리 부부는 정말로 너를 볼 면목이 없구나. 하지만 유키도 가엾게 생각해 다오. 몸이 저렇게 돼도 너에 대한 의리만 생각하며 참으로 딱한 말을 하고 있으니 말이다. 학교도 좀 다닌 아이가 광기를 부린다는 건 너무도 남사스러운 일이라 나로서는 집안의 치욕이 되기도 하는, 정말로 미워해야 할 아이이기는 하지만 사정을 좀 봐주려무나. 저렇게 돼서까지도 정조라는 걸 붙들고 있는 만큼 가엾게 좀 생각해 다오. 어리석고 둔한 아이지만 어린 시절부터 큰 실수도 없었던 걸 생각하면 어딘지 안타깝기도 하고, 자식밖에 모르는 어리석은 부모이기는 하지만, 그렇다고 낫지 않을 바에는 차라리 죽으라고도 차마 말할 수 없고, 요즘에는 또 너무 이상한 소리를 늘어놓으니 죽을 때가 된 건가 싶어 걱정도 들고……. 오쓰카에 있을 때는 뭐가 자꾸 마중 나왔다고 하며 소란을 피울 때마다 네 어머니가 시답잖은 점쟁이한테 점이라도 봤는지, 우스운 얘기지만 한 달 안에 목숨이 위태롭다고 하더구나. 유키한테도 물어보니 별로 기분이 좋지 않은 데다 자기도 자꾸 짜증을 내는 기색이어서 말이다. 그래서 이사를 가는 게 좋겠다 싶어 이곳을 굳이 찾아서 왔지만, 아무래도 여기서도 오래 있지는 못할 것 같다. 매일같이 죽네 마네 하는 소리를 하니 네가 보다시피 인간다운 윤기도 없다. 오늘로 일주일째 밥알 한 톨도 입에 넣지 않아서 그것만으로도 몸이 꽤 지쳤을 테니 말로 잘 타이르고는 있지만, 아파서 그런지 하여간에 누가 하는 말도 전혀 듣지 않으니 참 골치가 아프구나. 야스다 선생이 진찰을 하러 올 때마다 이렇게 그냥 간병을 해선 고집만 더 세져 좋지 않을 것 같다, 우리 병원에 입원시키는 건 아직도 찬성하지 않느냐고 말하는데, 그것도 어떻겠냐고 해도 네 어머니는 자꾸만 싫다고 해서 나도 갈팡질팡하고 있단다. 물론 병원에 가면 집하고 달라 답답하기는 하겠지만, 하여간 요즘 다시 밖으로 뛰쳐나가는 게 시작됐는데 나야 말할 것도 없고 다키치하고 구라 두 사람 힘으로도 도저히 말릴 수 없는 몸부림이라서 말이다. 혹시나 우물에라도 뛰어들까 봐 덮개를 물론 해 두기는 했지만, 대신에 거리로 뛰쳐나간다고 해도 곤혹스러운 게 말도 아니다. 이러는 걸 생각하면 입원시킬 생각도 들지만 왠지 가엾게 느껴져 내 마음 하나로는 차마 정할 수가 없어서 말이다. 네게 좋은 생각이라도 있다면 좀 말해 주려무나." 하고 박박 깎은 머리를 만지며 근심에 잠긴 얼굴을 보였다. 듣는 사람도 할 말이 없어 함께 한숨만 쉬었다.

딸은 조금 전에 눈물을 흘리며 몸부림을 친 탓에 그러잖아도 심한 피로가 더 심해져 모친의 무릎에 누워 새근새근 잠들었다. 모친이 오쿠라를 불러 함께 생명주 이불 위로 안아서 누이자 딸은 벌써 정신을 잃은 듯 꿈에 든 모습이었다. 오라버니라는 사람이 조용히 무릎걸음으로 다가와 살펴보자, 검고 풍성한 머리를 조심스럽지 않게 바짝 묶어서 이초가에시[72]가 망가질 듯이 되접어 꺾이고 또 꺾였고, 속에 넣은 종이 심이 거의 옆으로 쓰러진 흐트러진 모습이었는데, 유령처럼 가늘고 흰 두 손은 베갯머리에 던지고 있었다. 유카타가 벌어져 가슴이 조금 드러났고 오비아게가 풀려 오비에서 떨어지려 했지만 요염하다기보다는 가여운 모습이었다.

베개 근처에 책상을 둔 것은 가끔 "벼루, 벼루." 하며 찾고, 책을 읽으며 예전에 학교에 다니던 때를 흉내 냈기 때문인데, 종이에는 마음대로 낙서를 하도록 두고 있었다. 오라버니라는 사람이 무심히 첩첩이 쌓인 종이를 손에 들고 보았다. 희한한 서체로 무엇인지 알 수 없는 글을 써서 '이게 정말 유키코의 글씨란 말인가.' 하는 비참한 마음이 드는 중에 선명하게 읽히는 것은 '무라(村)'라는 글자와 '로(郞)'라는 글자였다. '아! 우에무라 로쿠로, 우에무라 로쿠로…….' 반초 도령은 차마 더는 읽지 못하고 말없이 종이를 제쳐 두었다.

72 銀杏返し. 머리 뒤에서 은행잎처럼 좌우에 고리 모양을 만들어 묶는 여성 일본 발의 하나.

4

오늘은 일이 없다고 하며 반초 도령은 종일 이곳에 있었다. 얼음을 가져오게 해서 유키코의 머리를 식히는 하녀 대신에 "어디 내가 한번 해 보지." 하며 투박하게 손을 내밀자, "아니에요. 입으신 옷이 젖습니다." 하고 말렸다. 그래도 반초 도령은 "아니네, 일단 나를 시켜 주게." 하고는 얼음주머니의 주둥이를 열고 서툰 솜씨로 물을 짜냈다. "유키야, 누군지 알아보겠느냐. 오라버니께서 머리를 식혀 주고 계신단다." 하며 모친이 가르쳐 주었지만 딸은 무슨 영문인지도 모르는 듯 눈은 허공을 바라보며 "어머, 예쁜 나비예요! 나비!"라고 하다가 "죽이면 안 돼요! 오라버니, 오라버니!" 하고 목청껏 외쳤다. 반초 도령이 "왜 그러니. 나비고 뭐고 아무것도 없단다. 네 오라비는 여기 있으니까, 죽이지 않으니까 안심하려무나. 유키야, 보이니? 응? 보여? 네 오라비다. 마사오란다. 마음을 다잡고 정신을 차려 아버지와 어머니를 안심시켜 다오. 제발 알아들어 줬으면 좋겠구나. 네가 이렇게 아픈 뒤로 아버지나 어머니 모두 하룻밤도 편히 주무신 적이 없단다. 이렇게 지치고 야윈 몸으로 보살펴 주고 계신데 어째서 효녀이던 네가 몰라주는 거야. 평소에는 똑 부러지던 너였잖아. 진정하고 다시 생각해 보거라. 우에무라 일은 이제 돌이킬 수 없으니 말이다. 나중에라도 정성을 다해서 명복을 빌어 주면, 그리고 네가 직접 향화라도 바치면 그 사람은 기분 좋게 눈감을 수 있다고 유서에도 썼다고 하잖아. 그 사람은 이 세상을 깨끗이 단념했고, 너에 관해서도 단념했기 때문에 미련은 전혀 남기지 않았는데, 네가 이렇게 이성을 잃어 부모님을 한숨짓게 하는 건 이해 못 하지 않을까? 그 사람에게 네 처신이 무정했던 것도 그 사람은 전혀 원망하지 않았다. 도리를 아는 사내여서겠지. 그렇지 않겠니? 교내에서 일류라고 너도 늘 칭찬했잖아. 그런 사람이니 결코 너를 원망하고 죽었을 리는 없다. 분노는 세상을 향한 것이고 그건 이미 사람들도 알고 있단다. 유서로도 다 밝혀졌으니 말이다. 일단 생각을 고치고 정신을 차리고, 그런 뒤에는 네 생각에 맡길 테니 네 마음대로 세상을 살아도 좋다. 부모님이 계신다는 걸 잊지 말고, 그리고 부모님께서 얼마나 슬퍼하고 계신지를 생각해서 얼른 마음을 다잡아 주려무나. 응? 듣고 있니? 네가 나으려고 마음을 먹는다면 오늘이라도 바로 나을 수 있잖아. 의사도 필요 없고 약도 필요 없다. 마음 하나만 확실히 잡아서 나아 다오. 응? 응? 얘, 유키야, 듣고 있니? 알겠니?"라고 하자 누이는 고개만 끄덕이며 "네, 네."라고 한다.

하녀들은 어느새 베갯머리에서 물러나 주변에는 부친과 모친과 마사오가 있을 뿐이었다. 방금 한 말을 이해했다고도 이해하지 못했다고도 보이지 않았지만 "오라버니, 오라버니." 하고 작은 목소리로 부르는지라 "무슨 일이야." 하며 얼음주머니를 치우고 곁에 다가가자 "저를 일으켜 주세요. 몸이 좀 욱신거려서요."라고 한다. 이에 부모는 '노상 흥분해서 뛰쳐나가 사내 손에 잡히면서도 그걸 뿌리친다고 하며 무서운 힘을 내니 당연히 아프겠지. 새로 입은 상처도 군데군데 있는데, 그래도 몸이 아프다는 걸 아는 정도라면…….'라는 생각에 사소한 데로부터 믿음을 가졌다.

"너를 안고 계신 분이 누군지 알겠느냐." 하고 모친이 묻자 딸은 일언지하에 "오라버니시잖아요." 하고 답했다. "그래, 알면 됐다. 그럼 방금 해 주신 말씀은 기억하니?"라고 묻자,

"알고 있어요. 꽃은 흐드러진……."[73] 하며 또 엉뚱한 말을 했기에 모두는 얼굴을 마주 보며 비참한 심사에 잠겼다.

잠시 있다가 유키코가 숨이 곧 끊어질 듯이, 몹시 부끄러워하는 듯한 나지막한 목소리로 "이제는 제발 부탁할게요. 그런 말씀은 하지 마세요. 그렇게 말씀하셔도 저는 답을 드릴 수 없어요."라고 하는 말에 "무엇을 말이냐." 하며 모친이 얼굴을 내밀자 딸은 "어, 우에무라 님, 우에무라 님, 어디 가세요?" 하며 벌떡 일어나, 깜짝 놀란 마사오의 무릎을 밀어젖히고 툇마루 쪽으로 뛰쳐나갔다. 하지만 부엌에서 다키치, 오쿠라 등이 뛰어나와 멀리는 가지 못했다. 그러자 이번에는 툇마루의 기둥 옆에 단정히 앉아, "용서해 주세요. 제가 잘못했어요. 제가 처음부터 잘못했어요. 당신이 잘못한 건 없어요. 제가, 제가 말하지 않은 게 잘못이었어요. 오라버니가 계시긴 하지만……." 하고 말했다. 흐느껴 우는 소리가 들려왔으며 끊겼다 이어지는 말은 그것이 말인지도 분간하기 어려웠다. 반쯤 걷은 처마의 발이 바람에 불려 소리 나는 뒤로 보이는 저무는 해가 쓸쓸하기도 하다.

5

유키코가 되풀이하는 말은 어제와 오늘, 그저께, 석 달 전,

73 『도연초』 137단의 첫머리.
꽃은 흐드러진 것만을, 달은 구름에 가리지 않은 것만을 보아야 하는가. 비를 보며 달을 그리워하고 집에만 있으며 봄의 행방을 모르는 것 또한 애절한 풍류다.

그리고 그 전에도 별반 다르지 않았다. 입술에서 끊이지 않는 것은 우에무라라는 이름, 용서해 달라는 말, 학교, 편지, 나의 죄, 뒤에 따라갈게요, 그리운 분……. 그런 말을 두서도 없이 늘어놓으며 몸은 이곳에 남고 마음은 탈피한 껍질이 되었기에 남의 말은 알아들을 수도 없었다. 즐거운 듯이 웃는 것은 순진했던 옛날을 꿈꾸기 때문일 것이며, 가슴을 끌어안고 괴로워하는 것은 마음을 풀 길이 없는 당시의 모습이 다시 눈앞에 나타났기 때문일 것이다.

가여운 일이라고 다키치도 말했다. 오쿠라도 말했다. 식모와 같은 분별없는 아랫사람도 아가씨에게 죄가 있다고는 결코 말하지 않았다. "긴 소매의 노란 줄무늬 하오리를 입고 고상한 다카시마다에다 머리 장식은 연분홍색이 어우러진 흰 다케나가[74]와 문양이 새겨진 은비녀 한 개를 산뜻하게 꽂고 학교에 다니시던 모습이 지금도 눈에 선해, 언제 예전으로 돌아오실지 불안하구나. 우에무라 님도 좋은 분이셨는데." 하고 오쿠라가 말하자, "그 얼굴빛 검고 무뚝뚝한 분 말이야? 공부를 잘해도 하여간 우리 아가씨의 짝은 아니지. 나는 결코 좋은 말은 못 해 주겠는데." 하고 식모가 힘주어 말했다. "너는 모르니까 그런 얄미운 말도 나오는 거지. 사흘만 얼굴을 보다 보면 너도 우에무라 님 뒤를 따라 삼도천까지 가고 싶어질걸? 반초 도련님이 나쁘다는 건 아니지만 우에무라 님은 또 성격이 달라서 말로 표현할 수 없이 좋은 분이셨어. 나도 우에무라 님이 그렇게 됐다는 말을 들었을 때는 너무 가여워서 눈물이 났는데, 우리 아가씨 처지에선 더 괴롭지 않을까? 나나 너 같은 주

74 丈長. 긴 종이를 가늘게 접어 만든 일본발의 머리끈.

책바가지라면 별탈이 없겠지만 평소 삼가신 만큼 가슴에 맺히신 것도 많겠지. 그 친절하고 다정한 분을 이렇게 말하면 안 되겠지만, 우리 도련님만 없었다면 아가씨께서도 병에 드실 정도로는 근심하시지 않았을 텐데. 뭐, 그렇게 보면 우에무라 님도 애초에 안 계셨다면 만사태평이기는 했겠지만. 아, 덧없는 세상은 참 괴로워. 어떤 말도 분명히 말해 버릴 수 없으니." 하며 오쿠라는 뜻대로 되지 않는 세상을 절실히 슬퍼했다.

직업이 있는 처지라 마사오는 날마다 찾아오지 못하고, 사흘이나 이틀을 걸러 밤마다 버드나무 아래에 인력거를 세우고 급히 내렸다. 유키코는 기뻐하며 맞이하기도, 울며 물리치기도 했다. 어린아이가 되어 마사오의 무릎을 베고 자기도 했다. 누가 시중을 들어도 젓가락을 들지 않겠다며 제멋대로 굴었지만, 마사오에게 야단을 맞고는 같은 밥상에서 죽을 조금씩 들기도 했다. "나아 주는 것이냐." "나을게요." "오늘 나아 다오." "오늘 나을게요. 나아서 오라버니의 하카마를 지어 드릴게요. 입으신 옷도 손봐 드릴게요." "그것 참 고맙구나. 얼른 나아서 그래 주려무나." "그럼 우에무라 님을 불러 주시는 거예요? 우에무라 님과 만나게 해 주시는 거예요?" "그래, 만나게 해 주마. 불러도 주지. 얼른 나아서 부모님을 안심시켜 드려라. 알겠니?"라는 말에 "네! 내일은 나을게요."라고 하는 대답은 거리낌도 없다.

분명하게 말해도 믿을 수 없다고는 생각했지만 일말의 기대를 안고 이튿날에는 해가 지기도 전에 급히 인력거를 타고 왔다. 그러나 어제와는 상태가 뒤바뀌어 무슨 말을 해도 싫다고 하며 사람 얼굴을 피했고, 부모나 오라비나 하녀들도 다가오지 못하게 하며, "몰라요! 몰라요! 저는 아무것도 몰라요!"

하고 울기만 했다. 집 안을 넓은 들판으로 보고 정처 없이 서성이며 한탄하는 모습은 남의 눈에서도 눈물이 나오게 했다.

갑자기 더워진 8월 중순부터 광란이 심해져 사람이나 물건도 분간하지 못했고 울음소리는 종일 끊이지 않았다. 한숨도 자지 않아 멍한 표정의 눈이 무시무시했는데, 이승의 사람이라고는 도저히 생각되지 않았다. 간호하는 사람도 지쳤고 유키코의 몸도 약해졌다. 어제도 우에무라를 만났다고 말했고 오늘도 우에무라를 만났다고 말했다. 강 하나를 사이에 두고 모습을 보듯이 안개가 자욱해 한 치 앞이 보이지 않지만 "내일은 만날 거야. 내일은……." 하는 것 말고는 말이 없었다.

언젠가는 제정신으로 돌아와 꿈에서 깬 듯이 "아버지! 어머니!" 하고 부를 때가 올지도 모른다고 생각하며 불안한 마음으로 하루 이틀을 기다렸다. 매미 허물을 보면서도 마음을 달랬다.[75] 아, 대문 앞 버드나무에 부는 가을바람 소리, 들리지 않으면 좋으련만.

75 아래 와카에 근거.
머리말: 호리카와(堀河) 태정대신님이 돌아가셨을 때 후카쿠사노야마(深草の山)에 안장한 뒤에 읊었다.
이승 매미는/허물만 본다 해도/위로되건만/산이여 연기라도/부디 피워 주소서. —『고킨슈』 애상(哀傷)
머리말의 인물은 헤이안 전기의 귀족 후지와라노 모토쓰네(藤原基経)이며, 후카쿠사노야마는 현재 교토의 호토지(宝塔寺) 주변으로 보인다.

도랑창

1

"저기요, 기무라 씨, 신 씨, 이리 오세요. 오라고 하면 좀 와도 좋잖아요? 또 그냥 지나치고 후타바야에 가려고 하죠? 우르르 갔다가 발도 못 가누며 오니까 이런 생각이 들잖아요. 정말 목욕탕에 가는 거라면 돌아오는 길에 꼭 들러 주세요. 하여간에 거짓말쟁이라 무슨 말을 할지 몰라." 하며 가게 앞에 서서 단골로 보이는, 게다를 발끝에 걸쳐 신은 사내들을 붙들고 잔소리를 하는 듯한 말이 들렸다. 약도 오르지 않는지 "다음에, 다음에 오지." 하고 변명하며 지나치는 뒷모습을 혀를 차면서 지켜보며 "다음은 무슨! 올 생각도 없으면서. 정말 아내가 생기면 별수 없구나." 하고 가게 문턱을 넘으며 혼잣말을 하자, "다카 언니, 쌓인 게 많나 보네. 근데 뭘 그렇게 걱정하고 그래? 타고 남은 말뚝에는 불이 더 잘 붙는다는 얘기도 있으니, 실타래가 풀릴 일도 있겠지. 걱정하지 말고 주문이나 외며 기다려 보는 게 어때?"[75] 하는 달래는 듯한 동료의 말이 들렸다. "리키 너랑은 달리 나는 솜씨가 없으니 말이야, 한 명이라도 놓치면 너무 분해! 나같이 운수 없는 여자한테는 주문이고 뭐고 다 소용없을 거야. 하, 오늘 밤도 내가 문지기를 해야 하나? 이게 뭐야! 재미도 없게." 하며 짜증이 난 나머지 가게 앞에 앉아 고마게타 뒤축으로 흙마루를 쿵쿵 차는 여자는 스물 하고도 일곱에서 열 살을 더 먹어 보였는데, 눈썹과 이마 선을 그렸고 백분은 치덕치덕 발랐으며 입술은 사람을 잡아먹은 개와 같았으니, 이래서는 입술연지도 망측한 물건이다. 한편 오리키라는 여자는 몸매에 살집이 적당한 데다 키가 늘씬했으며, 풍성해 보이게 틀어 올린 시마다에 새파란 볏모를 장식으로 묶어 싱그러움을 더했다. 목 주변에 바른 백분도 티가 나지 않게 보이는 천연의 흰 피부를 여봐란듯이 가슴골까지 보이도록 옷을 조금 헤치고 있는 데다 긴 담뱃대를 뻑뻑 빨며 건방지게 한쪽 무릎을 세우고 있었으나 이래도 나무라는 사람이 없으니 아무렴 좋은 것이었다. 대담하게 큼직한 무늬의 유카타에다 날림으로 맨 오비는 검은 수자직인지 뭔지 모를 모조 재질이었다. 주홍색 히라구케[77]가 등 쪽에 튀어나와 보이는 것이 말 안 해도 다 아는 이 주변의 접대부 분위기였다. 오타카라는 여자가 덴진가에시[78]에 꽂은 양은 비녀로 뒷덜미를 긁적이며 문득 떠올랐다는 듯이 "리키야, 조금 전의 편지는 보냈어?"라고 묻자 오리키는 "흠." 하며 재미없다는 듯이 대답하고는 "어차피 안 올 테니 그 사람도 이제 계산 끝난

76 미신이 횡행하던 유곽 내 유녀의 관습이 외부로 퍼진 것.

77 平ぐけ. 오비 속에 매는 폭이 좁은 띠.

78 天神がへし. 틀어 올리는 머리를 좌우 둘로 나눠 원을 만들고 비녀를 세로로 꽂아 고정하는 머리 모양.

셈이지." 하고 웃었다. "말본새하고는. 두루마리 종이로 이만큼이나 써서 큰 봉투에 우표를 두 장이나 붙였으면서 계산이 끝났다느니 할 수 있는 사이인가? 그 사람은 아카사카[79] 시절부터 받은 단골이잖아. 조금 다툼이 있었다고 연을 끊어서야 되겠니? 네가 어떻게 나오는지 하나만으로도 어찌어찌는 될 텐데, 조금은 성의를 다해 붙잡으려고 하는 게 좋지 않을까? 너 그러다 벌받을지도 몰라."라는 말에 "신경 써 줘서 고마워. 충고는 잘 받을게. 하지만 난 아무래도 그런 사람은 왠지 싫어서 말이야, 그냥 없던 인연으로 보고 눈감아 줘." 하고 남의 일처럼 말하자 "너 참 못됐다." 하고 웃으며 "그런데 너는 그렇게 건방진 게 통하니까 참 대단해. 내가 그러면 국물도 없는데." 하며 부채를 쥐고 발밑을 부치면서 옛날에는 꽃이었다는 듯이 꾸며 내는 것이 우습다. 길을 오가는 사내를 보고 들렀다 가라고 하는 아우성들로 저물녘의 가게 앞이 활기를 띠었다.

가게는 내림 두 간의 2층 건물인데, 처마에는 신등을 달았고 문간에 조그맣게 산처럼 쌓은 소금이 보기 좋았고,[80] 속이 비었는지 아닌지 알 수 없는 명주(銘酒) 병을 수없이 선반 위에 늘어놓았으며 계산대 같은 곳도 보였다. 주방 쪽에는 흙풍로를 부치는 소리가 가끔 야단스럽고 여주인이 직접 전골이나 계란찜 정도는 만드는 것도 당연지사다. 바깥에 내건 간판을 보아 하니 그럴듯하게 '요리점'이라고 적어 놓았다. 이를 그대로 보고 배달 요리를 주문하러 왔다고 하면 뭐라고 둘러대야 할까. 느닷없이 오늘 음식 재료가 동났다고 하기도 우

79 赤坂. 현재의 미나토구에 있던 하급 화류계.

80 모두 가게의 번창을 바라는 의미.

스울 테고, "여자가 아닌 분만 저희 가게에 오십시오."라고 이르기도 어려울 것이다. 피차 알 만한 것이 세상이기 때문이다. 장삿속을 다 아니 촌뜨기도 술안주나 생선구이를 주문하러 오지는 않았다. 오리키라는 여자는 이 가게에서 내세울 만한 유일한 간판이었는데, 나이는 가장 젊지만 손님을 불러들이는 데 도가 튼지라 그다지 공들여 손님의 비위를 맞추지도 않았으며 몹시 거만한 몸가짐을 보였다. 용모를 믿고 뻐기는 것인가 생각해서 그 낯짝이 얄밉다고 하며 험담하는 동료도 있었지만, 사귀고 보면 뜻밖에도 다정한 데가 있어서 같은 여자라도 떨어지기 싫은 마음이 들곤 했다. "암, 마음씨는 감출 수가 없지. 얼굴이 어딘지 산뜻하게 보이는 것도 저 아이의 본성이 드러나서일 거야. 신개간지에 들어오는 사람치고 기쿠노이의 오리키를 모르는 사람은 없겠지. 기쿠노이의 오리키라고 해야 하나, 오리키의 기쿠노이라 해야 하나. 참으로 요즘에 드문 횡재야. 저 아이 덕에 신개간지에 빛이 더해졌으니까. 주인장이 신단에 바쳐도 좋을 복덩어리지." 하며 가게마다 부럽다는 말이 난리도 아니었다.

오타카는 길거리에 사람이 없는 것을 보고는 "리키야, 네 일이니까 뭐가 어쨌다고 해서 내가 신경 쓸 것도 아니지만, 그래도 나는 내 일처럼 겐 씨 생각이 나. 하기야 지금 같은 처지에 떨어졌으니 결코 좋은 손님은 아니지만, 서로 좋아한 이상 어쩔 수 없다고 생각해. 나이 차이가 나든 자식이 있든 말이야. 응? 안 그래? 아내가 있다고 해서 헤어질 수 있는 사람이냐는 말이지. 복잡하게 생각하지 말고 불러내 봐. 나야 뭐, 남자가 속부터 변해서 내 얼굴을 보기만 해도 내빼니 어쩔 수 없는 거고. 그래서 마음을 접고 다른 데 매달리고는 있지만, 네

경우는 나랑 다르잖아. 생각해 보면 겐 씨가 아내한테 이혼장을 던질 수도 있겠지만, 너는 자존심이 세니 그 사람하고 같이 살 생각은 없겠지. 그렇지? 아니면 그냥 손님으로 부르기가 좀 그런 건가? 편지를 써 봐. 곧 미카와야에서 주문을 받으러 돌 테니까, 그 사환 애한테 심부름 시키면 되겠네. 무슨 대갓집 아가씨도 아니고 그렇게 삼가기만 해서 되겠니? 너는 단념이 너무 빨라서 탈이야. 일단 편지를 보내 보라니까? 겐 씨도 참 가여워." 하고 말했지만, 오리키는 담뱃대를 청소하는 데 여념이 없는지 고개를 숙인 채 말이 없다.

이윽고 대통을 깨끗이 닦고는 한 모금 피우고 툭 털어 낸 뒤에 다시 한번 빨고 오타카에게 건네며 오리키가 "말조심해. 가게 앞에서 그러다가 소문이라도 나면 어쩌려고. 기쿠노이 오리키가 막일꾼의 조수를 정부로 뒀다는 오해를 받아서 되겠니? 그건 옛날의 꿈같은 이야기지. 지금은 벌써 다 잊어버려서 겐이고 시치고 하는 것도 생각 안 나. 이제 그 얘기는 그만, 그만."이라고 말하며 일어서자 마침 거리에 헤코오비[81]를 맨 한 무리가 지나갔다. "어머, 이시카와 씨, 무라오카 씨. 이 오리키의 가게를 잊어버리신 거예요?" 하고 부르자, "이야, 여전히 목소리가 카랑카랑하네. 그냥 지나칠 수도 없겠어." 하며 휙 들어왔다. 별안간 복도에 저벅저벅 발소리가 울렸다. "아줌마, 술!" 하고 외치자 "안주는 뭐로!" 하는 답이 돌아왔다. 샤미센 소리가 기세 좋게 들리며 비로소 어지러이 춤추는 발소리가 들려왔다.

81 兵児帯. 남성, 아동용 오비의 일종으로 1880년대 이후 서생 사이에서 유행했다. 주로 오글쪼글한 비단이나 모슬린 재질.

2

어느 비 오는 날, 도연히 거리를 지나는 중산모를 쓴 서른 줄의 남자가 보였다. '저 사람이라도 안 잡으면 이 빗속에 더는 손님이 없을 거야.'라는 생각에 오리키는 뛰쳐나가 소맷자락에 매달려 "절대 그냥은 보내지 않을래요." 하며 떼쓰자 용모가 또 한 건을 올렸다. 평소에 없는 진중한 분위기의 손님을 불러들여 2층의 다다미 여섯 장 방에서 샤미센 없이 차분하게 담소를 나누게 되었다. 남자는 나이를 묻고 이름을 묻고, 그다음은 부모에 관해 물어보았다. 사족[82]이냐는 물음에 오리키는 "그건 말 못 해요."라고 한다. 평민이냐는 물음에도 "글쎄요."라고 답한다. 그럼 화족이냐며 웃으며 묻자 "뭐, 그렇게 생각하세요. 화족 집안 따님이 직접 따르는 술, 고맙게 받아 보시죠." 하며 자란자란 따랐다. "이거야 원, 들지도 않은 잔에 술을 따른다는 법이 어디 있나. 오가사와라식[83]인가? 어디서 배워 먹은 거야?"라는 말에 "오리키식이라고 해서, 기쿠노이 일가의 예법이에요. 다다미에 술을 흘려 버리는 법도 있고, 넓은 밥공기 뚜껑에 따라 단숨에 마시게 하는 법도 있죠. 무엇보다 마음에 들지 않는 사람한테는 따르지 않는 게 대원칙이고요." 하며 오리키가 주눅 든 모습도 보이지 않자 손님은 점점 흥미를 가지며 "어떻게 살아왔는지 얘기나 한번 해 보지그래. 분명 엄청난 뭔가가 있을 것 같은데. 아무래도 보통 집에

82 士族. 메이지 유신 이후, 옛 무사 계급에 속했던 자에게 부여된 족칭. 화족보다 아래, 평민보다 위에 해당한다.

83 小笠原. 에도 시대 이후, 무사 가문의 예법으로 공인된 엄격한 예법.

서 난 아가씨 같지는 않단 말이야. 내 말이 맞지?" 하고 말했다. 오리키가 "여기 좀 보세요. 저는 아직 귀밑머리 사이에 뿔도 나지 않았어요. 그리 닳고 닳은 여자는 아니라고요." 하며 깔깔 웃자 손님은 "에이, 그렇게 뭉때리면 안 되지. 나는 솔직한 말을 듣고 싶다니까? 출신을 말할 수 없다면 무슨 목적으로 이런 꼴로 있는지라도 말해 주든가." 하며 재촉했다. "어쩌면 좋죠? 말하면 당신은 뒤로 넘어갈 텐데요. 천하를 바라다보는 오토모노 구로누시[84]란 바로 저를 말하는 거니까요." 하며 더 크게 웃자 손님은 "이래선 죽도 안 되겠네. 그런 헛웃음 나오는 얘기는 말고 조금은 솔직해져 보란 말이야. 아무리 나날을 거짓부렁 속에서 산다고 해도 거기에 조금은 진실도 섞여 있을 거 아니야. 남편이 있었나? 아니면 부모 때문인가?"[85] 하고 진지하게 물었다. 이 말에 오리키는 슬퍼져, "저도 사람이라 조금은 가슴에 사무치는 일도 있어요. 부모님은 일찍 돌아가셔서 지금은 이 손과 발이 제 전부죠. 이런 년이라도 아내로 받아 주겠다고 한 사람이 없지도 않았지만, 아직 남편을 가져 본 적은 없어요. 어차피 천하게 자랐으니 이런 일이나 하다 끝나겠죠." 하는 말을 맥없이 내뱉었는데, 여기에 무량의 감정이 넘쳐흘러 바람기 있는 요염한 자태와는 어울리지 않는, 무슨 곡절이 있는 듯한 면모가 보여 손님이 "천하게 자랐다고 남편을 못 갖는다는 법이 어디 있어. 너는 또 얼굴도 반반하니 언제 한달음에 꽃가마에 탈 수 있을지도 모를 일이지. 아니

84 大伴の黒主. 헤이안 시대 가인의 한 명으로, 가부키 무용극인 『쓰모루코이유키노세키노토(積恋雪関扉)』에서는 황위를 노리는 모반자로 나온다.

85 남편 또는 부모의 빚 때문에 이런 데서 돈을 버느냐는 뜻.

면 혹시 그런 사모님 취급을 받는 건 싫고, 역시나 드세고 협기 있는 산자쿠오비[86]가 마음에 드는 건가?" 하고 묻자 오리키는 "어차피 그 어디로 끝날 삶이겠죠. 제가 마음에 들어 하면 상대가 싫어했고, 오라고 말해 준 손님 중에 마음에 든 사람도 없었고요. 이걸 바람기라고 생각하시겠지만, 저는 그저 이렇게 하루하루를 사는 거예요."라고 했다. "아니, 네가 그렇게 말할 수는 없지. 상대가 없을 리가. 아까 가게 앞에서 누가 안부를 전해 왔다고 딴 여자가 너한테 전해 줬잖아. 하여간에 재미있는 얘깃거리가 있을 것 같은데, 거기엔 뭐라고 쓰여 있었어?"라는 말에 오리키는 "당신도 참 끈질기시네요. 저한테 종이 한 장이 오는 건 익숙한 일이고 편지를 주고받는 건 휴지를 교환하는 것과 같아요. 쓰라고 하신다면 서약서든 서원서든 좋으실 대로 써 드리죠. 같이 살자는 약속도 여태 제가 깨기보다는 상대한테 확고한 마음이 없었던 거예요. 주인을 모시고 있으면 주인이 두렵고, 부모를 모시고 있으면 부모 말대로 하니 말이에요. 돌아봐 주지 않으니 저도 쫓아가 소맷자락을 붙잡을 필요가 없었죠. 그럴 거면 그만두라고 하곤, 그걸로 끝이었어요. 상대는 얼마든지 있지만 평생을 기댈 사람은 없네요."라고 하며 의지할 데 없는 듯한 표정을 보였다. "이제 이런 얘기는 그만하고 신나게 놀아요. 저는 가라앉은 분위기는 질색이에요. 떠들고 또 떠들고, 끝까지 떠들고 싶어요." 하며 오리키는 손뼉을 쳐 동료들을 불렀다. "리키야, 웬일로 조용하네?" 하며 화장이 짙은 서른쯤의 여자가 오자 손님이 "이

86 三尺帶. 한 겹으로 매는 짧은 무명 재질의 오비. 당시 직공, 방탕자의 대명사. 헤코오비와 대비된다.

봐, 얘 애인 이름이 어떻게 되지?" 하고 느닷없이 물었다. 이 말에 오리키는 "아차, 저는 아직 손님 이름도 듣지 않았네요." 라고 했다. "거짓말을 하면 오는 우란분에 염라대왕님한테 참배도 못 갈 줄 알아."[87] 하고 웃자, "그렇다 해도 손님, 오늘 이제 막 얼굴을 뵌 참이잖아요. 지금 새삼 여쭈려고 했어요."라고 했다. "뭘 말이야?"라고 하자 "당신 이름을요." 하고 받아쳤다. "바보 같은 소리를. 너 화내고 있지?" 하며 분위기가 달아올랐다. 실없는 이야기가 오고가던 차에 "손님의 직업을 맞혀 볼까요?" 하고 오타카가 말했다. 손님이 "어디 한번 보든지." 하며 손바닥을 내밀자 "아뇨, 그건 됐어요. 관상으로 볼 거니까요." 하며 매우 진지한 표정으로 말했다. "아냐, 됐어. 뚫어져라 쳐다보다가 흠이라도 잡히기 시작해선 견딜 재간이 없어서 말이야. 이래 봬도 나는 관원이거든."라고 하자, "거짓말도 참. 일요일도 아닌 날에 놀러 다니는 관원 나리가 어디 있어요? 리키야, 네 눈엔 뭐하시는 분 같니?"라고 했다. "도깨비는 아니올시다." 하며 놀리는 듯이 말하고 손님은 "알아맞힌 사람한테는 상을 주지." 하며 품속에서 지갑을 꺼내 들었다. 그러자 오리키는 웃는 얼굴로, "다카 언니, 실례되는 말을 하면 안 돼. 이분은 신분 높은 화족님이신데, 지금은 남몰래 놀러 나오신 거란 말이야. 무슨 직업 같은 게 있으시겠어. 그런 소릴 하면 안 되지." 하고 말하면서 이불 위에 놓아 둔 지갑을 집어 들고는, "손님밖에 모르는 이 다카오[88]에게 이걸 맡겨 주

87 거짓말을 하면 염라대왕에게 혀를 뽑힌다는 일본 미신에서. 우란분은 아귀도에 떨어진 망령을 위해 여는 불사로, 음력 7월 보름 앞뒤로 사흘에 해당한다.

88 高尾. 에도 시대 요시와라 유곽에서 계승된 명기(名妓)의 이름. 여기서는 명기의 대명사.

세요. 여기 모두에게 용돈이라도 좀 쓰시죠?" 하며 대답도 듣지 않고 척척 빼냈는데, 손님은 기둥에 기댄 채로 바라보며 별말도 하지 않았다. 전부 다 알아서 하라는 관대한 사람이었던 것이다.

오타카는 질려하며 "리키야, 적당히 해."라고 말했지만 오리키는 "뭐, 괜찮잖아? 이건 너한테, 이건 언니한테……. 이 큰 거 한 장으로는 오늘 계산을 하시고, 남은 건 우리 모두한테 줘도 된다고 하시잖아. 고맙습니다 인사드리고 이리 와." 하며 돈을 뿌렸다. 이러는 것이 오리키의 특기인 줄 알아 오타카는 아주 싫다는 말도 없다가 "손님, 괜찮을까요?" 하고 다짐을 받고는 "고맙습니다!" 하며 한몫 챙기러 가는 뒷모습을 보였다. "열아홉치고는 하는 짓이 약았네." 하고 손님이 웃음을 터트리자 오리키는 "남을 흉보면 못써요." 하며 일어나 장지문을 열고 난간에 기댄 채 띵한 머리를 두드렸다. "너는 어쩌려고. 돈은 필요 없어?" 하는 물음에, "저는 다른 걸로요. 이것만 받을 수 있다면 다른 건……." 하며 오비 사이에서 손님의 명함을 꺼내 들고는 받는 시늉을 하자 손님은 "어느새 빼낸 거야? 그럼 네 사진도 한 장 줘야지." 하고 졸랐다. "이다음 토요일에 와 주시면 같이 찍어요."라고 하고 오리키는 돌아갈 눈치인 손님을 그리 붙잡지도 않고는 뒤에 서서 하오리를 걸쳐 주며 "오늘은 실례했어요. 또 오시기를 기다릴게요." 하고 말했다. "어이, 자네 형편에만 좋은 소리는 하지 말라고. 거짓 각서는 사절이니까." 하고 웃으며 손님이 털고 일어나 사다리를 내려가자 오리키는 모자를 손에 들고 뒤에 다가가 꼭 안기며 "거짓말인지 정말인지 아흔아홉 밤을 참아 보세요.[88] 기쿠노이의 오리키는 판에 박힌 여자가 아니니까요. 모양이 또 변하는 일도 있죠."라고 말했다. 손님이 가신다는 말을 듣자 동료들과 계산대에 있던 여주인까지 뛰어나와 "아까는 감사했습니다." 하며 이구동성으로 인사했다. 불러 놓은 인력거가 와서 가게 앞에서 출발하자 온 가게 사람이 밖에 나와 배웅하며 "또 오시기를 기다리겠습니다." 하며 고개를 숙이는 대우가 참 극진했다. 이것이 모두 용돈의 여광임을 안 가게 사람들은 뒤이어 "리키 신령님!" 하며 오리키에게도 수없이 고마움을 표했다.

3

손님은 유키 도모노스케라고 해서 스스로 난봉꾼이라고 칭하지만 정직하고 성실한 면모가 간혹 보였으며, 현재 직업과 처자식은 없는 처지였다. 나다니기에 알맞은 나이여서 그런지 그때를 시작으로 일주일에 두세 번은 기쿠노이에 다녔다. 오리키도 어쩐지 그립게 생각했는지 사흘을 보지 못하면 편지를 보낼 정도였는데, 이를 동료 여자들은 질투해 놀리며 "리키야, 너는 참 좋겠다. 인물도 좋고 돈도 잘 쓰니 그분은 머지않아 분명 출세하실 거야. 그때는 너를 사모님이라고도 불러야 할 텐데, 이제부터라도 신경을 조금 써서 옷에서 다리를 내보이거나 찻잔에다 술을 따라 단숨에 들이켜는 것만은 그

89 설화상의 인물인 후카쿠사노 쇼쇼(深草の少将)가 오노노 고마치(小野小町, 헤이안 전기의 여성 가인)와 사랑을 이루기 위해 그녀가 있는 곳으로 백 일 밤을 계속 다니겠다는 약속을 했으나 99일째 밤의 눈길에서 동사했다는 가요이코마치(通小町) 전설을 말한다.

만두는 게 어때? 천박해 보이잖아."라고 하는 사람도 있거니와, "겐 씨가 이 일을 알면 어떻게 될까? 미쳐 날뛸지도 몰라." 하며 놀리는 사람도 있었다. 이 말에 오리키는 "마차에 타고 올 때 불편하니까 길바닥 공사부터 좀 해 놓아 줄래? 이런 하수구 덮는 널빤지가 덜컥거리는 가게 앞에, 사람들마저 천박해서야 말이 멈춰 서려고 하겠니? 너희들이나 몸가짐을 더 고쳐 손님을 받을 수 있도록 신경 쓰라고." 하며 거침없이 말하자 동료는 '에잇, 저 얄미운 주둥이를 손봐 주지 않으면 사모님의 말처럼 들리지 않을 거야. 유키 씨가 오면 실컷 일러바쳐 잔소리를 듣게 해 줘야지.'라고 다짐하며 도모노스케의 얼굴을 보자마자 "이런 말을 했다니까요? 도저히 저희가 감당할 수 있는 떼쟁이가 아니니 당신이 좀 혼내 주세요. 무엇보다 찻잔으로 마시는 건 몸에 안 좋잖아요." 하고 고자질을 하니 유키는 정색을 하고 "오리키야, 술만큼은 멀리해." 하고 엄명을 내렸다. 그러나 오리키가 "당신답지 않게 왜 그러세요? 이 오리키가 억지로 일할 수 있는 힘이 다 여기서 나온다고 생각하지 않으시는 거예요? 저한테서 술기운이 날아가면 이 객실은 삼매당처럼 될걸요? 그 정도는 봐주세요."라고 하자 "그것도 말은 되네." 하며 유키는 두 번 말을 꺼내지는 않았다.

어느 달밤에 아래층 객실에는 공장에서 한 무리가 왔는데, 밥그릇을 두드리며 민요나 속요를 부르며 난리를 피워, 여자들은 거의 이들을 대하고 있었던지라 그 2층의 작은 객실에는 유키와 오리키 두 사람뿐이었다. 도모노스케는 누워 뒹굴며 유쾌한 듯이 말을 걸고, 오리키는 성가신 듯 건성건성 대답하며 무슨 생각에 잠겨 있는 풍경이었다. "무슨 일 있어? 또 두통이 나기라도 한 건가?" 하고 묻자 "두통 같은 건 전혀 없지만 지병이 자꾸 도져서요."라고 했다. "울화가 지병이야?" "아니요." "그럼 부인병인가?" "아니요." "그럼 뭐야?" "아무래도 말할 수는 없어요." "하지만 딴 사람도 아니고 나잖아. 뭐든 말해도 좋을 듯한데. 이봐, 무슨 병이냐니까."라고 하자 "병은 아니에요. 그냥 이런 식이 돼서 이런 생각을 하는 거예요."라고 말했다. "종잡을 수 없는 여자군. 여러 비밀이 있어 보이는데……. 아버지는 뭘 하셨지?" 하고 묻자 "말할 수 없어요."라고 한다. "어머니는?" 하고 묻자 이것도 마찬가지였으며, "지금까지 어떻게 살아왔어?"라고 하자 "당신한테는 말할 수 없어요."라고 한다. "하, 거짓말이라도 된다니까 그러네. 설사 말을 지어낸다고 해도, 이런 처지의 불행이라고 하며 대부분의 여자들은 입을 열지 않을 수 없잖아? 게다가 너하고 한두 번 만난 사이도 아니고, 그 정도는 드러내도 별탈은 없을 거야. 말하지 않겠다고 해도 네게 고민이 있다는 것 정도는 장님 안마사가 손 한 번만 쓱 대도 뻔히 알 수 있는 일이지. 안 물어봐도 뻔하지만, 그래도 그걸 물어본다는 거야. 어느 쪽부터 묻든 같을 테니, 나는 우선 지병 얘기를 듣고 싶은데."라는 말에 오리키는 "그만두세요. 들으실 가치도 없는 얘기니까요." 하며 더는 상대하지 않았다.

때마침 아래층 객실에서 술상을 들고 온 여자가 오리키에게 뭐라고 귓속말을 하고는 "일단 아래층으로 내려와."라고 일렀다. "싫어. 가고 싶지 않으니 됐어. 오늘 밤에는 손님이 너무 취하셔서 내려간다고 해도 얘기를 나눌 수도 없다고 전해 돌려보내 줘." "참, 난감한 애네." 하며 여자가 미간을 찌푸리자 유키가 "자네, 그래도 되나?" 하고 물었다. "뭐, 괜찮아요."

하며 오리키가 무릎 위에서 발목[90]을 만지작거리고 있자 여자는 영문을 알 수 없다는 표정으로 일어나 나갔지만, 손님은 귀를 세우고 웃으며 "삼갈 거 없잖아? 만나고 오면 되지. 내 앞에서 딱히 겉모양 차릴 필요가 있나? 불쌍한 사람을 문전박대하는 것도 너무하고 말이야. 쫓아가서 만나 보는 게 어때? 여차하면 여기로 데리고 들어오든지. 나는 구석에 기대서 얘기 나누는 데 방해 안 되게 할 테니까."라고 했다. 이 말에 오리키는 "농담은 빼고서 유키 씨, 당신한테 숨겨 봤자 소용없을 테니 말씀드리는 거지만, 정내에서 조금 잘나간 이불가게를 하던 겐시치라는 사람이 있었어요. 제 오랜 단골이었지만 지금은 형편없는 꼴로 떨어져 채소 가게 뒤의 작은 집에 달팽이처럼 틀어박혀 있죠. 아내도 있고 자식도 있어요. 저 같은 여자를 만나러 올 나이는 아니지만, 미련이 남았는지 아직도 가끔 뭐라고 편지를 보내고, 지금도 아래층 객실에 와 있다고 하네요. 새삼 제가 떼어 내는 건 아니지만, 만나면 여러 성가신 일이 있을 거예요. 얼굴을 보이지 않고, 기분 상하게 하지 않고 돌려보내는 게 나아요. 원한을 살 거라는 건 이미 각오했어요. 귀신이라고, 뱀이라고 생각돼도 저는 상관없어요." 하며 발목을 다다미에 두고 발돋움해 잠깐 바깥을 내다보자 유키가 "그 사람 모습이라도 보이나?" 하고 놀렸다. "아뇨, 이제 돌아간 모양이네요."라고 하며 멍하니 있자, "지병이라는 게 그건가?" 하며 날카롭게 들어왔다. "네 뭐, 그런 셈이죠. 의사도 구사쓰 온천수도……."[91] 하며 쓸쓸히 웃는 얼굴에 대고 "그

90 샤미센 등의 현악기를 탈 때 쓰는 납작한 물건.

91 "의사도 구사쓰 온천수도 상사병은 못 고치네."라는 속요 가사를 가리킨다.

사람 얼굴을 한번 보고 싶군그래. 배우로 치면 어느 축이지?" 라고 묻자 "보면 깜짝 놀라실 거예요. 얼굴빛이 검고 키가 큰 부동명왕의 사자 같은 사람이니까요."라고 했다. "그럼 성격이 적극적이란 말인가?"라고 묻자 "이런 데서 재산을 털어먹었으니 사람 좋다는 것 말고는 장점이 전혀 없죠. 재미도 없고 웃기지도 않은, 아무것도 아닌 사람이에요."라고 말했다. "그런 사람한테 너는 왜 빠진 거야? 이건 꼭 들어 봐야겠는데." 하고 손님은 자리를 고쳐 앉았다. "아마 사람한테 잘 빠지는 성격이어서겠죠. 당신도 요즘에는 밤마다 제 꿈에 나와요. 부인을 가지신 장면이 나오거나 여기로 발걸음을 뚝 끊으신 장면이 나오거나, 더 슬픈 꿈을 꾸고는 베개를 덮는 종이가 흠뻑 젖기도 했어요. 다카 언니는 베개를 빼앗기도 전에 곯아떨어져 코를 높이 고는데, 기분 좋아 보이는 그 모습이 저는 너무 부러워요. 저는 아무리 피곤해도 잠자리에만 들면 눈이 말똥말똥해져서, '그 일은, 또 그 일은' 하며 여러 생각이 나죠. 제게 고민이 있을 거라고 헤아려 주셔서 당신한테는 고맙지만, 그래도 제가 무슨 고민을 하는지만큼은 모르실 테죠. 고민해 봤자 어쩔 도리가 없기 때문에 남들 앞에서는 활기찬 모습을 보이고 있어요. 그래서 기쿠노이의 오리키는 너무 절도가 없다, 고생이라는 걸 모를 거라고 말하는 손님도 있죠. 그야말로 불행한 운명이라고나 할까, 하여간 저만큼 서글픈 신세인 사람도 없을 거예요." 하며 하염없이 울자 손님은 "웬일로 어두운 얘기를 듣게 되는군. 달래 주고 싶어도 사정을 모르니 어쩔 수가 있나. 내 꿈을 꿀 정도로 성심이 있다면 부인으로 삼아 달라는 말 정도는 할 법한데 전혀 그런 말이 없는 건 어째서지? 옷깃만 스쳐도 전세의 인연이라는 말도 있잖아. 이런 일을 싫다고 생각한다면 삼가지 말고 얘기를 털어놓는 게 어때. 나는 또 너 같은 성격으로는 오히려 속 편하다는 생각을 하며 신나게 사는 줄 알았는데, 그게 아니라면 무슨 사정이 있어서 어쩔 수 없이 이러고 있다는 건가? 괴롭지 않다면 얘기를 들어 보고 싶은데." 하고 말했다. "당신한테는 말씀드리려고 요전부터 생각했어요. 하지만 오늘 밤은 안 돼요." "왜? 어째서?" "왜고 어째서고 안 돼요. 저는 고집불통이라 말하지 않겠다고 생각했을 때는 누가 뭐래도 싫어요." 하고 말하고 오리키는 훌쩍 일어나 툇마루로 나가자, 구름 없는 하늘의 달빛이 서늘한 가운데 내려다보는 거리에 대그락대그락 고마게타 소리를 내며 오가는 인기척이 분명 느껴졌다. "유키 씨." 하는 부름에 손님이 "왜 그래." 하며 다가가자 오리키는 "여기에 좀 앉으세요." 하고 손을 잡으며 "저 과일 가게에서 복숭아를 사는 아이가 있죠? 귀여운 네 살쯤인. 걔가 아까 그 사람 애예요. 저 어린 마음에도 저를 어지간히 얄밉게 여기는지 저더러 '귀신'이래요. 아! 제가 그렇게 나쁜 여자로 보이시나요?" 하고 하늘을 올려다보고는 후유 한숨지었다. 차마 견디다 못한 심사는 오음(五音)의 가락으로 드러났다.

4

같은 신개간지 변두리에 채소 가게와 이발소에서 친 차양이 겹치는 좁은 골목이 있다. 비 내리는 날에는 우산도 펼칠 수 없을 정도로 갑갑하고, 발밑 곳곳에는 하수구 널빤지가 허방다리처럼 위험하게 가운데로 죽 덮여 있는데, 그 양쪽으로는 연립 가옥이 세워져 있었다. 한편 쓰레기터로 쓰이는 막다른 길 옆에 현관 문턱이 썩었고 덧문이 똑바로 닫히지 않는 비좁은 집이 있었는데, 역시 출입구는 한쪽에만 있지 않았고 잡초가 더부룩한 세 척가량의 툇마루 앞에 난 공터로 그나마 숨을 쉬고 있었다. 그 공터를 둘러싸며 푸른 차조기, 과꽃, 강낭콩 덩굴 등을 대울타리에 휘감아 놓은 데가 오리키와 연이 있는 겐시치의 집이었다. 아내는 오하쓰라고 해서 스물여덟이나 아홉은 되었을 터다. 그러나 가난에 찌들어 나이가 일곱 살은 더 들어 보였고 검은 이는 얼룩덜룩했고,[92] 자라는 대로 내버려 둔 눈썹이 볼품없었으며, 하도 빨아서 색이 바랜 푸르스름한 유카타는 안팎을 뒤집어 입고 있었고 무릎 언저리에는 눈에 띄지 않도록 잘게 뜬 땀으로 천을 덧대어 기운 행색이었다. 폭이 좁은 오비를 바지런히 매고 고마게타에 등나무 줄기로 된 깔창을 붙이는 부업을 하고 있었다. 우란분이 다 되어 가던 무렵부터 더운 철 내내 이때가 대목이라는 생각으로 몹시 땀을 흘리는 고생이 분주했는데, 가지런히 정리한 등나무 줄기를 천장에 매달아 놓으며 사소한 수고라도 덜겠다는 생각으로 완성한 물건이 늘어나는 것을 낙으로 삼으며 한눈도 팔지 않는 모습이 참 측은하다. "해가 벌써 저물었는데 다키치는 왜 안 오는 걸까. 겐 씨는 또 어디를 돌아다니고 있고." 하며 일을 마무리하고 담배를 한 모금을 피우며 걱정스레 눈을 껌뻑거렸다. 더욱이 질주전자 밑의 불을 쑤석여 모깃

92 이를 검게 물들이는 오하구로는 에도 시대 기혼 여성과 유녀의 관습으로, 메이지 시대 이후로 쇠퇴하였다. 여기서는 가난 때문에 그 이를 깔끔한 검은색으로 관리하고 있지 못한 것을 가리킨다.

불 화로에 불씨를 나누고, 세 척짜리 툇마루에 들고 나가 주워 모은 삼나무 잎을 덮고 후후 불자 연기가 풀풀 피어오르며 처마 끝으로 도망가는 모기 소리가 대단했다. 다키치가 덜컥덜컥 하수구 널빤지를 밟는 소리를 내며 "엄마, 지금 돌아왔어요. 아빠도 데리고 왔어요." 하며 문간에서 외쳐 부르자 "너무 늦은 거 아니니? 절이 있는 산에라도 갔나 싶어 얼마나 걱정했는데. 얼른 들어오렴." 하고 말했다. 겐시치는 다키치를 앞세우고 맥없이 불쑥 들어왔다. "어머, 당신 오셨어요? 오늘 참 더웠죠? 집에 일찍 오실 줄 알고 목욕물을 데워 놓았어요. 시원하게 땀을 한번 씻어 내는 게 어때요. 다키치 너도 목욕물에 들어가거라."라고 하자 아이는 "네." 하며 오비를 풀었다. "잠깐 기다리려무나. 금방 온도를 봐 줄 테니." 하며 설거지 터에 대야를 놓고 솥의 더운물을 길어 내 휘젓고 수건을 넣으며 "자, 여보. 얘도 넣어 주세요. 그런데 왜 그렇게 기운이 없으세요? 더위라도 타시는 거예요? 그런 게 아니면 한 바가지 뒤집어쓰고 산뜻한 기분으로 진지를 드세요. 다키치가 기다리고 있잖아요."라고 권하자 겐시치는 "어어, 그래야지." 하고 정신을 차린 듯 오비를 풀고 설거지 터에 내려갔다. 그러자 공연히 예전의 자기 자신이 떠올라, '비좁은 집 부엌간에서 목욕물을 끼얹을 줄은 꿈에도 생각지 못했구나. 더구나 막일꾼의 조수로 수레 뒷밀이나 하라고 부모님께서 나를 낳아 주신 건 아닐 텐데. 아, 하찮은 꿈을 꿔서…….' 하고 생각했다. 거기에 정신이 팔려 더운물도 끼얹어 주지 않자 "아빠, 등 좀요." 하고 다키치는 아무것도 모르고 재촉했다. "여보, 모기가 무니까 얼른 하고 오세요." 하며 아내도 한마디 하자 "어어." 하고 대답하면서 다키치에게도 끼얹어 주고 자기도 뒤집어썼다. 방에 들어오자 아내는 색이 다 빠진, 풀을 잘 먹인 유카타를 내밀며 갈아입으라고 했다. 오비를 대강 감아서 매고 바람이 드는 데로 가자 아내는 옻칠이 벗겨지고 다리가 흔들거리는 낡은 밥상을 "당신이 좋아하는 냉두부로 했어요."라고 하며 작은 사발에 두부를 띄우고 푸른 차조기 향을 물씬 풍기며 내왔다. 그러자 다키치는 어느새 선반에서 밥통을 내려서 영차, 영차 이며 가져왔다. "기치는 아빠 옆에 오너라." 하고 머리를 쓰다듬으며 젓가락을 들었지만, 마음에는 어떤 생각이라고 할 것도 없는데도 혀에는 감각이 없고 목은 부은 것만 같아 "더는 못 먹겠군." 하며 밥공기를 내려놓자 아내는 "그래서 되겠어요? 힘쓰는 일을 하는 사람이 세 그릇을 못 먹을망정 한 그릇도 남기시다니요. 어디가 안 좋으신 거예요? 아니면 너무 지치셔서 그런 건가요." 하고 물었다. "아니, 어디도 아무렇지도 않지만, 그냥 식욕이 나지 않아서 말이야."라는 말에 아내는 애처로운 눈빛으로, "당신, 또 그게 도진 거죠? 기쿠노이의 술안주는 맛있기도 했겠지만, 지금 처지로 그걸 떠올린들 뭐가 되나요? 거기는 장사를 하는 데잖아요. 돈만 생기면 예전처럼 좋아해 주겠죠. 길거리를 다니며 봐도 알 수 있잖아요. 백분을 바르고 예쁜 옷을 입고는 머뭇거리며 다가오는 사람이라면 누구라고 할 것도 없이 구워삶는 게 그치들의 일이라는 걸요. '아, 내가 궁상스러워져서 이제는 신경을 써 주지 않는구나.' 하고 생각하면 아무런 탈도 없이 끝나잖아요. 한스럽게 생각한다는 건 당신에게 미련이 있다는 뜻이에요. 당신, 뒷골목에서 술빚는 일을 하던 젊은이 아시죠? 후타바야의 오카쿠한테 홀라당 넘어가 다른 데 줄 외상값을 몽땅 다 날리고, 그걸 메우려고 라이진토라 일당이 연 도박장에서 돗자리 가장자리에 앉

앉았다가[93] 쫄딱 망해선 점점 나쁜 데 손을 대다 급기야는 남의 집 광까지 부쉈다고 하잖아요. 지금 그 젊은이는 감옥에 들어가 한 그릇씩밖에 안 나오는 밥을 먹고 있을 텐데도 상대인 오카쿠는 아무 근심도 없어요. 즐겁게 호호거리며 살아도 나무라는 사람은 없고 가게는 번창하고 있죠. 그러는 게 바로 접대부의 능력이에요. 속은 건 속은 본인 잘못이고요. 그러니 고민해 봤자 아무 소용도 없어요. 그러기보다는 기운을 되찾아 열심히 일하시고 조금의 밑천이라도 만들려고 힘써 주세요. 당신이 약해지면 저나 이 아이도 어찌할 도리도 없고, 그렇게 되면 정말로 우리는 길바닥에 나앉아야 하는 거예요. 남자답게 털어 내 버리세요. 다 잊어버리고 돈만 생긴다면야 오리키는 커녕 고무라사키나 아게마키[94]라도 별장에 첩으로 두고 살면 되잖아요. 이제 그 고민은 관두고 기분 좋게 진지를 드세요. 애까지 기분이 가라앉아 버렸잖아요." 하고 말했다. 보아하니 아이는 밥공기와 젓가락을 멀찌감치 놓고 부친과 모친의 얼굴을 보며 어쩔 줄 몰라 하고 있었다. 이런 가여운 아이도 있는데 그런 여우를 잊을 수 없는 것은 무슨 업보인가 싶어 가슴이 뒤집히는 듯해서 겐시치는 "미련이 있다는 건 나도 알아!" 하고 고함치고는 "나도 언제까지고 이렇게 바보로 있지는 않을 거야. 오리키, 그 이름은 내 앞에서 꺼내지도 마. 들으면 예전에 한 실수가 생각나 더 고개를 들지 못하겠으니까. 어차피 이런 신세가 된 마당에 새삼 무슨 고민을 하겠어? 밥이 안 들

93 돗자리 가장자리에 앉았다는 것은 주사위 홀짝 맞히기 도박을 했다는 뜻이다. '라이진토라'는 가공의 노름꾼 두목.

94 小紫, 揚巻. 에도 시대 명기의 이름. 여기서는 유녀의 대명사.

어가는 것도 몸이 좀 안 좋아서일 뿐이야. 딱히 걱정해 줄 건 없으니 애나 잘 먹이라고."라고 하고는 벌렁 누워 가슴팍을 훨훨 부쳤다. 모깃불 연기에 목이 메지는 않았으나 머릿속이 불타 몸이 뜨거운 듯했다.

5

누가 백귀[95]라고 이름을 붙였나. 어딘지 무간지옥과 같은 풍경이 보인다. 어디에 계략이 있는 듯 보이지도 않지만, 피의 연못에 거꾸로 떨어뜨리고 빚이라는 바늘 산으로 내쫓아 오르게 하는 것이 특기라고 하니, "이리 오세요." 하며 알랑대는 목소리도 뱀을 잡아먹는 꿩처럼 무섭다. 그래도 뱃속에서 열 달을 남들처럼 자라 모친의 젖을 먹던 무렵에는 어화둥둥 귀여움도 받으며 지폐와 과자 둘 중에 고르는 데서는 과자를 달라고 손을 내밀었으니 지금의 일을 하는 데 진심은 없을지라도, 백 명에 한 명은 마음으로부터 눈물을 흘리며 "들어 주세요, 염색집 다쓰 씨 얘기를. 그 사람은 어제도 가와다야에서 수다스러운 오로쿠 년하고 시시덕거리며 보고 싶지도 않은 길거리에까지 데리고 나와 알콩달콩하더군요. 저런 경박한 생각으로 과연 끝까지 갈 수 있을까요? 몇 살일 거 같아요? 서른은 재작년에 지났죠. 대강 좀 놀고 가정을 가질 준비를 하라고 얼굴을 볼 때마다 충고를 하지만, 그때만 건성으로 대답하

95 白鬼. 백분을 짙게 바른 것이 귀신 같다는 데서 접대부, 유녀를 가리킨다. 이하는 오리키와 같은 세간의 접대부에 대한 이야기.

고 전혀 마음에 두지 않더군요. 아버지는 나이를 먹었고 어머니는 눈이 나쁜 사람이니 걱정을 끼치지 않게 품행을 바르게 해 주면 좋겠는데……. 저는 지금 이 모양으로 있지만 그 사람의 한텐을 세탁하고 바지의 터진 데라도 기워 주고 싶지만, 그렇게 경박한 마음이니 언제 제 뜻을 알아줄까요? 가만히 생각하면 여기서 일하는 데 넌더리가 나서 손님을 부를 힘도 나지 않아요. 아, 우울해." 하고 평소에는 남을 잘만 속이는 입으로 사내의 매정함을 원망하며 두통을 누르면서 발만 동동 구르는 여자도 있다. "아차, 오늘이 우란분인 열엿새 날이었군요. 염라대왕님께 참배하러 따라 나온 아이들이 예쁜 옷을 입고 용돈을 받아 기쁜 얼굴로 있는 건 분명 부모가 모두 능력 있는 사람이기 때문이겠죠. 제 아들 요타로는 오늘 주인에게 휴가를 받아 오늘은 쉴 텐데, 어디에 가서 뭘 하며 놀든 분명 저런 애들이 부러울 거예요. 제 아빠는 밑 빠진 독처럼 술을 마시고 다니며 아직도 정해진 집도 없을 테고, 엄마인 저는 이렇게 남사스럽게 연지와 백분을 바르고 있는 처지이니, 설사 제가 어디에 있는지 알아도 그 아이는 저를 보러 와 주지도 않겠죠. 작년 무코지마 꽃놀이 때는 마루마게를 틀어 올려 평범한 아내인 체를 하며 동료들하고 돌아다녔는데, 둑에 있는 찻집에서 우리 아이하고 마주쳤지 뭐예요. '엄마, 여기 있어.' 하고 외쳐도 아이는 제가 젊어 보이는 데 깜짝 놀라 '진짜 엄마예요?'라고 하더군요. 그런 정도인데 지금 제가 시마다를 크게 틀어 올리고 가끔 유행하는 꽃비녀를 꽂아 번쩍거리며 손님을 붙들고 농담하는 걸 들으면 어린 마음에 얼마나 슬플까요. 작년에 마주쳤을 때, '지금은 고마가타의 양초 공방에서 일하고 있어요. 저는 아무리 괴로운 일이 있더라도 반드시 참아 내

어엿한 남자가 돼서 아버지, 어머니 모두 곧 편하게 해 드릴게요. 부디 그때까지 무엇이든 건실한 일을 하시며 혼자 계셔 주세요. 다른 사람한테만은 가지 마세요.'라는 충고를 들었지만, 서글프게도 여자가 성냥갑 만드는 부업을 해서는 혼자 먹고살기도 어렵고, 그렇다고 해서 남의 집 부엌에서 일하기에도 몸이 약해 어려웠기 때문에, 같은 근심 속에 있어도 몸이 편하니 이런 일을 하며 나날을 보내고 있죠. 저는 결코 경박한 마음은 아니지만, 그 아이는 분명 말귀를 못 알아먹는 엄마라고 생각해 저를 욕할 거예요. 평소에는 아무렇지도 않은 시마다가 오늘만은 부끄럽네요." 하며 저물녘의 거울 앞에서 눈물짓는 여자도 있을 터다. 기쿠노이의 오리키도 악마의 환생은 아닐 것이다. 어떤 사정이 있기 때문에 오히려 이곳의 흐름에 빠져 온갖 거짓말과 농담으로 그날그날을 보내고 있지만, 요시노가미 뒤로 반딧불이 불빛이 반짝 하고 보일 정도의 인정은 있었다. 인간다운 눈물을 백 년이고 참는 와중에 자기로 인해 사람이 죽어 나가도 애도만을 표하고 시선을 피하는 괴로움과 그런 자신을 보는 남들의 눈도 익히 체득했을 것이다. 그러나 가끔은 슬프고 두려운 일이 가슴에 사무쳐 눈물이 났지만, 우는 모습마저 남부끄러워 2층 객실의 도코노마[96]에 몸을 던지고는 숨죽이며 괴롭게 흐느꼈다. 이런 모습을 동료에게 들키지 않겠다고 하며 감추고 있었기 때문에 심지가 야무지고 성질이 악센 아이라고 말하는 사람은 있어도, 닿으면 끊어지는 거미줄과 같은 부질없는 면모를 아는 사람은 없었다.

96 床の間. 다다미방에서 바닥보다 조금 높게 만든 공간으로, 보통 여기에 족자를 걸거나 화분을 두어 장식한다.

7월 16일 밤에는 어느 가게에도 손님이 붐볐고 샤미센 반주에 속요를 부르는 소리가 성황이었는데, 기쿠노이의 아래층 객실에는 가게 사람 대여섯 명이 한데 모여 엇박자로 「기노쿠니」[97]를 불렀으며 선전하기도 겁나는 걸걸한 목소리로 "아름다운 봄 안개의 에몬자카"[98] 하고 부르며 나대는 사람도 있었다. "리키야, 어때? 너도 한 곡 뽑아 봐! 자, 어서어서." 하고 재촉하자, "이름은 못 말하지만 지금 이 자리에……"라고 하며 흔한 방법으로 좌중을 돋워[99] 몹시 흥이 오른 소동 속에서 "내 사랑은 골짜기를 흐르는 시내의 외나무다리. 건너긴 무섭지만 건너지 않으면……"[100] 하며 노래를 불렀다. 그런데 그러다 말고 무슨 생각이 퍼뜩 떠오른 듯이 "아, 저는 잠깐 실례할게요. 죄송합니다."라고 하며 샤미센을 두고 일어나자 손님들은 "어디 가. 어디 가냐니까? 도망가면 안 되지." 하며 야단법석을 떨었다. 오리키는 "데이 씨, 다카 언니, 잠깐만 부탁할게. 곧 돌아올 테니."라고 하고는 종종걸음으로 복도로 휙 나가, 무엇도 뒤돌아보지 않으며 가게 입구에서 게다를 신고 비스듬히 마주 보는 골목길의 어둠 속으로 모습을 감추었다.

　오리키가 쏜살같이 가게를 나와, '갈 수 있다면 이대로 아

97 紀伊の国. 샤미센 반주로 부르는 속요의 하나.

98 霞の衣衣紋坂. 샤미센 음악의 하나인 「호쿠슈센넨노코토부키(北州千歳寿)」의 한 소절. 에몬자카는 요시와라 유곽 정문에서 니혼즈쓰미(日本堤) 수로 사이에 나 있던 비탈길.

99 "……제 마음에 드는 분이 계시네요. 그분을 위해 한 곡 하겠습니다."라는 정도의 빈말을 떠올릴 수 있겠다.

100 샤미센 속요 「와가코이와(わが恋は)」의 한 소절.
내 사랑은 골짜기를 흐르는 시내의 외나무다리. 건너긴 무섭지만 건너지 않으면 사랑하는 분을 만날 수 없네.

주 머나먼 저 끝까지도 가 버리고 싶어. 아아, 싫어! 싫어! 싫어! 어떡하면 남들 목소리도 들리지 않는, 아무런 소리도 나지 않는 조용하고 조용한, 내 마음도 무엇도 희미하게 느껴져 근심이 없는 곳으로 갈 수 있을까. 하찮고 시시하고 재미없고, 비참하고 슬프고 불안한 도가니에 대체 나는 언제까지 머물러야만 하는 걸까? 이게 삶일까, 삶이 이걸까. 아아, 너무 싫어!' 하고 생각하며 멍하니 가로수에 기대 잠시 서 있자 '건너긴 무섭지만 건너지 않으면……' 하는, 자기가 노래한 목소리가 어디서인지도 모르게 울려오는 것이 들렸는데, 이에 오리키는 '어쩔 수 없어. 역시 나도 외나무다리를 건너야만 하겠지. 아버지도 잘못 디뎌 떨어져 버리셨고 할아버지도 그러셨다고 하잖아. 어차피 여러 대의 한을 짊어지고 태어난 나니까 할 만큼의 일을 하지 않으면 죽어도 죽을 수 없을 거야. 비참하다고 말해 본들 아무도 가련하게 생각해 줄 사람은 없을 테고, 슬프다고 말하면 이 일이 싫은 거냐고 바로 한 소리를 듣겠지. 아, 어떻게든 멋대로 돼라. 멋대로 돼. 여기서 더 고민한들 내 앞날이 어떻게 될지 나는 모르겠으니, 그냥 모른 채로 기쿠노이의 오리키를 밀고 나가자. 인정을 모른다느니 의리를 모른다느니 하는 그런 것도 생각하지 말자. 생각해 봤자 어떻게 되나? 이런 처지로 이런 일을 하며 이런 인업(因業)으로 어떻게 한들 남들 같지 않을 건 틀림없으니, 남들 같은 생각을 하며 고생할수록 잘못이겠지. 아, 어두워. 어째서 이런 데서 있는 걸까. 뭐 하러 이런 데로 나온 걸까. 바보 같아. 미쳤나 봐. 나도 모르겠어. 이제, 이제 돌아가자.'라고 생각하고는 골목길의 어둠에서 빠져나와 밤 노점이 늘어선 흥청거리는 좁은 길을 기분을 달래고자 어슬렁어슬렁 다녔다. 그런데 오가는 사람들의 얼굴이 작게들 보였고 스치는 사람들의 얼굴도 아득히 먼 풍경을 보는 것만 같았으며, 자기가 밟고 있는 땅만이 한 장(丈)이나 위로 돋워진 듯 왁자지껄한 말소리는 들려오지만 우물 바닥에 무언가를 떨어뜨린 듯한 울림으로 느껴져, 사람들 목소리는 사람들 목소리, 내 생각은 내 생각이라는 식으로 따로 떨어졌다. 더구나 무엇으로도 근심은 잊히지 않은지라 수많은 사람이 구경하는 부부싸움을 하는 집 앞을 지나도 다만 홀로 드넓은 벌판의 조락한 겨울 풍경을 지나듯이 가슴에 남는 것도 없고 마음에 머무는 것도 없으며, 신경 쓰이는 풍경으로도 느끼지 못했다. 이는 자기가 보아도 심하게 흥분하여 제정신이 아닌 것 같아 불안해, 정신이 나가 버리지나 않을까 하며 멈춰 선 그 순간, "오리키, 어디 가나?" 하며 어깨를 치는 사람이 있었다.

6

16일에는 꼭 기다리겠으니 와 달라고 한 말을 새까맣게 잊어버려 지금껏 생각도 하지 못한 유키 도모노스케와 문득 마주쳐 깜짝 놀란 얼굴은 예와 달리 당혹에 휩싸였는데, 그런 표정이 우습다고 하며 남자가 껄껄 웃는 것이 조금 창피해, "생각에 잠겨 걷다가 뜻밖에 만난 것처럼 당황하고 말았네요. 용케도 오늘 밤에는 와 주셨군요." 하고 말하자 "그렇게 약속해 놓고 기다려 주지 않다니 의리가 없는 거 아닌가?" 하고 책망받았다. "무슨 말씀이든 하세요. 변명은 나중에 하죠."라고 하며 손을 붙잡고 끌자 유키는 "이봐, 사람들이 보잖아." 하고 주의를 주었으나 오리키는 "맘대로 떠들라죠, 뭐. 우리는 우리잖아요?" 하고 인파를 가르며 데려갔다.

아래층 객실에는 아직도 손님들이 몹시 소란스러웠는데, 오리키가 중간에 나가 버린 데 흥이 깨져 마침 불평이 많던 때, 가게 입구에서 "어머, 돌아왔네?" 하는 말을 듣자마자 "손님을 내버리고 사라지는 법이 있나? 왔으면 이리 와야지. 얼굴을 안 보이면 용서하지 않겠어!" 하며 엄포를 놓았으나, 오리키는 한 귀로 흘려 버리고 2층 객실로 유키를 데리고 올라가면서 "오늘 밤도 두통이 나서 술은 같이 못 하겠네요. 많은 사람들 속에 있으면 술 냄새에 취해 정신이 멍해질 것만 같고, 조금 쉬고 나서라면 몰라도 지금은 아무튼 미안해요." 하고 양해의 말을 건네자 유키는 "그래도 되겠어? 화내지는 않을까. 뭐라고 말이 나오면 귀찮잖아." 하고 주의를 주었다. 하지만 오리키는 "그래 봤자 상인 밑에서 일하는 얼굴 뽀얀 남자들이 무슨 일을 벌일 수 있겠어요? 화난다면 화내라지요."라고 하고는 일하는 여자애에게 술을 내오라고 했다. 그것을 기다리다 못해 오리키는 "유키 씨, 오늘 밤에는 제게 조금 안 좋은 일이 있어, 기분이 평소 같지 않으니 그렇게 알고 계세요. 실컷 술을 마시려고 하니 말리지 마세요. 취하면 좀 봐주시고요."라고 하자 유키가 "네가 취한 건 아직 본 적이 없군. 속이 풀릴 때까지 마시는 건 좋지만 두통이 또 시작되지는 않을까. 어디 역린을 건드린 일이 있나? 내게 말하기는 좀 그런 거야?" 하고 물었다. 오리키는 "아뇨, 당신한테는 얘기하고 싶어요. 취하면 말씀드릴 테니 놀라시면 안 돼요?" 하고 상긋 웃으며 큰 찻잔을 거머쥐고 두세 잔은 숨도 돌리지 않고 들이켰다.

평소에는 그다지 마음에도 두지 않았던 유키의 풍채가 이

날 밤에는 왠지 예사롭지 않게 느껴졌는데, 딱 벌어진 어깨와 후리후리한 키를 비롯해 차분하게 말하는 누긋한 어조, 사람을 쏘는 듯한 무서운 눈매에도 위엄이 갖춰진 것 같아 기뻤으며, 숱이 많은 머리를 짧게 치켜 깎아 목선이 뚜렷하게 보이는 것 따위에 새삼 눈이 갔다. "뭘 그리 넋을 놓고 있어."라는 물음에 "당신 얼굴을 보고 있었죠."라고 하자 유키는 "허, 요것 봐라?" 하며 오리키를 뚫어져라 쳐다보았다. 오리키가 "으응, 무서운 얼굴은 싫어요."라고 하며 웃자 유키는 "농담은 됐고, 오늘 밤은 기색이 심상치 않군그래. 물으면 화낼지는 모르겠지만 무슨 사건이 있었나?" 하고 물었다. "천만에요. 갑작스러운 일도 없고, 남과 다퉜다고 해도 그런 건 늘 겪는 일이죠. 마음에 걸리지도 않으니 뭐 하러 고민을 하겠어요. 제 기분이 가끔 이랬다저랬다 하는 건 남 때문이 아니라 전부 다 제 마음가짐이 한심하기 때문이에요. 저는 이런 비천한 처지이고 당신은 훌륭한 분이라 머릿속이 정반대일 테니, 제 말을 들으셔도 이해하실지 못 하실지 그건 모르겠지만, 설령 웃음거리가 된다고 해도 저는 당신한테 비웃음받고 싶으니 오늘 밤에는 남김없이 말할게요. 어떤 것부터 얘기하면 좋을까요? 가슴이 메어 입이 떨어지지 않네요." 하며 또 큰 찻잔으로 연거푸 마셔 댔다.

"일단 제가 방종한 여자라는 걸 알고 계셔 주세요. 본디 규중처녀가 아니니 조금은 눈치채고 계셨겠지만, 말이 고와 봤자 이 주변 사람에게는 진흙 속의 연꽃이니 뭐니……. 악업에 물들지 않은 여자가 있다면 가게가 번창하기는커녕 보러 오는 사람도 없겠죠. 그런데 당신은 좀 다르시네요. 제게 오는 사람도 대개는 그런 부류니까요. 이러고 있어도 저는 가끔 세상의 평범한 사람이 생각하듯 제 일이 부끄럽고 괴롭고 한심하게 느껴지기도 해요. 그래서 차라리 비좁은 집에서라도 정해진 남편에게 붙어 자리를 잡을 생각도 하기는 하지만, 그걸 저는 하지 못하겠어요. 그렇다고 저를 찾아오는 사람한테 퉁명스러워지기도 어려워, 멋지다느니 가엾다느니 첫눈에 반했다느니 하며 함부로 겉치레해야 했죠. 그중에는 이걸 정말로 듣고 이런 헤픈 여자를 아내로 맞이하고 싶다고 말해 준 사람도 있어요. 누가 저를 데려가면 기쁠지, 같이 살면 만족할지, 그걸 저는 모르겠어요. 처음 만났을 때부터 저는 당신이 너무 좋아 하루를 보지 않으면 그리울 정도였지만, 당신이 저를 아내로 맞이하겠다고 말씀해 주셨다면 제 마음은 어땠을까요? 누가 데려가는 건 싫으면서 멀리서는 보고 싶으니, 한마디로 말하자면 바람둥이와 같겠죠. 아, 제가 누구 때문에 이런 바람둥이가 됐다고 생각하세요? 삼대를 전해 내려오며 저마다 무엇 하나 제대로 이룬 게 없었어요. 아버지도 서글픈 삶을 사셨죠." 하며 오리키가 눈물을 뚝 흘리자 유키는 "아버지가 왜." 하고 물었다. "아버지는 세공사, 할아버지는 네모난 글자를 읽으신[101] 분이었어요. 말하자면 저와 마찬가지로 미치광이여서 세상에 유익할 게 없는 휴지조각을 공들여 쌓았는데 위에서 출판을 막았다나, 허락하지 않았다나 하는 일로 단식을 하다 돌아가셨다고 해요. 열여섯 나이부터 뜻한 바가 있어 비천한 태생이나마 일념으로 학문을 연마하셨지만 예순 남짓까지 성취한 일도 없이 남들의 비웃음을 들으며 삶을 마감하셔서 지금은 이름을 아는 사람도 없다며 아버지가 노상 한탄하신 걸 어릴 적

101 한자가 가나에 비해 글자 모양이 모나다는 데서 한문으로 된 책을 읽었다는 뜻.

부터 들어 알고 있었죠. 한편 제 아버지라는 사람은 세 살 때 툇마루에서 떨어져 한쪽 다리를 못 쓰게 돼, 세상 속에 섞이기도 싫다고 하며 앉아서 하는 일로 쇠 장식을 만드셨는데, 자존심이 세서 남들에게 호감을 주지 못했고 특별히 돌봐 주는 사람도 없었고……. 그래요, 제 기억에 제가 일곱 살이던 해 겨울이었어요. 매서운 날씨 속에서 부모자식 셋이 모두 낡은 유카타를 입고 있었는데, 아버지는 추위도 몰랐던지 기둥에 기댄 채로 세공품에 대한 생각에 골몰하고 계셨고, 어머니는 귀 떨어진 아궁이 위에 찌그러진 솥을 올리고는 제게 뭘 사 오라고 하셨어요. 된장 거르는 소쿠리를 들고 조금 부족한 돈을 손에 쥐고 싸전의 문 앞까지는 기쁘게 뛰어갔지만, 돌아오는 길에는 추위에 살이 에여 손발이 모두 곱았죠. 그 바람에 대여섯 채 앞의 하수구 널빤지 위에 언 얼음을 밟아 발도 디디지 못하고 넘어졌는데, 그러다 손에 든 걸 놓쳐 널빤지가 한 군데 덮이지 않은 틈으로 쌀이 우수수 흘러들었어요. 그 밑은 더러운 물이 흐르는 시궁창 흙이었죠. 몇 번이고 들여다보았지만 어떻게 그걸 주울 수 있었겠어요? 그때 저는 일곱 살이었지만 집안 사정이나 부모님 마음을 모두 알고도 남아, 오는 길에 쌀을 흘렸습니다 하며 빈 소쿠리를 들고 집에 가지도 못하고 멀뚱히 서서 한동안 울고만 있었는데, 왜 그러고 있느냐고 물어 주는 사람도 없는 판이니 사정을 들었다고 해도 쌀을 사 주겠다고 하는 사람은 더욱 없었겠죠. 그때 근처에 강이나 연못 같은 데가 있었다면 저는 분명 몸을 던지고 말았을 거예요. 말로는 그때 제 심정을 100분의 1도 표현할 수 없겠죠. 저는 그 즈음부터 정신이 이상해진 거예요. 제가 돌아오지 않는 걸 어머니가 걱정하시고 마침 찾아와 주셨기에 집에는 갔지만, 어머니도 입을 여시지 않았고 아버지도 아무런 말씀이 없었고, 어느 한 분 저를 야단치지도 않고 집 안은 괴괴하게 가끔 한숨 소리만이 들렸는데, 저는 살을 에는 듯하던 것보다 비참한 느낌이 들어서 오늘 하루는 단식을 하자고 아버지께서 한마디를 꺼내시기 전까지는 소리도 죽이고 숨을 쉬었죠."

이야기를 하다 말고 오리키는 넘쳐흐르는 눈물을 주체하지 못해 다홍색 손수건을 얼굴에 누르고 가장자리를 악물며 한동안 말을 잇지 못했다. 좌중에는 다른 소리도 없이 술 냄새를 쫓아 몰려온 모기가 왱왱거리는 소리만이 높게 들렸다.

고개를 들자 뺨에 눈물 자국은 보였지만 오리키는 쓸쓸히 보이는 웃음마저 지으며, "저는 그런 빈민의 딸이에요. 미치광이 기질은 대대로 전해 내려와 가끔 도지죠. 오늘 밤에도 이런 알 수 없는 얘기를 해서 분명 당신한테 폐를 끼쳤을 거예요. 이제 그만할게요. 기분에 거슬렸다면 용서해 주세요. 사람을 불러 분위기를 좀 띄울까요?" 하고 묻자 유키는 "아니, 신경 쓰지 마. 그런데 그 아버지께선 일찍 돌아가셨나?"라고 말했다. "네……. 어머니가 폐결핵이라는 병을 앓고 돌아가신지 1년이 될 즈음에 뒤를 따르셨죠. 지금 살아 계셨어도 아직 쉰이세요. 아버지라서 하는 칭찬은 아니지만 세공은 정말 명인이라고 해도 좋을 분이셨죠. 하지만 명인이라고 해도, 탁월하다고 해도 태생이 이런 저희 집에서는 무엇도 될 수는 없겠죠. 제 처지를 봐도 알 수 있잖아요."라고 하며 오리키는 깊은 생각에 잠긴 모습을 보였다. "너는 출세를 바라는군." 하고 도모노스케가 불쑥 말하자 오리키는 "네?" 하며 놀란 듯 보였지만 "제 처지로 바란들 된장 소쿠리 신세로 끝나겠죠. 꽃가마는 전혀 생각도 하지 않아요."라고 했다. "거짓말도 사람을 봐

가면서 해야지. 처음부터 다 봐서 아는데도 그렇게 숨기다니, 웬 촌뜨기 같은 소리야? 눈 딱 감고 말해 보란 말이야."라는 말에 오리키는 "저……. 그렇게 부추기지 마세요. 어차피 이런 처지인데요, 뭐." 하고 몹시 풀죽어 또 아무런 말이 없었다.

"오늘도 밤이 제법 깊었군요. 아래층 객실의 사람들은 어느새 갔는지 바깥 덧문을 닫네요."라는 말에 깜짝 놀라 도모노스케가 돌아갈 채비를 하자 오리키는 "오늘은 보내 드리지 않을래요."라고 했다. 어느 사이에 게다도 숨겼기에 그는 "발 없는 유령도 아니니 문틈으로 나갈 수도 없겠군그래." 하며 이날 밤에는 여기서 묵었다. 덧문을 잠그는 소리가 한바탕 야단스러운 뒤에는 비쳐드는 등불 빛도 사라졌으며, 단지 처마 밑을 다니는 야행 순사의 구두 소리만이 높았다.

7

'생각해 봤자 새삼 무엇이 되나. 잊자. 단념하자.'라고 결심했으면서도 작년 우란분에 유카타를 맞춰 입고 둘이서 구라마에의 염마당에 참배한 일 따위가 무심결에 가슴에 떠오른지라 우란분에 접어드니 일하러 나갈 의욕도 나지 않았고, "당신, 그러면 안 돼요." 하고 타이르는 아내의 말도 귀찮아, "제기랄! 아무 말도 하지 마! 입 다물고 있으란 말이야."라고 하며 모로 누워 있었지만 아내는 "입 다물고 있어선 오늘을 살아갈 수 없어요. 몸이 안 좋으면 약이라도 드시는 게 어때요. 의사한테 진찰도 받지 못하겠지만, 당신 병은 그런 게 아니니 마음만 다잡으면 뭐가 문제겠어요? 조금은 정신을 차리고 노력해 주세요."라고 했다. "늘 같은 소리를 하니 귀에 못이 박혀 마음도 안 달래지는군. 술이라도 좀 사 오지그래? 기분이나 풀게 마셔 보자." "여보, 술을 살 수 있을 정도면 싫다고 하시는데 제가 억지로 일하러 나가라고는 말하지 않죠. 제 부업도 종일 해 봤자 15전이 고작이라 우리 세 식구가 미음도 제대로 먹지 못하는 마당에 술을 사 오라니, 당신 어떻게 그런 소리를 할 수 있어요? 우란분이 됐는데 어저께도 애한테는 찹쌀 경단 한 개도 만들어 먹이지 못했잖아요. 제사상도 차리지 못해 등불 하나를 켜고 조상님께 사죄드리고 있는 것도 다 누구 탓이에요? 당신이 너무나 바보같이 오리키 년한테 꾀여서 이런 거잖아요. 이런 말을 하기는 그렇지만 당신은 불효자식이고 못난 아버지예요. 조금은 저 아이의 앞날도 생각해 성실한 사람이 돼 주세요. 술을 마시고 기분이 풀리는 건 한때뿐이잖아요. 진심으로 마음을 다잡지 않으시면 저는 불안해서 살 수가 없어요." 이런 탄식에도 겐시치는 대답은 없이 한숨을 푹푹 쉬며 꼼짝도 하지 않고 천장을 보고 누워 있으니 아내는 속이 답답하기만 했다. '저런 처지가 돼 놓고도 오리키를 잊지 못하는 건가? 10년 동안 같이 살며 애까지 낳아 준 내게, 있는 고생 없는 고생은 다 시키고 애한테는 누더기를 걸치게 하고, 집이라고 살고 있는 건 이렇게 비좁은 개집 같은 데라니……. 세상 사람한테 바보 소리를 듣고 별종으로 여겨져, 봄가을에 히간[102]이 다가와 이웃집에 모란병, 경단을 돌리며 다니는 가운데서도 '겐시치네에는 안 주는 게 좋아. 답례를 받기 미안하니까.'라고들 하는데, 그게 친절인지는 모르겠지만 결국 열 집

102 彼岸. 춘·추분 전후에 7일간 하는 불교 행사.

연립 가옥에서 우리 한 집은 따돌림을 당하고 있는 거겠지. 남자는 늘 밖에 있으니 마음에 전혀 걸리지 않겠지만, 여자 마음에는 답답할 정도로 애달프고 슬퍼서 저절로 주눅이 들어 아침저녁에 인사를 하는 데도 남의 눈치를 살피는 것 같은 비참한 마음이 드는데, 제 마누라가 이러는 줄은 생각도 하지 않고 자기 애인만 계속 마음에 두니, 그 매정한 여자의 마음이 그토록 그립다는 건가? 낮잠을 자면서도 잠꼬대로 중얼거리니 한심하기도 하구나. 처자식은 다 잊고 오리키 하나한테 목숨이라도 바칠 작정인가? 참 딱하고 섭섭하고 모진 사람이야.'라고 생각은 하지만 말은 좀체 할 수 없이 원망 담긴 이슬만을 눈가에 머금었다.

말소리가 없으니 좁은 집 안도 쓸쓸했는데, 뉘엿뉘엿 저물어 가는 하늘에 뒷골목 셋집은 더욱 어둑해져 오하쓰가 등불을 켜고 모깃불을 피우고는 허수한 마음으로 문밖을 바라보자, 다키치로가 부리나케 돌아오는 모습이 보였다. 어떤 큰 봉투를 두 손에 껴안고는 "엄마! 엄마! 이런 걸 받아 왔어요." 하고 싱긋 웃으며 뛰어들어 왔는데, 보아하니 신개간지 히노데야의 카스텔라였다. "세상에나, 그런 좋은 과자를 누구한테 받았니? 고맙습니다 하고 인사는 잘 했고?" 하고 묻자, "네, 인사를 잘하고 받아 왔어요. 기쿠노이의 귀신 누나가 주더라고요."라고 말했다. 그러자 모친이 얼굴을 싹 바꾸고 "그년이 낯짝에 철판을 깔았나, 우리 집을 이런 구렁텅이에 처넣고 아직도 덜 괴롭혔다고 생각하는 건가? 이제는 하다 하다 우리 애를 가지고 애아빠의 마음을 돌리러 보낸 거로구나. 오냐, 뭐라고 하며 보내디?"라고 하자 아이는 "큰길에, 사람이 많은 데서 놀고 있었는데 어떤 아저씨하고 같이 와서는 과자를 사 줄 테니 같이 가자고 했는데, 저는 됐다고 했지만 안고 가서 사 줬어요. 먹으면 안 되는 거예요?"라고 하며 과연 모친의 마음을 헤아리지 못해 얼굴을 살피며 머뭇거렸다. "하, 아무리 나이가 어리다고 하지만 그게 무슨 망발이냐? 그 누나는 귀신이잖아. 네 아빠를 게으름뱅이로 만든 귀신이잖아. 네 옷이 없어진 것도, 우리 집이 없어진 것도 전부 그 귀신 년의 짓이란 말이다. 물어 죽여도 시원찮을 악마한테 과자를 받은 것도 모자라 그걸 먹어도 되느냐니, 그것만으로도 한심하구나. 더럽고 썩어 빠진 이런 과자는 집에 두기도 화가 난다. 갖다 버려라. 갖다 버리란 말이다. 아까워 못 버리겠니? 이런 덜떨어진 녀석." 하고 모친이 욕하면서 봉투를 잡아채 뒤의 공터에 팽개치자, 찢긴 종이에서 굴러 나오는 과자는 성긴 대나무 울타리 사이를 지나 시궁창에도 빠진 듯했다. 이에 겐시치가 벌떡 일어나 "야, 이 여편네야!" 하고 외마디 고함을 치자 오하쓰는 "왜 그러세요?"라고 하며 눈만 흘기면서 돌아보려고 하지도 않았는데, 겐시치는 그런 옆얼굴을 노려보며 "사람을 등신으로 보는 것도 유분수지. 입이나 다물고 있으면 좋으련만, 험담에다 욕지거리까지 하다니 이게 무슨 일이야? 아는 사람이라면 애한테 과자쯤은 사 줘도 이상할 게 없고, 설사 받았다고 해도 그게 무슨 문제야? 덜떨어진 녀석이라고 한 건 다키치를 핑계로 나를 빈정거린 거겠지. 애를 보고 제 아버지 욕을 하는 여편네 버르장머리는 대체 어디서 배운 거야? 오리키가 귀신이면 너는 마왕이겠지. 작부의 장삿속은 잘 안다고 쳐도 마누라란 인간이 주둥이를 산만 하게 내밀고 불평을 늘어놓으면 내가 마냥 넘어갈 줄 알았어? 막일을 하고 수레를 끈다고 해도 가장한테는 가장의 권위가 있는 거야. 맘에 안 드는 사람을 집에

둘 수는 없지. 어디가 됐든 나가! 나가란 말이야! 이런 재미도 없는 것!" 하고 윽박지르자 오하쓰는 "여보, 그건 말도 안 돼요! 어떻게 그리 넘겨짚을 수가 있으세요. 제가 뭐 하러 당신을 빈정거리겠어요. 애가 순진한 것과 오리키의 수작이 너무 얄미워서 참다못해 한 말인데, 그걸 트집 잡아 나가라고까지 말씀하시다니 너무 가혹하네요. 집안을 생각하기 때문에 저는 맘에 안 드는 소리도 하는 거잖아요. 집을 나갈 작정이었다면 이런 가난한 집에서 고생하는 걸 참고 있지만은 않았겠죠!"라고 하며 울었다. "가난한 집에 넌더리가 났다면 네 마음대로 어디든 가라니까? 네가 없어도 거지가 될 리는 없고 다키치가 두 다리 쭉 뻗고 자지 못할 리도 없으니까. 눈만 뜨면 내 욕을 하거나 오리키를 질투나 하고 말이야. 하도 귀 따갑게 들어 이제는 못 참겠군그래. 네가 안 나갈 작정이면 어떻게 한들 똑같지. 아깝지도 않은 이 비좁은 집에서 내가 애를 데리고 나가지 뭐. 그럼 혼자서 실컷 욕하기도 편할 거 아니야? 자, 네가 갈래? 아님, 내가 나갈까?" 하고 겐시치는 심한 말을 퍼부었다. "그럼, 당신은 정말 저랑 이혼하실 마음이세요?" 하는 오하쓰의 물음에 "당연한 거 아냐?"라고 답한 겐치시는 더는 예전의 겐시치가 아니었다.

오하쓰는 억울하고 슬프고 비참해 입도 떨어지지 않을 정도로 복받치는 눈물을 삼키며 "제가 잘못했어요. 용서해 주세요. 오리키가 신경을 써서 준 걸 갖다 버린 건 백번 제 잘못이에요. 과연 오리키를 귀신이라고 했으니 저는 마왕이겠죠. 이제는 말하지 않을게요. 이제는 말하지 않을게요. 절대로 오리키가 어떻다느니 앞으로는 이러쿵저러쿵 말하지 않겠고 험담을 하지도 않을게요. 그러니 이혼만은 참아 주세요. 새삼 할 말은 아니지만 제게는 부모도 없고 형제도 없어요. 집주인 대리인 아저씨를 중매인이자 수양아버지로 삼아 온 신세라, 이혼을 당하면 저는 갈 데가 없어요. 제발 용서해 주세요. 제가 아무리 미우셔도 이 아이 얼굴을 봐서라도 용서해 주세요. 이렇게 사과할게요." 하며 바닥에 손을 대고 울었지만 겐시치는 "아니, 절대 그냥은 못 넘어가." 하고 말하고는 말없이 벽을 보며 오하쓰의 말은 들리지 않는 체했다. 이토록 매정한 사람은 아니었는데 하는 생각에 아내는 질려 버려, '여자한테 혼을 빼앗기면 이렇게 한심해지는 건가? 아내를 한숨짓게 하는 건 물론, 끝내는 불쌍한 애까지 굶겨 죽일지 모를 사람이야. 지금 사과해 봤자 소용없어.' 하고 각오하고는 다키치를 곁에 불러 "너는 아빠 옆에 있는 거랑 엄마한테 있는 거랑 어느 쪽이 좋니? 말해 봐." 하고 물었다. 이 말에 아이는 "저는 아빠가 싫어요. 아무것도 안 사 주잖아요." 하고 정직하게 답했다. "그럼, 엄마가 가는 데로 어디든 따라갈 거야?" "물론이죠." 아이의 이런 순진한 모습을 보고는 "당신, 들었어요? 다키치는 저한테 오겠다고 하네요. 사내애라서 당신도 데리고 있고 싶겠지만 애는 당신 손에 둘 수 없어요. 끝까지 제가 맡아서 데려가죠. 괜찮겠어요? 제가 맡겠다고요."라고 하자 겐시치는 "맘대로 해. 애든 뭐든 다 필요 없어. 데려가고 싶으면 어디로든 데려가. 집도 살림도 다 필요 없어. 어떻게든 알아서 해 버려." 하며 뒹굴며 누운 채로 뒤돌아보려고 하지도 않았다. "집이니 살림이니 아무것도 없으니 맘대로 할 것도 없네요. 앞으로는 혼자서 하고 싶은 대로 놀든지 뭘 하든지 실컷 다 하세요. 이제는 아무리 애를 원한다고 해도 돌려주지 않을 거예요. 돌려주지 않겠어요." 하고 다짐하고는 벽장을 뒤지고 어떤 작은 보자기를 꺼내, "애가 잘 때 입힐 겹옷과 배두렁이, 그리고 산자쿠오비만 가져갈게요. 술에 취해서 한 말도 아니니 술이 깬 뒤의 후회도 없겠지만, 한번 곰곰이 생각해 보세요. 설령 어떤 가난 속에서도 부모 둘이서 키우는 아이는 부자만큼 행복하다고 하잖아요. 헤어지면 저밖에 없는데, 결국에는 다 이 애만 불쌍한 일이라고는 생각하지 않는 건가요? 하기야 심성이 썩어 빠진 사람은 애가 불쌍한 줄도 모르겠죠. 이제 헤어져요!" 하며 보자기를 들고 밖에 나가자 "얼른 나가! 가란 말이야!"라고 할 뿐 다시 부르지는 않았다.

8

백중제가 지나고 며칠간 아직 우란분 제등의 빛이 호젓하던 무렵에 신개간지 동네를 나오는 관이 두 개 있었다. 하나는 가마에 올라, 또 하나는 줄에만 매여 옮겨졌는데, 가마는 기쿠노이의 별택에서 살며시 빠져나갔다. 큰길에서 구경하는 사람들의 수군거림을 듣자 하니 "재도 엉뚱하게 재수 없는 하찮은 인간한테 걸려들어 불쌍하게 됐구먼."이라고 하거니와, "아니, 저건 서로 다 알고서 그랬다고 해요. 그날 해 질 녘 절이 있는 산에서 두 사람이 선 채로 얘기를 나누는 걸 봤다는 확실한 증인도 있어요. 여자도 좋아했던 남자였으니 의리에 내몰리다 저질러 버렸겠죠."라고 하는 사람도 있었다. "허, 그런 여자가 의리를 지킨다는 게 뭔지나 알겠나? 그런데 목욕탕에서 돌아오는 길에 남자하고 마주쳤으니 과연 뿌리치고 도망칠 수도 없었겠네. 같이 걸으며 얘기는 나누기도 했겠지만, 베인 자국은 등 뒤의 어깨에서 허리까지 빗금으로 나 있고 뺨 주변에는 긁힌 상처, 목덜미에는 찔린 상처가 여러 군데 있다는데, 분명 도망치던 참에 당한 게 틀림없을 거야. 반면에 남자는 보기 좋게 제 배를 갈랐더군. 이불 가게 시절부터 그런 남자인 줄은 몰랐는데, 그거야말로 죽음에 꽃을 피운 거잖아. 대단하게 보였어."라는 말이 있었다. "어쨌든 간에 기쿠노이는 손해가 크겠네. 재한테 돈 좀 되는 단골들이 붙어 있었을 테니까. 저렇게 보내면 아깝겠지." 하며 남의 죽음을 농담으로 웃어넘기는 사람도 있었다. 여러 말이 어지럽게 나돌아 명확한 것은 없지만 한이 다할 길은 없었는지, 도깨비불인지 무엇인지 모를 선을 긋는 빛나는 것이 절이 있는 산의 약간 높은 데서 간혹 날아다니는 것을 보았다는 사람이 있다고 전해졌다.

헤어지는 길

상

"오쿄 누나, 안에 있지?" 하고 창밖에 와서 덜컥덜컥 벽에 붙인 널빤지를 두드리는 소리가 나, "누구야? 벌써 누웠으니 내일 와 주렴." 하고 거짓말을 하자 "누워 있어도 돼. 일단 일어나 문 좀 열어 줘. 우산 공방의 기치야. 나라고." 하고 조금 소리 높인 답이 돌아왔다. "지겨운 애로구나. 이런 늦은 시간에 무슨 말을 하러 왔니. 또 떡 달라고 조르려고?" 하고 웃고는 "금방 열어 줄게. 잠시만 기다려." 하고 짓던 옷에 시침질을 하고 일어서는 사람은 스물 남짓한 나이의 촌티가 없는 활달한 여자로, 풍성한 머리를 바쁘다는 핑계로 뒤에서 둘둘 말아 붙인 데다 하치조지마산 명주로 된 조금 긴 앞치마와 오글쪼글한 숙사 비단으로 된 완전히 해진 한텐을 걸친 모습이었다. 총총히 신발 벗는 데로 내려와 격자문과 함께 덧문을 열자 "그럼, 실례!"라고 하며 훽 들어오는 아이는 난쟁이라는 별명이 있는 정내의 난폭자 우산 공방의 기치로, 대하기 까다로운 사환 아이였다. 나이는 열여섯이지만 얼핏 보는 바로는 열하나나 둘로 보였다. 어깨가 좁고 얼굴은 작은 데다 이목구비가 야무지게 생겨 영리해 보이지만 키가 너무 작은 탓에 남들이 비웃으며 별명을 붙인 것이다. "늦은 시간에 미안."이라고 하며 화로 곁에 척척 다가가자 오쿄는 "떡을 구울 불이 모자라. 부엌의 그 항아리에서 뜬숯을 꺼내와 네 마음대로 구워 먹으렴. 나는 오늘 밤 안에 이거 하나를 끝내야 하거든. 길모퉁이 전당포 주인아저씨의 설빔이라서 말이야." 하며 바늘을 쥐었다. "흥!" 하며 콧방귀를 뀌고 "그 대머리한테는 아까운 옷이네. 내가 한번 입어나 줄까?"라고 한 말에 오쿄가 "바보 같은 소리. 남의 새 맞춤옷을 입으면 출세를 할 수 없다고 하잖아. 이제부터 더 훌륭한 사람이 될 생각을 해야지. 그런 말은 어디 다른 데서라도 하면 안 된다?" 하고 주의를 주자 기치는 "나야 뭐, 출세는 바라지 않으니까, 남의 것이든 뭐든 막 입어 줄수록 이득이지. 아, 누나. 언젠가 그런 말을 했지? 운이 트인 때가 오면 나한테 질긴 명주로 된 기모노를 맞춰 주겠다고. 정말 맞춰 줄 거야?" 하며 진지한 얼굴로 말했다. "그럴 수만 있다면 멋진 걸로 하나 맞춰 주겠지만, 지금 내 꼴을 봐. 이런 행색으로 남의 일이나 하고 있는 처지잖아. 그냥 꿈같은 약속이지 뭐." 하고 웃음 짓자 기치는 "난 괜찮아. 못 하는데 해 달라고는 안 해. 어디까지나 누나한테 운이 트였을 때의 얘기니까. 하지만 그런 약속이라도 해서 나를 좀 기쁘게 해 주면 좋겠다. 나 같은 놈이 질긴 명주옷을 빼입은 꼴은 우습지도 않겠지만 말이야." 하며 쓸쓸한 웃음을 지었다. "그럼, 기치야. 네가 출세했을 때는 내게도 해 주지 않을래? 그 약속도 정해 놓으면 좋겠네." 하고 미소 지으며 말하자 "그건 안 돼. 나는 절대 출세 따위는 하지 않을 테니까."라고 말했다. "왜? 어째서?" "왜고 어째서고 안 할 거야. 누가 와서 억지로 손을 붙잡아 끌고 가도 나는 여기서 이러고 있는 게 좋아. 우산 공방에서 기름칠을 하는 게 제일 좋아. 어차피 감색 무명 통소매 옷에 산자쿠오비를 매도록 태어났을 테니까. 감물을 사러 갔을 때는 좀 떼어먹은 돈으로 바람총의 화살을 하나라도 제대로 맞히는 게 운의 전부지.[103] 누나야 뭐, 출신이 좋은 사람이라고 하니 머지않아 대단한 운수가 마차를 타고 맞이하러 오겠네. 그렇다고 첩이 된다는 뜻으로 말한 건 아니야. 나쁘게 듣고 화내지는 말고." 하고 불을 쑤석이며 제 신세를 한탄하자 오쿄는 "그래. 마차 대신 화차라도 오겠지. 조금 속이 타는 일이 있으니 말이야."라고 하며 자막대기를 지팡이로 짚고 뒤돌아 기치조의 얼굴을 응시했다.

늘 그랬듯이 부엌에서 숯을 내오며 기치가 "누나는 안 먹어?" 하고 묻자 "응, 됐어." 하며 오쿄는 고개를 흔들었다. "그럼 나 혼자 실컷 먹어야겠네. 근데 참, 우리 공방의 구두쇠는 말이야, 시끄럽게 잔소리나 할 줄 알지 사람을 쓰는 예의는 하나도 몰라. 돌아가신 할머니는 그렇지 않았는데, 지금 주인네로 말하자면 어느 한 명도 말이 통하는 사람이 없어. 오쿄 누나, 누나는 우리 집의 한지 놈을 어떻게 생각해? 좀 재수 없게 생겨 가지고 저 혼자 엄청 잘난 체하고 다니는 녀석 있잖아. 주인네 아들이지만 나는 그 녀석만큼은 도저히 주인으로 못 대해 주겠어. 그래서 무슨 일마다 시비를 걸어 코를 납작하게

103 당시 오락 시설의 하나인 실내 활터와 같은 곳에서 과녁을 맞히고 경품 따위를 받는 것을 이른다.

해 주고 있는데, 내가 그 맛에 산다니까." 하고 이야기하면서 기치는 철망에 떡을 얹고는 "앗, 뜨거, 뜨거." 하며 손끝에 바람을 불며 불에 올렸다.

"나는 왠지 누나가 남같이 느껴지지 않는데 어떻게 된 일일까? 혹시 남동생이 있었던 적은 없어?" 하고 묻자 "나는 형제자매가 없는 외동이라 남동생이나 여동생 모두 한 번도 있었던 적이 없어." 하고 답했다. "그렇구나. 그럼 역시 우린 아무 사이도 아니겠네. 어디선가 이렇게 누나 같은 사람이 내 친누나라고 말하며 나온다면 얼마나 좋을까. 누가 내 목을 물어뜯어 그걸로 극락에 간다고 해도 나는 기뻐할 텐데. 그런데 내가 정말 인간의 자식인 건 맞을까? 여태까지 한 번도 친척 같은 사람하고 만난 적이 없어. 그래서 수없이 고민에 고민을 하다 든 생각인데, 이대로 더는 평생 아무와도 만날 수 없다면 차라리 지금 확 죽어 버리는 편이 속 편할 거 같아. 하지만 이런 마음에도 또 욕심은 있으니 참 우스워. 어쩌다 희한한 꿈을 꾼 뒤로는 말이야, 평소 다정한 말을 한마디라도 해 주는 사람은 다 엄마나 아빠, 누나나 형 같이 느껴져, '좀 더 살아 볼까? 1년을 더 살다 보면 누가 진실을 말해 주지 않을까?'라는 생각을 낙으로 삼으며 재미도 없는 기름칠을 하고 있는데, 나 같은 별종이 세상에 또 있을까? 오쿄 누나, 나는 엄마도 아빠도 전혀 짐작되지 않아. 부모 없이 태어나는 아이가 있을까? 나는 정말이지 이해가 안 돼." 하며 기치는 다 구워진 떡을 두 손으로 털면서 평소의 불안을 여느 때처럼 뱉어 냈다. "그래도 기치야, 혹시 조릿대 무늬의 비단 부적 주머니[104] 같은 증거

104 守り袋. 신사나 절에서 받은 부적을 넣은 주머니로, 부모가 만들어 아이에게 호

는 없니? 실마리는 있을 것 같은데."라는 오쿄의 말도 물리치고 기치는 "그런 세련된 물건은 있을 것 같지도 않아. 태어나자마자 다리 옆의 아기 대여점[105]에 팔렸을 거라고 하며 동료 녀석들이 험담을 하는데, 어쩌면 정말 그럴지도 몰라. 그럼 나는 거지의 자식인 거야. 엄마도 아빠도 거지인지도 몰라. 바깥에 돌아다니는 누더기를 걸친 사람이 역시 내 친척일 거고, 아침만 되면 구걸하러 오는 절름발이에 짝눈인 그 할멈도 나하고 무슨 관계인지 알 수 없지. 얘기 안 해도 누나는 대강 알겠지만, 지금의 우산 공방에서 일하기 전에 나는 사자탈을 쓰고 다녔으니까."[106] 하며 몹시 풀죽었다. "오쿄 누나, 누나는 내가 정말 거지의 자식이라면 여태처럼 좋아해 주지 않겠지? 돌아봐 주지도 않겠지?"라는 말에 오쿄는 "왜 그런 농담을 하고 그러니. 네가 어떤 사람의 자식이고 어떤 신분인지는 모르겠지만, 어떻다고 해서 싫어한다거나 싫어하지 않는다는 말은 없어. 자꾸 평소의 너답지 않은 한심한 말을 하는데 내가 잠깐이라도 네 처지라면, 내 뿌리가 천민이든 거지든 나는 전혀 상관하지 않을 거야. 부모가 없든 형제가 어떻든 네 몸 하나만 출세하면 되잖아. 왜 그렇게 맥없는 소리를 하고 그래." 하며 위로해 주었지만 기치는 "나는 아무리 발버둥 쳐도 헛일이야. 뭐가 되겠다는 생각도 없어." 하며 고개를 떨어뜨린 채 얼굴

신의 의미로 지니게 했다.

105 貸赤子. 당시에 있던 영업의 하나로, 걸인에게 아기를 빌려주었다. 애처로움을 강조하여 구걸이 더 잘되게 하기 위한 것이다.

106 옛 에치고(越後, 현재의 니가타현)에서 유래한 1인 사자춤을 추며 다녔다는 것. 사자탈을 쓴 아이가 호령자의 피리 소리, 북소리에 맞춰 여러 곡예를 선보인다. 고아나 버려진 아이들이 많이 했다.

을 보여 주지 않았다.

중

지금은 세상에 없는 우산 공방의 선대 주인으로 배불뚝이 오마쓰라고 해서 자기 한 세대에서 재산을 일으킨 여자 씨름꾼과 같은 노파가 있었다. 6년 전 겨울의 일이었는데, 절에 참배를 갔다 오던 길에 사자탈을 쓴 아이를 거두어 와 동료들 앞에 소개했다. "괜찮다. 감독이 싫은 소리를 하면 그건 그때 문제란다. 불쌍하게도, 다리가 아파서 걸을 수 없다고 하자 심술궂은 동료가 자기를 버리고 그냥 갔다고 하더구나. 그런 데로 돌아가서야 되겠느냐? 전혀 겁낼 것 없으니 우리 공방에서 지내라. 너희들도 걱정할 건 없다. 요런 조그만 애 두세 명을 부엌에 줄 세우고 밥을 먹인다 해서 설마 너희들 먹을 게 없겠느냐? 언제까지 일하겠다는 계약서를 받은 아이도 어느 날 불쑥 사라져 버리고, 심지어 뭘 훔치고 도망치는 다라운 녀석도 있다. 다 제 마음에 달린 게지. 수박은 속을 봐야 알고 사람은 지내봐야 안다지 않느냐. 도움이 되는지 안 되는지는 두고 보지 않으면 알 수 없는 법이지. 얘야, 너는 신아미[107]에 돌아가기 싫다면 여기에 뼈를 묻을 각오를 다지고 정말 열심히 해야만 한다. 착실히 해 주려무나." 이 말에 깨달음을 얻은 뒤로 기치는 제 일에 정성을 다했고 지금은 어른 세 명분의 일을 혼자서

107 新網. 옛 시바(芝)구 신아미초. 당시 도쿄 3대 빈민굴의 하나. 현재의 미나토구 하마마쓰초2초메 부근.

도맡아 콧노래를 부르며 해치웠으니, 이를 본 사람들은 과연 사람 보는 눈이 있었구나 하며 죽은 이를 칭송할 정도였다.

은인이 2년 만에 세상을 떠난 뒤로는 지금의 주인이나 안주인이나 아들인 한지나 모두 마음에 들지 않는 사람뿐이었지만, 여기에 뼈를 묻기로 했으니 싫다고 또 어디에 갈 수 있으랴. 울화가 응어리로 쌓여서인지 남들에게 난쟁이라고 놀림받는 것도 분한 마당에 "기치야, 너는 부모님 제삿날에 비린 걸 먹었지? 키 작은 것 좀 봐. 돌아라, 돌아라, 작은 불상 돌아라."[108] 하고 코흘리개 동료들은 일로는 안 되니 다른 것으로 앙갚음을 했다. 주먹으로 때려눕힐 용기는 있었지만 정말로 부모가 어느 날에 죽었는지 몰라 언제가 음식을 가리는 날인지도 알 수 없는 처지였기에, 기치는 허전한 마음으로 건조장에 놓인 우산의 그늘에 숨어서 맨땅을 베개로 삼고 누워 흐르는 눈물을 서럽게 삼키곤 했다. 사철 내내 기름이 묻어 번들거리는 감색 무명 통소매 옷을 벗고 휘두르며, 불 옆의 기름통 같은 애라고 하며 정내 사람들이 두려워하는 난행을 저지르는 것도 위로해 주는 사람이 없어 가슴에 한이 서렸기 때문이다. 그래서 장난으로라도 다정히 대해 주는 사람이 있으면 착 달라붙어 떨어지기 힘든 마음이 들었다. 한편 수선 일을 하는 오쿄는 올봄에 이 동네 뒷골목으로 이사를 온 사람이었는데, 세상일에 재지가 있어 연립 가옥에 사는 모든 사람과 교제도 좋았다. 집주인인 우산 공방에서 일하는 아이들에게는 더 붙임성을 보이며 "일하는 애들 옷이 터지기라도 하면 나한테 가져와. 너희 공방에는 사람이 많아 사모님께서 바늘을 들고 계

108 당시 어린아이들이 놀이를 하며 부르던 노래.

실 틈이 없을 거야. 나는 늘 바늘에다 천 조각을 늘어놓고 일하니 정말 한 손 거리도 안 돼. 같이 사는 사람 없이 혼자 매일 밤낮으로 쓸쓸하게 지내고도 있으니 손이 빌 때는 놀러도 와 주렴. 이런 털털한 성격이라 그런지 나는 기치 같은 거친 애가 맘에 쏙 들더라. 혹시 화나는 일이 있으면 큰길 쌀 가게의 백구를 걷어찬다는 마음으로 우리 집에 와서 다듬잇방망이로 새로 짓는 옷에 윤택이나 내 줘. 그럼 너도 남한테 미움받지 않을 거고 나도 일이 한결 수월해진단다. 정말로 누이 좋고 매부 좋은 일이지." 하고 농담을 섞으며 대해 주자, 어느새 기치는 스스럼없이 "오쿄 누나, 오쿄 누나." 하고 부르며 수선 집에 죽치게 되었다. 그런 모습을 동료들은 놀리며 "오비야[109]하고는 배역이 정반대네. 그럼 가쓰라가와 막에서는 오한의 등에 조에몬이 그 오비 뒤에 오도카니 업혀 나오는 걸까? 정말이지 즉흥 촌극이 따로 없네." 하고 비웃었지만, "남자라면 어디 나처럼 흉내나 좀 내 보시지. 수선 집 선반에 놓인 과자 그릇 안에 오늘은 뭐가 몇 개나 들어 있을지 아는 사람은 아마 나밖에 없을걸? 전당포의 그 대머리 인간은 우리 오쿄 누나한테 반해서 수선을 맡긴다느니 뭐를 어쩌느니 하며 성가시게 기어 들어와 앞치마니 장식용 옷깃이니 오비 겉에 두르는 천이니 하는 선물을 주며 알랑거리고는 있지만 누나는 여태 한 번도 기분 좋게 인사한 적이 없어. 더구나 저녁에도 밤에도 우산 공방의 기치만 왔다 하면 잠옷 차림으로 격자문을 열고는 '오늘

109 帯屋. 조루리 「가쓰라가와렌리노시가라미(桂川連理柵)」를 가리킨다. 오비 가게의 주인인 조에몬과 이웃 가게의 딸인 오한의 이뤄질 수 없는 사랑(나이 차이가 많이 나기 때문)이 주제인데, 극 마지막에 조에몬은 오한을 등에 업고 가쓰라가와강에 들어가며 생을 같이 마감한다.

은 종일 놀러 오지 않았구나. 무슨 일 있었니? 걱정하고 있었단 말이야.' 하며 손을 잡고 맞아 주는데, 그런 사람이 나 말고 또 있을까? 너희들한테는 안 된 말이지만 고추가 커야만 맵겠냐? 작은 고추는 벌써 이렇게 귀한 대접을 받고 있는데?" 하고 기치는 도도하게 응수했다. "이 자식이!" 하며 등을 세게 얻어맞아도 기치는 "어이구, 고맙네요!" 하며 그냥 때웠다. 덩치만 컸다면 남을 오쿄와 엮어 농담해도 용서하지 않았을 테지만, 그렇지 못한지라 난쟁이가 건방을 떤다며 따돌림을 당했고, 담배를 피우며 쉬는 자리에서는 어김없이 놀림거리로 이야기가 나왔다.

하

12월 30일 밤, 기치는 고개 위의 단골 소매상에 납품이 늦은 것을 사과하러 갔다가 돌아올 때는 소매에서 팔을 빼고 팔짱을 껴 움츠리며 총총히 서둘렀다. 가다가 발에 걸리는 것은 재미로 차고 다녔고 데굴데굴 굴러가면 오른쪽으로, 왼쪽으로 또 쫓아가 수로에 차서 빠뜨리며 저 혼자 크게 웃었다. 듣는 사람도 없었고 하늘의 달님도 새하얗게 비춰 주셔서 춥다는 생각이 들지 않았기에 단지 시원하고 상쾌하게 느껴졌다. '가는 길에 또 창문을 두드려야지.'라는 생각을 하며 골목길을 꺾자 뒤따라오던 사람이 불쑥 두 손으로 눈을 가리며 숨죽여 웃었다. "누구야! 누구!" 하며 손가락을 더듬고는 "뭐야. 오쿄 누나잖아. 새끼손가락이 끝이 굽어 있는 걸 보니 다 알겠네. 놀래도 소용없어." 하며 뒤돌아 얼굴을 보자 오쿄는 "얄미워

라. 맞히고 말았네." 하고 웃음을 터트렸다. 오쿄는 방한 두건을 눈만 내놓고 쓴 데다 후쓰오리[110]의 하오리를 걸친 평소와 다른 근사한 차림이었는데, 그런 오쿄를 기치조는 위아래로 훑어보며 "누나, 어디에 갔다 온 거야? 오늘하고 내일은 바빠서 밥 먹을 틈도 없을 거 같다고 했잖아. 어디 손님한테 찾아간 거야?" 하며 수상히 여기자 오쿄는 "새해 인사를 앞당겨 다녀왔어." 하고 시치미 떼는 표정을 지었다. "거짓말이지? 30일에 새해 인사를 받는 집은 없잖아. 어디 친척 집에라도 다녀온 거야?" 하고 묻자 오쿄는 "엄청난 친척 집에 가게 됐지. 나는 내일 뒷골목 집에서 이사를 가. 너무 갑작스러운 일이라 너는 분명 놀라겠지. 나도 미처 생각지 못한 일이라 아직 실감이 안 나. 어쨌든 기뻐해 줘. 나쁜 일은 아니니까."라고 말했다. "진짜? 진짜야?" 하고는 기치가 어안이 벙벙한 채로 "거짓말이지? 농담이지? 뭐 하러 그런 말로 나를 놀래는 거야. 나는 누나 없이는 재미있는 일이라고는 전혀 없으니까 그런 시답잖은 농담은 집어치워. 갑자기 이상한 말을 하고 그러네." 하며 고개를 흔들자 오쿄는 "거짓말 아냐. 언젠가 네가 말한 대로 대단한 운수가 마차를 타고 맞이하러 온 격이라 이제 더는 그 집에서 살 수 없어. 기치야, 머지않아 질긴 명주옷을 맞춰 줄게."라고 했다. "싫어! 나는 그런 건 받고 싶지 않아. 누나, 그 좋은 운수라는 게 설마 시시한 데 간다는 말은 아니지? 그저께 우리 집의 한지는 '수선 집 오쿄 누나는 채소 가게 골목에서 안마를 하고 있는 아저씨의 주선으로 어떤 저택에 고용살

110 風通織. 날실과 씨실의 색을 다르게 해서 평직으로 짜는 방법으로 안팎에 같은 무늬가 다른 색으로 드러난다.

이 나간대. 몸종을 할 나이는 아니고 안주인 시녀나 침모로 들어갈 리는 없으니, 미쓰와[111]로 틀어 올리고 술이 달린 히후를 입는 첩이 되는 게 틀림없어. 하기야 어떻게 그런 용모를 놔두고 수선 일을 계속 할 수 있겠냐.'라고 했지만, 나는 그럴 일은 없다고 생각해서 그렇지 않을 거라고 하며 대판 싸웠는데, 누나, 설마 그런 곳에 가는 거야? 그런 저택에 가는 거야?"라고 묻자 오쿄는 "나라고 딱히 가고 싶은 건 아니지만 나는 가야만 해. 기치야, 이제 네 얼굴은 못 보겠네."라고 했다. 아무렇지 않게 하는 말인데도 기치는 풀죽은 목소리로 듣고, "무슨 출세인지는 모르겠지만 거기엔 안 가는 게 좋을 거야. 어차피 여자 혼자인데 수선을 하며 먹고살지 못하는 정도도 아니잖아. 그런 손재주가 있으면서 왜 그런 시시한 일을 벌인 거야. 너무 한심하잖아."라고 하며 자신의 결백과 견주어 보다 "가지 마. 가면 안 돼. 거절하고 끝내 버려." 하고 말렸다. 오쿄는 "이를 어쩌나……." 하고 멈춰 서서는 "그래도 기치야. 나는 옷을 뜯고 빨고 말리고 하는 데 진저리가 나서 이제는 첩이든 뭐든 괜찮아. 어차피 이런 시시한 일밖에 없으니, 차라리 썩는다면 비단옷을 입고 살고 싶다는 생각이야."라고 했다.

오쿄는 자기도 모르게 대담한 말을 했다가 호호 웃었다. "어쨌든 집에 가자. 기치야, 조금 서두르자."라는 말에 기치는 "나는 말이야, 왠지 전혀 힘이 나지 않는 것 같아. 누나 먼저 가." 하고는 뒤를 따랐다. 땅 위에 늘어뜨려진 길쭉한 그림자를 어수선한 마음으로 밟으며 걸어갔다. 어느새 우산 공방

111 三つ輪. 부잣집의 첩이 하던 머리 모양. 마루마게(정실부인의 머리)와 얼핏 보아 비슷하지만 틀어 올리는 방법이 다르다.

이 있는 길에 들어서 그 창문 아래에 서서 오쿄가 "여기를 밤마다 찾아와 주었는데, 내일 밤에는 이제 네 목소리도 들을 수 없겠네. 세상이란 참 끔찍해." 하며 탄식하자 기치조는 "그건 누나의 자업자득이야." 하며 불만스럽게 말했다.

오쿄는 집에 들어오자마자 램프에 불을 켜고 화로를 쑤석이고는 "기치야, 좀 쬐." 하고 말을 걸었지만 기치는 "나는 싫어." 하며 기둥 곁에 서 있었다. "그래도 너 춥잖아. 감기에 걸리면 안 되지." 하고 신경 쓰자 "걸려도 상관없잖아? 상관하지 말고 내버려 둬." 하며 바닥을 보고 있기에 "너, 왜 그래? 어쩐지 기색이 이상하네. 내 말이 어디에 거슬렸니? 그렇다면 그렇다고 말해. 말없이 그런 표정으로 있으면 너무 신경 쓰이잖아."라고 말하자 기치는 "신경은 안 써도 돼. 나, 우산 공방 기치조야. 여자 신세는 안 져."라고 하고는 기대 있던 기둥에 등을 문지르며 "아, 하찮아, 시시해. 정말이지 무슨 말을 하면 좋을까. 여러 사람들이 잠깐은 잘 대해 줘도 곧 일이 시시하게 돼 버리니 말이야. 예전 우산 공방의 할머니도 좋은 사람이었고 염색집의 오키누라는 곱슬머리 누나도 나를 좋아해 줬는데, 할머니는 중풍으로 죽었고 그 누나는 시집가기가 싫어 뒤뜰 우물에 뛰어들고 말았지. 그리고 내 앞의 누나는 야속하게 나를 버리고 가려고 하고. 이제는 다 시시해. 어차피 우산 공방의 기름칠 따위는 일당백을 해 봤자 칭찬 한마디가 나올 것도 아니고 종일 난쟁이 소리나 들어야 되니까. 그런다고 해서 이번 생 안에 키가 클 것도 아니고. 기다리면 복이 온다고들 하지만 나한테는 하루하루 끔찍한 일만 다가오고 있어. 그저께 나는 한지 녀석하고 대판 싸우며 오쿄 누나만큼은 남의 첩으로 나가는 그런 심성이 썩어 빠진 사람은 아니라며 뻐겼는데, 닷새도 지나지 않아 꼬리를 내려야겠네. 이렇게 거짓말을 하고, 자기 일은 숨기고, 욕심이 많은 누나를 내가 친누나처럼 생각했다니 분통이 터져. 이제 오쿄 누나, 누나 얼굴은 보지 않을 거야. 절대 누나 얼굴은 보지 않을 거라고! 여태까지 챙겨 준 건 고마웠어. 그런데 나는 바보가 아니야. 이제 더는 아무도 믿지 않겠어. 그럼." 하고는 일어나 벗어 둔 게다에 발을 걸쳤다. "얘, 기치야. 그건 네 착각이야. 내가 여기를 떠난다고 해서 널 버린다는 건 아니야. 나는 진심으로 우리가 남매라고 생각하는걸. 그런 정떨어지는 말을 하다니 너무하잖아." 하고 뒤에서 두 팔을 옆구리에 넣고 꼭 안으며 "넌 애가 왜 그리 성급하니." 하고 오쿄가 타이르자 기치는 "그 말은 첩으로 가는 걸 그만두겠다는 거야?" 하고 뒤돌아보았다. "누구도 원해서 가는 곳은 아니지만 나는 죽어도 그러기로 결심했기 때문에 네 말은 미안하지만 들을 수 없어."라는 말에 기치는 눈물 지은 눈으로 쳐다보며 "오쿄 누나, 부탁이니 이 팔을 그만 놔 줘." 했다.

작가 연보

1872년(1세) 5월 2일(구력 3월 25일) 도쿄부 제2대구1소구 우치사이와이초(內幸町)1초메 1번지의 도쿄부 연립 관사에서 아버지 히구치 다메노스케(為之助)와 어머니 아야메(あやめ)의 차녀로 태어난다(3남 3녀 중 다섯째). 호적명 나쓰(奈津). 아버지는 당시 도쿄부 소속(少属, 판임관, 월급 25엔). 이해 임신호적(壬申戸籍)에 아버지는 노리요시(則義), 어머니는 다키(たき)로 이름을 신고한다.

아버지는 1857년 고향인 가이노쿠니(甲斐国, 현재의 야마나시현)를 무단으로 떠나 에도에 왔고, 이후 몇몇 무사 밑에서 일했다. 1867년 5월 무사 신분을 사들여 막부 직속 신하가 되었으나 얼마 후 메이지 유신으로 막부가 와해되며 관리가 되었다. 어머니는 1857년 하타모토(旗本) 이나바 다이젠(稲葉大膳)의 딸 고(鑛)의 유모로 들어가 봉공한 바 있다.

8월, 제5대구4소구 시타야(下谷) 네리베이초(練塀町) 43번지로 이사.

1873년(2세) 11월, 아버지가 권중속(権中属)으로 승급. 다음 달, 교부성(教部省) 대강의(大講義, 계급명)를 겸임한다.

1874년(3세) 2월, 제2대구6소구 아자부(麻布) 미카와다이마치(三河台町) 5번지로 이사.

6월, 여동생 구니(くに)가 태어난다.

9월, 아버지가 중속(中属)으로 승급.

10월, 언니 후지(ふじ)가 도쿄부 소속 와니모토토시(和仁元利)의 장남인 모토카메(元亀)와 결혼한다. 모토카메는 당시 군의료(軍医寮)에서 일하는 군의부(軍医副, 계급명)였다.

1875년(4세) 3월, 아버지가 법적으로 도쿄부 사족(士族)이 된다.

7월, 후지가 모토카메와 이혼.

9월, 아버지가 겸임 사직.

1876년(5세) 4월, 제4대구7소구 혼고(本郷)6초메 5번지로 이사.

12월, 아버지 도쿄부 중속 의원면관.

1877년(6세) 3월, 나쓰는 공립 혼고 학교(本郷学校)에 입학했으나 어린 나이에 통학을 견디지 못해 그달 퇴교.

10월, 아버지는 내무성 경시국 임시 직원이 되어 회계 업무를 담당한다.

가을, 나쓰는 사립 요시카와 학교(吉川学校)에 입학. 『소학독본(小学読本)』(소학교에서 사용된 국어 교과서)을 배우고, 사서(四書)를 서툴게 읽는다.

1878년(7세) 이해부터 구사조시(草双紙, 에도 시대 중기 이후부터 유행한 삽화 소설책) 유를 탐독한다.

6월, 요시카와 학교에서 하등소학 제8급(소학 최하급 과정)을 수료.

1879년(8세) 8월, 아버지는 도쿄지방위생회에서 소독 업무를 담당하게 된다.

10월, 후지 구보키 조주로(久保木長十郎)와 재혼. 구보키가는 과거 의복 제조·판매업을 크게 벌였으나 당시는 도식하던 형편.

1880년(9세) 아버지는 일하는 한편으로 암금융이나 부동산 투기에 힘을 쏟아 이윤을 꾀한다.

1881년(10세) 3월, 아버지는 경시청 경시속(警視属, 판임관)이 된다.

7월, 시타야 오카치마치(御徒町)1초메 14번지로 이사.

작은오빠 도라노스케(虎之助)가 불량한 무리에 들어가 가재를 전당 잡히거나 하여 분적당하고 구보키가에 동거하게 된다. 이듬해 도공 문하에 들어간다.

10월, 오카치마치3초메 33번지로 이사.

11월, 나쓰는 사립 세이카이 학교(青海学校)에 전입학한다. 교사 마쓰바라 기사부로(松

原喜三郎)의 영향으로 와카를 짓는다.

1882년(11세) 5월, 세이카이 학교에서 소학2급 후기 수료.
11월, 소학1급 전기 수료.

1883년(12세) 5월, 중등과 제1급을 5등으로 수료.
12월, 고등과 제4급(현재의 초등 5학년 1학기에 상당)을 수석으로 수료. 어머니 뜻에 따라 집안일을 익히고자 제3급에 진학하지 않고 퇴교. 같은 달, 큰오빠 센타로(泉太郎)가 가독을 상속받는다.

1884년(13세) 1월부터 나쓰는 단기간 아버지의 지인인 와다 시게오(和田重雄)로부터 서신 교환 식으로 와카(和歌)를 배운다.
같은 달, 센타로는 아타미(熱海)에 병 요양을 나간다. 당시 시타야구청에서 일하고 있었던 것으로 추정.
10월, 시타야 니시쿠로몬초(西黒門町) 22번지로 이사.

1885년(14세) 2월, 센타로가 메이지 법률학교(현 메이지 대학)에 입학한다.
이해 나쓰는 재봉 기술 습득차 다니고 있던 아버지 지인의 집에서 시부야 사부로(渋谷三郎, 당시 도쿄전문학교, 현 와세다대학 학생)를 처음 만난다. 사부로는 노리요시가 상경 당시에 찾아간 동향 출신의 무사 마시모(마시타) 센노스케(真下専之丞)의 첩복 손자이자 후일 나쓰의 혼약자.

1886년(15세) 8월, 아버지 지인의 소개로 나카지마 우타코(中島歌子)의 하기노야(萩の舎)에 입숙. 와카, 서도, 고전 문학을 배운다. 하기노야는 민간 가숙(歌塾) 가운데 대개 귀족, 상류층 자녀가 모인 곳으로 유명.

1887년(16세) 1월 15일자로 최초의 일기 「몸에 걸친 헌 옷 권1(身のふる衣まきのいち)」이 시작된다. 이후 몰년까지 40여 권의 일기를 남긴다.

1월 말, 간사이 지방에서 사업을 벌이고자 한 센타로가 뜻을 이루지 못하고 귀경.

6월, 아버지는 경시청을 그만두고 센타로를 지인의 알선을 받아 대장성 출납국 임시 직원으로 일하게 한다(11월, 질병 퇴직).

12월 27일, 센타로가 폐결핵으로 사망(만 23세). 히구치 집안의 가세가 기울기 시작한 것은 이때의 요양비 때문이라고 한다.

1888년(17세) 2월, 나쓰가 가독을 상속받는다(삼남은 요절).

5월, 시바(芝) 다카나와키타마치(高輪北町) 19번지로 이사.

6월, 하기노야 동문인 다나베 가호(田辺花圃)가 『덤불의 휘파람새(藪の鶯)』를 긴코도(金港堂)에서 출간하며 문단의 주목을 받는다.

아버지는 예전의 관리 시절부터 알던 지인을 뒷배로 믿고 여러 사람과 함께 짐수레 청부업 조합 설립에 착수하여, 9월 간다(神田) 오모테진보초(表神保町)로 이사, 니시키초(錦町)에 사무소를 둔다.

1889년(18세) 아버지가 사업에 실패하고, 3월 간다 아와지초(淡路町)2초메 4번지로 이사.

7월 12일, 아버지는 실의 속에서 부채를 남기고 병사(만 58세). 임종이 다가왔음을 안 아버지는 가족의 앞날을 걱정해 사부로에게 나쓰와 나중에 결혼할 것을 부탁한다. 사부로는 차마 거절하지 못해 혼약.

9월, 나쓰는 어머니, 여동생과 함께 시바 사이오지초(西応寺町) 60번지의 도라노스케 집에 의탁. 이 무렵 사부로는 히구치 가문이 파산한 것을 알고 혼약을 일방적으로 파기한다.

1890년(19세) 1월, 여동생이 고용살이할 만한 곳을 찾아보았지만 마땅한 데가 없어 보류.

5월, 우타코는 형편이 좋지 않은 나쓰를 하기노야에 들여 생활케 한다. 한편 여학교 교사 자리를 주선하고자 했으나 실현되지 못한다.

9월 말, 세 모녀는 혼고(本郷) 기쿠자카초(菊坂町) 70번지의 셋집으로 독립. 생활비는 세탁과 바느질로 대기로 한다.

1891년(20세) 4월, 나쓰는 예전에 여동생의 친구인 노노미야 기쿠코(野々宮きく子)에게 소개받은 《아사히신문(朝日新聞)》의 소설 기자 나카라이 도스이(半井桃水)를 찾아가 입문. 당시 도스이는 아내를 사별하고 형제와 함께 살고 있었다.

6월, 우에노(上野)의 제국도서관에 다니며 근세문학을 독학.

10월, 습작 소설 「마른 참억새(かれ尾花)」를 쓴다.

이해부터 나쓰는, 선종의 시조 달마 대사는 인도에서 중국으로 건너갈 때 갈대〔芦〕 한 잎〔一葉〕을 타고 갔지만 자신은 돈〔銭〕이 없다는 뜻에서(갈대와 돈은 '아시'로 동음) 이치요(一葉)를 호(號)로 사용.

1892년(21세) 2월, 도스이를 찾아가 문예지 《무사시노(武蔵野)》의 발간 계획을 듣고 「어둠 진 벚꽃(闇桜)」을 탈고(다음 달 출간).

3월 27일, 도스이에게 「마지막 서리(別れ霜)」가 《가이신신문(改進新聞)》에 소개될 것이라고 듣는다(다음 달 15회 연재 완결, 필명은 아사카노 누마코).

4월 17일, 《무사시노》에 「다마다스키(たま襷)」를 발표.

19일, 「여름 장마(五月雨)」를 쓰기 시작한다.

5월, 기쿠자카초 69번지로 이사.

6월 22일, 도스이와 교류하는 것에 대한 주변의 우려로 도스이와 일단 절교.

7월, 《무사시노》에 「여름 장마」를 발표.

8월 28일, 《고요신보(甲陽新報)》의 주간 노지리 리사쿠(野尻理作)에게서 기고를 요청

받는다.

9월 1일, 중매로 사부로를 다시 소개받자 어머니가 거절.

15일, 「파묻힌 나무(うもれ木)」를 탈고해 가호에게 들고 간다.

10월, 「경상(経づくえ)」을 《고요신보》에 발표(필명은 하루히노 시카코).

21일, 《미야코노하나(都の花)》의 편집장 후지모토 도인(藤本藤陰)이 찾아와 「파묻힌 나무」의 원고료로 11엔 75전을 지급(이치요가 받은 첫 원고료). 다음 달부터 세 번에 걸쳐 연재된다.

12월 7일, 도스이의 의뢰로 도스이가 출간할 단행본 『조선에 부는 모래 바람(胡砂吹く風)』의 첫머리에 실릴 와카 한 수를 보낸다.

26일, 신혼인 가호를 찾아가 《분가쿠카이(文学界)》의 창간에 관해 듣는다.

1893년(22세) 1월, 《분가쿠카이》에 게재할 「눈 오는 날(雪の日)」을 가호에게 보낸다(3월 출간).

2월 19일, 《미야코노하나》에 「새벽달(暁月夜)」을 발표. 23일, 도스이가 단행본을 전해주러 찾아온다.

3월, 《분가쿠카이》의 동인 히라타 도쿠보쿠(平田禿木)가 찾아온다.

7월, 가족회의 결과 장사를 시작하기로 하고 시타야 류센지마치(竜泉寺町) 368번지로 이사. 다음 달 잡화점을 연다.

12월, 《분가쿠카이》에 「거문고 소리(琴の音)」를 발표.

1894년(23세) 2월 20일, 「꽃 속에 잠겨(花ごもり)」 전반부를 도쿠보쿠에게 보낸다. 23일, 장사가 잘 되지 않는 와중에 신문에 난 유명 점술사 구사카 요시타카(久佐賀義孝)에게 가명을 대고 찾아가 미두를 하고 싶다고 말한다.

28일, 《분가쿠카이》에 「꽃 속에 잠겨」 전반부가 실린다. 같은 날, 요시타카가 매화 구경을 가자고 편지를 보냈으나 거절.

3월 12일, 도쿠보쿠와 함께 바바 고초(馬場孤蝶)가 처음 찾아온다.

13일, 요시타카를 방문, 다음 날 물질적 원조를 구하는 편지를 보낸다.

4월, 지인을 통해 50엔을 빌린다.

30일, 「꽃 속에 잠겨」 후반부 발표, 완결.

5월 1일, 가게를 접고 혼고 마루야마후쿠야마초(丸山福山町) 4번지로 이사. 하기노야 조교가 된다(월급 2엔).

6월 9일, 요시타카로부터 물질적 원조의 대가로 첩이 되어 달라는 편지를 받고 거절한다.

7월 12일, 선물에 대한 답례로 도스이를 찾아간다.

30일, 「캄캄한 밤(暗夜)」(1~4)을 《분가쿠카

이》에 발표.
8월 3일, 도스이가 이치요를 찾아왔지만 먼저 온 손님이 있다고 보고 그냥 돌아간다. 이달《분가쿠카이》동인 도가와 슈코쓰(戸川秋骨), 시마자키 도손(島崎藤村)이 찾아왔다.
30일,「캄캄한 밤」(5~6)을 발표.
10월부터 이치요에게 문학을 배우고자 제자가 하나둘 들어오기 시작.
11월 30일,「캄캄한 밤」(7~12)을 발표, 완결.
12월 7일, 요시타카가 월 15엔의 수당으로 첩이 되어 달라고 편지를 보내와 다시 거절한다.
30일, 이달 탈고한「섣달그믐(大つごもり)」을《분가쿠카이》에 발표.

1895년(24세) 1월 3일, 도스이가 새해 인사를 온다. 20일,《분가쿠카이》의 객원 도가와 잔카(戸川残花)가 처음 찾아와《마이니치신문(毎日新聞)》일요 부록에 실을 소설을 청탁.
30일,「키 재기(たけくらべ)」(1~3)를《분가쿠카이》에 발표.
다음 달,「키 재기」(4~6) 발표.
3월 29일, 오하시 오토와(大橋乙羽, 하쿠분칸 사장의 사위로 편집국장급)가 편지로《분게이쿠라부(文芸倶楽部)》에 기고 요청.
30일,「키 재기」(7~8)를 발표.

4월 3일과 5일, 《마이니치신문》에 「처마에 걸린 달빛(軒もる月)」을 발표.
20일, 집을 찾아온 요시타카에게 60엔을 빌리고 싶다고 부탁한다.
5월 1일, 여행지인 교토에서 요시타카가 거절한다는 취지로 편지를 보내온다.
5일, 「가는 구름(ゆく雲)」을 《다이요(太陽)》에 발표.
24일, 「경상」을 가필·수정.
26일, 가와카미 비잔(川上眉山)이 처음 찾아와 슌요도(春陽堂)에서 책 한 권을 공저로 내자고 제안.
6월 2일, 비잔이 찾아와 이치요의 처지 이야기를 듣고 자전을 쓰라고 권한다.
20일, 《분게이쿠라부》에 「경상」을 재발표함.
7월, 기자 세키 뇨라이(関如来)가 《요미우리신문(読売新聞)》 월요 부록에 실을 소설을 청탁.
8월, 《요미우리신문》에 「매미 허물(うつせみ)」을 발표. 「키 재기」(9~10)를 발표.
9월 16일, 월요 부록에 수필 「비 오는 밤(雨の夜)」, 「달이 뜬 밤(月の夜)」을 게재.
20일, 「도랑창(にごりえ)」을 《분게이쿠라부》에 발표.
10월 14일, 월요 부록에 수필 「기러기 소리

(厂がね)」, 「벌레 소리(虫の音)」를 게재.
11월 30일, 「키 재기」(11~12)를 발표.
12월, 《분게이쿠라부》에 「십삼야(十三夜)」를 발표, 「꽃 속에 잠겨」, 「캄캄한 밤」을 재발표. 30일, 「키 재기」(13~14)를 발표.

1896년(25세) 1월 1일, 「이 아이(この子)」를 《니혼노카테이(日本の家庭)》에 발표.
4일, 「헤어지는 길(わかれ道)」을 《고쿠민노토모(国民之友)》에 발표.
8일, 사이토 료쿠(斎藤緑雨)가 처음 편지를 보내온다. 이날 밤, 가와카미 비잔이 찾아와 무리하게 이치요의 사진을 들고 간다. 이 무렵 비잔과의 염문이 세상에 나돌았다. 이달, 《마이니치신문》의 기자 오카노 지주(岡野知十), 요코야마 겐노스케(横山源之助)가 찾아와 후타바테이 시메이(二葉亭四迷)에게 소개하고 싶다고 말한다.
30일, 「키 재기」(15~16) 발표, 완결.
2월 5일, 「배반의 보랏빛(裏紫)」(상)을 《신분단(新文壇)》에 발표, 미완. 같은 날, 「선달 그믐」을 《다이요》에 재발표.
4월 10일, 가필·수정한 「키 재기」를 《분게이쿠라부』에 일괄 게재. 이 무렵, 폐결핵이 상당히 진행되어 있었다.
5월 2일, 도쿠보쿠, 도가와 슈코쓰가 찾아와 《메자마시구사(めざまし草)》의 합평란에

서 모리 오가이(森鷗外), 고다 로한(幸田露伴), 사이토 료쿠가 「키 재기」를 격찬한 사실을 전한다. 이 무렵, 슌요도에서 전속 작가 계약을 요청받는다.

10일, 「바다대벌레(われから)」를 《분게이쿠라부》에 발표.

20일, 이치요가 엮은 『일용백과전서 제12편: 통속서간문』(하쿠분칸) 출간.

24일, 료쿠가 이치요를 처음 찾아온 데 이어 며칠 후 「바다대벌레」의 의문을 풀기 위해 다시 찾아온다.

6월 1일, 도쿠보쿠가 찾아와 《메자마시구사》에 실린 「바다대벌레」의 평을 전한다.

2일, 《메자마시구사》의 동인 미키 다케지(오가이의 친동생)가 찾아와 합평회 참가를 요청하는 한편 료쿠에게 주의하라고 경고.

7일, 하쿠분칸 9주년 축하회에 초대받았으나 거절.

11일, 다케지가 찾아와 합평회 일자를 정하나 이후 편지로 정중히 거절.

18일, 《고쿠민노토모》의 편집자 구니키다 슈지(돗포의 친동생)가 찾아온다.

20일, 도스이가 찾아와 료쿠에게 방심하지 말라고 경고.

7월 18일, 지난주 리사쿠와 함께 찾아온 사부로로부터 사진과 연서가 도착한다.

20일, 다케지와 함께 고다 로한이 처음 찾아와 《메자마시구사》에서 합작 소설을 시작하자고 제안.
22일, 료쿠가 찾아와 《메자마시구사》의 내부 사정을 밝히고 동인에 가입하지 말라고 만류한다.
25일, 수필 「두견새(ほととぎす)」를 《분게이쿠라부》에 게재.
8월 초순, 여동생 구니는 스루가다이(駿河台)의 산류도(山竜堂) 병원에서 언니의 상태가 절망적이라는 선고를 받는다.
19일자 《요미우리신문》에 이치요의 중태 사실 보도.
9월, 병을 무릅쓰고 하기노야 모임에 참석.
가을 무렵, 료쿠의 요청으로 오가이가 아오야마 다네미치(青山胤通)에게 왕진하도록 연락. 역시 절망적이라는 선고.
11월 23일 오전, 폐결핵으로 사망(만 24세 6개월).
24일, 비잔, 슈코쓰, 료쿠 등이 유해를 두고 하룻밤을 지새운다.
25일, 장의 집행. 구니의 생각으로 장례는 조촐히 치러 참석자는 십수 명에 불과. 유해는 화장되어 히구치 가문 묘지에 안장. 법명 지상원석묘엽신녀(智相院釋妙葉信女).

옮긴이 강정원

부산대학교 일어일문학과를 졸업하고 현재 직장 생활을 하고 있다. 옮긴 책으로 『도토리』(데라다 도라히코 수필선), 『밑손질&조리 방법』, 『열등감 버리기 기술』이 있다.

가는 구름

1판 1쇄 찍음 2020년 8월 7일
1판 1쇄 펴냄 2020년 8월 14일

지은이 히구치 이치요
옮긴이 강정원
발행인 박근섭, 박상준
펴낸곳 (주)민음사

출판등록 1966. 5. 19. 제16-490호
서울시 강남구 도산대로 1길 62(신사동)
강남출판문화센터 5층 06027
대표전화 02-515-2000 팩시밀리 02-515-2007
www.minumsa.com

ISBN 978 89 374 2972 9 04800
ISBN 978 89 374 2900 2 (세트)

쏜살

자기만의 방 버지니아 울프 | 이미애 옮김
엄마는 페미니스트 치마만다 응고지 아디치에 | 황가한 옮김
마르그리트 뒤라스의 글 마르그리트 뒤라스 | 윤진 옮김
사건 아니 에르노 | 윤석헌 옮김
여름의 책 토베 얀손 | 안미란 옮김
두 손 가벼운 여행 토베 얀손 | 안미란 옮김
이별의 김포공항 박완서
해방촌 가는 길 강신재
소금 강경애 | 심진경 엮고 옮김
런던 거리 헤매기 버지니아 울프 | 이미애 옮김
지난날의 스케치 버지니아 울프 | 이미애 옮김
물질적 삶 마르그리트 뒤라스 | 윤진 옮김
뭔가 유치하지만 매우 자연스러운 캐서린 맨스필드 | 박소현 옮김
엄마 실격 샬럿 퍼킨스 길먼 | 이은숙 옮김
제복의 소녀 크리스타 빈슬로 | 박광자 옮김
가는 구름 히구치 이치요 | 강정원 옮김
꽃 속에 잠겨 히구치 이치요 | 강정원 옮김
배반의 보랏빛 히구치 이치요 | 강정원 옮김
세 가지 인생(근간) 거트루드 스타인 | 이은숙 옮김